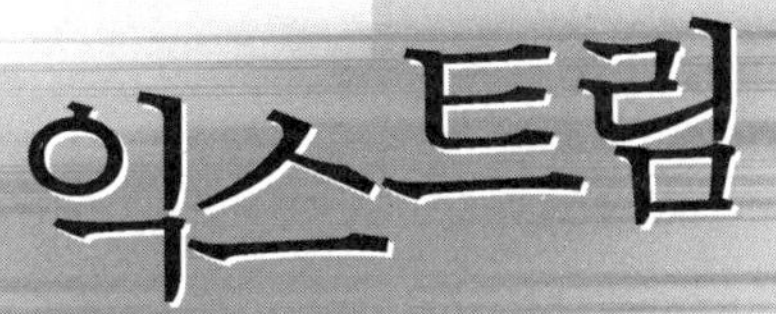

익스트림

엽 태 호 퓨 전 판 타 지 소 설

익스트림 3

엽태호 판타지 장편 소설

초판 1쇄 찍은 날 § 2006년 9월 5일
초판 1쇄 펴낸 날 § 2006년 9월 15일

지은이 § 엽태호
펴낸이 § 서경석

편집장 § 문혜영
편집책임 § 최하나
편집 § 서지현 · 심재영

펴낸곳 § 도서출판 청어람
등록번호 § 제1081-1-89호
등록일자 § 1999. 5. 31
어람번호 § 제1-0744호

주소 § 경기도 부천시 원미구 심곡1동 350-1 남성B/D 3F (우) 420-011
전화 § 032-656-4452 팩스 § 032-656-4453
http://www.chungeoram.com
E-mail § eoram99@chollian.net

ⓒ 엽태호, 2006

ISBN 89-251-0260-9 04810
ISBN 89-251-0257-9 (세트)

익스트림

무의식적 인과(因果)
—좋은 인연처럼 보이는 인연

3

엽태호 퓨전 판타지 소설

도서출판 처럼

FANTASY FRONTIER SPIRIT

무의식적 인과(因果)

contents

Chapter 1

브라더후드(Brotherhood)

호오… 호오…….

규칙적인 여린 숨소리가 들린다. 따뜻한 숨결이 귀를 간질이자 1골드의 눈꺼풀이 꿈틀했다.

"으음……."

엷은 신음성과 함께 1골드가 침상에서 일어나기 싫은 듯 몸을 뒤척였다. 의미없이 뻗은 손에 부드럽고 뭉클한 감촉이 느껴졌다.

쓰쓰쓱— 쓰윽!

피부를 통해 전해지는 부드러운 촉감, 기분이 좋은 듯 본능적으로 쓸었다. 유연한 굴곡이 느껴진다. 침상보다 한참은 높은 곳에서 출발한 손이 얇은 골짜기를 지나 또다시 둔덕에 올랐다.

"으응?"

눈꺼풀을 무겁게 짓누르는 수마(睡魔)를 밀어내며 눈을 떴다.

"흠!"

작은 듯하면서도 도톰한 입술이 눈앞에 있었다. 시선을 조금 올리자 오뚝한 콧날이 보이고 유연한 곡선을 이룬 긴 속눈썹이 들어왔다. 시선을 내렸다.

"으음……."

풍만한 가슴골이 보인다. 그같이 단단한 근육질이 아니라 부드럽고 연한 여인의 가슴이었다.

1골드가 바로 누워 높디높은 천장으로 시선을 던졌다. 희미하게 천장에 그려진 둥근 원이 보인다. 마법진이다. 화산으로부터 레어를 보호하기 위해 드래곤이 그려 넣은 것일 게다.

그가 안력을 높였다. 원 안에 그려진 마법문자 신성어체를 보기 위함인데 천장이 너무 높아 보이지 않는다.

"큭큭……!"

실소가 흘러나왔다. 지난밤 일을 잊으려는 쓸데없는 행동이었다. '나와 자면 힘을 주겠다'. 그래서 그는 잤다. 아니, 밤새 한숨도 자지 못했다. 헬베른에서 귀족 자제 나부랭이들과 격전을 치른 그 이상으로 힘든 밤이었다.

"끄응."

천근같이 무거운 몸을 일으켰다. 기분은 그리 나쁘지 않았다. 오히려 전날보다 좋은 듯했다. 문득 몸 상태를 살펴보았다.

'뭐야, 이거?'

별반 달라진 것 같지 않았다. 몸이 날아갈 듯 가벼운 것도 아니고, 주체하지 못할 정도로 내부에 충만한 힘이 생긴 것도 아니다. 머릿속을 둘러보았다. 무언가 새로운, 가령 드래곤들의 방대한 지식들이 들어 있지 않나 싶어서였다. 아무것도 없었다.

마계의 8대마신과 견주어도 손색이 없는 아드카빌론의 힘을 주겠다더니 육체도, 지식도 전과 달라진 게 아무것도 없었다. 한 가지는 있었다. 동정을 잃었다는 것. 무의미하다.

1골드는 한 가지 잊고 있는 게 있었다. 만마의 군주 제니트의 권능으로 아드카빌론이 마신으로의 마지막 탈각(脫殼)을 위해 순환 과정에 들었다는 것을.

그가 수진이라 이름 붙인 키메라는 1골드를 위한 안배가 아니라 아드카빌론, 그 자신이 강림하기 위해 만들어놓은 통로였다.

수진의 유혹에 넘어가 잠자리를 하면 물론 힘을 얻긴 하지만 반강제적으로 아드카빌론과 계약을 맺게 되어 있었다. 그래서 다른 키메라는 봉인을 해두었지만 수진은 수정관을 벗어나 레어를 지키고 있었다.

밀림을 지나 다크 엘프를 뚫고 망자의 늪을 통과해 레어에 들 정도면 아드카빌론이 강림하고도 남을 영성을 갖춘 존재이니까.

1골드가 한참을 곤히 잠든 수진을 쳐다보았다. 색기가 줄줄 흘러넘치고도 모자란 그녀였지만 자는 모습은 세상의 때가 전혀 묻지 않은 순수한 모습이었다.

'어쨌든… 첫 여인인가?'

키메라 수진, 1골드에겐 그저 한 명의 불쌍한 여인으로 비칠 뿐이었다. 보기도 그렇고, 밤새 체험해 본 바 사람과 똑같았으니까.

1골드는 쓴웃음이 나왔다. 마치 SF영화 속의 주인공이 된 듯한 기분이 들었다. 얼마 전에는 마왕이었는데 이젠 영화 주인공이다, 인간을 개조한 사이보그와 잠자리를 한.

아이온은 정말 신기한 세계다. 과학 수준은 한참 떨어지는데도 수진 같은 존재들을 만들어낸다. 그 과정이 해괴하고 악랄해 이가 갈린다는 점만 빼놓고는 말이다.

침상에서 일어난 그는 찌뿌드드한 몸을 풀었다.

우두둑!

목이며 어깨며 여기저기에서 관절이 부딪치는 소리가 났다. 탄탄한 알몸을 드러낸 채 레어 한편에 치솟는 샘물을 향해 걸어갔다. 레어에 이런 샘까지 만들어놓은 걸 보면 지상

최강의 생물체라는 드래곤도 물은 마셔야 했었나 보다. 1골드 일행에게는 다행스런 일이었다.

어느새 눈을 뜬 수진이 사지를 쭉 뻗어 기지개를 켜곤 1골드의 뒷모습을 눈에 담았다. 듬뿍 정이 담긴 눈빛이었다.

좌악! 좌악!

정신이 뻗쩍 드는 얼음장처럼 차가운 물이었다. 무거웠던 육체에 급격히 활력이 돋았다. 문뜩 그란델의 모습이 스쳐 갔다.

지난밤은 악전고투였다.

쉽게 힘을 얻느냐? 한 여자를 사랑한 남자로서의 순정이냐?

아비와 여인, 웃기지도 않은 저울질이었다.

너무나 강렬한 유혹이었다. 아찔한 여체의 유혹보다는 비명에 죽어간 친인들의 간절한 소망이 있었다. 아비의 복수보다, 전우의 목숨 값보다 그깟 순정이 더 중요하지는 않다.

1골드는 계속 찬물을 끼얹으며 실소를 흘렸다. 이보다 더한 짓도 할 수 있는 준비가 되어 있었다. 그는 그렇게 생각했다. 그래도 마음 한구석이 꽉 막힌 듯한 기분은 떨치기 힘들었다.

달그락. 달그락.

앞으로의 일을 논의하며 언제나 화기애애하고 열띤 분위기이던 식탁엔 식기 부딪치는 소리밖에 나지 않았다. 예전과는 다른 어색함이 감돌자 봄멜이 주위를 환기시켰다.

"허험험!"

그러자 기다렸다는 듯이 수진이 나섰다.

"어머머! 어르신, 사레들리셨어요? 물 드릴까요? 와인은 어때요?"

더할 수 없이 친근한 어투와 행동이었다.

그녀는 확 변해 있었다. 은연중에 흘리던 색기도 모습을 감추었고 일행을 무시하던 몸짓도 사라졌다. 봄멜은 마치 아버지처럼 받들어 모셨으며 칸야는 친동생 이상으로 챙겨주는 자상함까지 선보였다. 모두 하룻밤 사이에 일어난 변화였다.

그녀의 모습에 모두 놀랐지만 그 이유를 짐작하기에 칸야만 빼놓고는 짐짓 모른 척을 했다.

"유진은 마법사로서의 재능뿐만 아니라 그 이상으로 밤일에도 훌륭한가 보구나. 어찌 하룻밤 사이에 저리 확 바꾸어놓을 수 있누? 하긴 저 덩치에 비실한 것도 이상하긴 하지. 흐흐흐."

타룰이 1골드를 놀렸지만 얼굴이 철가면에 가려 있는지라 표정 변화를 전혀 알 수 없었다.

"밤새 시끄러워서 잠을 잘 수 있어야지. 에효… 담엔 말이다, 미리 말을 하거라. 내 마법으로 방음을 해놓던가 해야지원 이거, 집에 놓고 온 어린 마누라가 눈에 아른거려서……."

"끅끅!"

숨넘어가는 소리는 사즈였다. 차마 주군의 일이라 웃지는 못하고 얼굴을 탁자에 박고 숨을 헐떡였다.

이번엔 식탁에 앉을 때부터 못마땅한 기색을 띠고 있던 칸야가 1골드를 불렀다.

"형!"

"응?"

"누나가 무슨 잘못을 했는지 잘 모르겠는데요. 형이 하는 일이 항상 옳기는 하지만, 저기 그래도요. 밤새… 때리는 건 별로 좋아 보이지 않아요. 예전처럼 그냥 한칼에."

"……."

1골드는 말이 없었고,

"…끄윽… 끅끅!"

사즈는 여전히 숨이 넘어갔으며, 두 노마법사는 서로를 쳐다보며 의미없는 웃음을 주고받을 뿐이었다.

"호호호, 칸야야, 그건……."

수진이 개념 상실한 대답을 할 것 같아 1골드가 눈을 부라렸다.

"알았다! 네 말대로 할게. 다음부터는 허튼수작을 부리면 단칼에 목을 쳐버리지."

어느 정도 진심도 담겨 있는 말이었다. 아드카빌론의 힘을 얻을 수 있을 거란 기대가 상실된 분노였다. 일부는 스스로에 대한 자책이기도 했다.

아드카빌론의 마정을 품에 안으며 영계의 기억이 살아났다. 힘을 준다던 강력한 존재들의 유혹, 1골드는 그들의 욕망을 채우기 위한 유희의 대상물밖에는 되지 않았다.

하지만 복수심이 워낙 크기에 또다시 수진의 유혹을 받아들였다. 남는 건 허탈한 마음뿐이었다. 쉽게 얻을 수 있는 것은 없다는 걸 이제는 확실히 깨달았다.

영계에서는 곤이라는 선한 존재가 그 대신 소멸을 했으며 아이온에선 남자의 순정을 잃었다.

정말 바보 같은 짓이었다. 분노에 눈이 멀어 한 치 앞도 생각지 못한 행동이었다. 천재 소릴 듣던 정우가 어디로 갔는지 모르겠다.

1골드는 좀 더 시간을 두고 자아를 확립할 필요가 있다고 생각했다. 근자에 들어 모든 게 너무 혼란스러웠다. 스스로를 돌아보아도 자신이 알던 그 모습이 아니었다. 지금은 정우도, 그렇다고 1골드의 모습도, 그 어느 누구라고 말할 수도 없었다.

마정 때문이리라 여겼지만 그보다 1골드와 정우 간에 괴리감이 있는 듯싶었다. 그만큼 따로 살아온 시간이 길었기 때문이다.

"사즈."

벌떡 일어선 사즈가 부동자세를 취했다.

"예! 주군."
"식량이 얼마나 남았나?"
"근 일주일치 정도……."
1골드가 날카롭게 쏘아보자 그가 목소리를 높였다.
"육 일하고 한 끼가 남았습니다."
"칸야하고 육지로 나간다."
"옛! 육지로 나갈 준비를 하겠습니다."
봄멜이 여린 미소를 지었다. 가끔 1골드에게서 유진의 향기가 느껴지는 듯해서였다.

'자네가 사람은 참 잘 보았어. 영락없는 자네의 모습일세 그려. 허허허!'

떵떵떵! 떵떵떵떵…….
요란한 종소리가 밀림을 깨웠다.
어느 구석에선가 생 살코기를 뜯어먹던 오거의 식사를 딱 멈추게 할 만큼 강렬한 기세가 밀림을 뒤흔들었다.
커엉! 크아아아아앙!
대지를 떨게 만드는 괴성에 만물이 숨을 죽였다.
쿠웅! 쿠웅! 쿵쿵!
지축을 뒤흔드는 육중한 소리에 밀림이 울었고 아름드리 나무가 수수깡마냥 부러져 나갔다.
우지끈! 쿵쿵!

“으힉!”

망연자실 울창한 밀림에 순식간에 대로가 생기는 것을 보며 한 다크 엘프가 저도 모르게 사시나무 떨듯 떨었다.

“배, 배, 배, 백색 유령이닷!”

길쭉한 민둥산이 움직이는 듯했다. 강철 같은 주둥이로 빗자루처럼 앞을 가리는 그 어떤 것이라도 쓸어버렸다.

털썩 주저앉아 있던 그가 정신을 차리고 풀피리를 길게 불었다. 아무런 소리도 나지 않았지만 그건 인간들의 청력의 한계이고, 박쥐와 같이 저주파까지 들을 수 있는 다크 엘프들은 다 들었다.

반일족 마을의 중심, 천 년은 너끈히 넘겼을 법한 거목의 꼭대기에 한 사람이 올라서 저 멀리 백악어를 보고 있었다. 세월이 빗겨간 듯한 사내, 반일족의 수장 하바로프크였다.

“무슨 일일까? 유진님께서 유령들을 풀어주신 겐가?”

그럴 리는 없다. 신성한 영역을 지키는 백악어다. 그렇다면, 숲의 정령의 눈을 빌어 수십 킬로미터의 거리를 없앴다.

보였다, 백악어의 등 위에 팔짱을 끼고 한 치의 흔들림 없이 당당하게 서 있는 사내의 모습을.

“허허, 참 요란하게도 행차를 하시는 분이구나. 얼른 마중을 나가야지 이러다 마을이 다 부서지겠다!”

하바로프크가 나뭇가지를 튕기며 소리쳤다.

“맹약의 주인께서 성역에서 나오셨다! 성녀와 프리스트,

샤먼들은 나를 따르라!"

티잉!

그의 뒤를 따라 실을 떠난 화살처럼 수십 개의 검은 빛줄기들이 숲에서 튀어 올랐다.

"우와! 우와아아아!"

칸야가 연신 환호성을 질러댔다. 후텁지근한 날씨를 한 방에 날려 버리는 속도감이었다. 머리카락뿐만 아니라 몸에 난 털이란 털은 죄다 휘날리며 주변 환경이 휙휙 지나갔다.

그의 이름을 따서 백야라고 이름 붙인 왕백악어 위였다. 거대한 백야의 덩치로는 상상도 할 수 없을 정도로 빠른 움직임이다. 거침없는 질주다. 바위며 나무며 그 어떤 것도 앞을 가로막지 못했다.

"재밌어?"

"예! 형, 꼭 하늘을 나는 것 같아요. 하하하!"

눌러쓴 로브도 벗어버리고 수북이 털이 난 맨얼굴을 드러낸 칸야가 함박웃음을 지었다.

정말 오랜만에 보는 모습이었다. 아니, 1골드는 처음 보는 듯했다. 시선은 정면을 향한 채 칸야의 어깨에 팔을 올렸다.

"칸야야, 다크 엘프들을 어떻게 생각해?"

"예? 음, 글쎄요. 그냥 똑같은 사람처럼 보이던데요."

귀가 쫑긋하고 큰 덩치, 대체적으로 얼굴이 잘난 점만 빼놓고는 인간과 크게 다를 바가 없었다.

"그렇지. 나도 그렇게 생각해. 편 나누기 좋아하는 몇몇 인간들이 유사 인종이니, 엘프 족이니, 뭐니 나누어놓았어도 본질은 크게 다를 바 없어. 너도 하프 엘프라는 말은 들어보았지?"

"하프요? 아, 인간과 엘프 사이에서 태어난 혼혈 말이죠? 예, 들어봤어요."

"그래, 하프, 혼혈. 혹시 개와 돼지 사이에서 하프 개돼지가 생긴다는 말을 들어본 적이 있니?"

눈을 동그랗게 뜬 칸야가 변함없이 전방에 시선을 준 1골드를 올려다보았다.

"하프 개돼지요? 어떻게 개랑 돼지랑 새끼를 낳아요? 형도 참 말도 안 되는……."

"그래, 개랑 돼지랑은 전혀 다른 동물이니까 그들 사이에서는 혼혈이 나오지 않아. 그런데 인간과 엘프 사이에서는 혼혈이 태어나. 그럼 그 두 종족은 서로 생식 구조가 똑같다는 말이다. 말을 바꾸어서 유사 인종끼리는 결과적으로 자식을 낳을 수 있다는 거다. 안 그래?"

"그렇죠. 그렇네요."

"이런 인종 분류의 모든 중심은 인간이야. 당연히 인간을 기준으로 나누니까 그런 거지. 하프 인간이라고는 부르지는 않잖아? 엘프들은 그들의 입장에서 하프 인간이라고 부를지도 모르지만."

"그런데요, 하프 엘프라는 소리는 많이 들어봤어도 하프 드워프는 못 들어봤는데요."

바람처럼 흘러가는 주변 환경에서 눈을 돌린 칸야는 1골드의 말에 귀가 솔깃했다. 세상에 인간밖에 없는 건 아니지만 알게 모르게 인간을 중심으로 모든 현상을 파악한다. 인간이니 당연히 그럴 수밖에 없겠지만.

하프 인간이라…….

"미적 기준 때문에 하프 드워프가 생기지 않을 거다. 인간의 눈에는 드워프를 탐할 마음이 들지 않을 테니까. 또 드워프들의 눈에도 인간이 그리 아름다워 보이지는 않나 보지. 인간을 잡아다 사는 드워프가 있다는 소리는 들어보지 못했으니까. 그런 관점으로 생각하면 유사 인종을 괴롭히는 자들은 하나같이 인간들이다. 인간은 탐욕의 동물이야, 탐욕의."

"아! 정말 그렇네요."

최상위 귀족들은 귀하디귀한 엘프 노예를 부리고 있다고 한다. 엘프를 노예로 부리는 인간은 전 엘프들의 적이 된다고 하는데도 탐욕에 눈이 멀어 권력의 상징인 양 엘프들을 취한다.

"칸야야."

"예, 형."

"…넌 내게 있어서 세상에 하나뿐인 동생이고, 유일한 혈육이다.”

칸야의 눈망울이 금세 붉게 물들었다. 어린 나이에 우여곡
절도 참 많이 겪었다. 게다가 사람들을 피해 외롭게 자라 정
에 목말라 있었다.

“혀, 형…….”

“네가 수진과 같이 변한다고 해도 말이다.”

“형, 고, 고마워요.”

칸야의 작은 어깨를 잡은 손에 힘을 주었다.

“…네 털이 다시 나는 이유를 알았다.”

“……!”

1골드가 잠시 망설이는 듯하더니 입을 열었다.

“넌 그 용맹하고 자랑스러운 범족이라고 하더구나.”

칸야가 무슨 소리냐는 듯 1골드를 뚫어지게 쳐다보았다.

“범… 족요?”

“네 부모는 사냥꾼이 아니라 스칼라이드 산맥 깊숙이 살고
있는 수인(獸人) 범족이다.”

칸야는 1골드가 무슨 소리를 하는지 전혀 알아들을 수가
없었다. 갑자기 다크 엘프로부터 시작해 유사 인종 이야기를
꺼내더니 이제는 자신을 수인족이라 한다. 그가 기억하는 부
모도 부정을 하면서 말이다.

“하. 하. 지금 무슨 말을…….”

“열다섯 살이 되면 1차 성징이 나타난다고 하더구나. 그때

털도 모두 빠지고 호리호리하던 몸도 점차 굳건한 전사의 모습으로 변해. 그리고 20세가 되면 2차 성징이……."

"그, 그만요! 말도 안 되는 소리를! 제 귀를 봐요. 눈도, 코도, 입도, 형과 똑같은 사람이잖아요. 단지, 단지 털만……."

"넌 사람이다."

"수인족이라면서… 흑……."

"엘프도 사람이고 수인족도 사람이다. 단지 인간과 몇 가지 다른 점이 있을 뿐이야."

지금껏 길게 서론을 꺼낸 이유가 이것이었다, 하프 엘프를 거론하면서 생식 기관까지 말한 이유가.

"괴, 괴물이잖아요?"

"수인족은 동족을 잡아먹지 않아, 인간을 잡아먹지도 않고. 인성(人性)이 있으니까. 세상엔 겉모습만 인간인 것들도 많다, 인간의 탈을 쓰고 인면수심의 일들을 아무렇지도 않게 저지르는 것들이. 그란델을, 아이들을 죽인 놈을 생각해 봐라. 어찌 인간이 같은 인간의 생명을 빨아 먹을 수가 있지? 그게 인간이냐? 넌 날 살렸다. 아이들을 살리려고 했다. 그 악마가 인간이냐? 네가 인간이냐?"

어느덧 백야의 발걸음이 뚝 멈춰 있었다. 주인의 치솟는 살기에 반응해 동작을 멈춘 것이다. 백야가 흉포한 눈을 번뜩이며 주변을 쓸었다. 주인의 심기를 건드린 것을 찾는 듯한 행동이었다.

숨을 가다듬은 1골드가 목소리를 낮추었다.

"난 네가 수인족이라서 더 좋다. 강한 동생을 둔 게 자랑스럽다. 네가 나를 그 긴 토굴 속에서 끌고 나와 살릴 수 있었던 것도 네가 수인족이기 때문이잖니? 게다가 후에 네가 형보다 힘이 더 강해지면 나를 돌봐줄 것이 아니냐?"

고개를 푹 숙인 칸야가 죽어가는 목소리로 물었다.

"…어떻게 알았어요?"

"반일족이 너를 알아봤다."

"그럼 저는 달이 뜨면 변하나요?"

"허! 이 녀석이. 너는 인간이라니까? 라이칸스로프는 몬스터다."

1골드가 짐짓 꾸짖으며 고개를 저었다. 그도 라이칸스로프와 수인족의 차이를 잘 구별하지 못했던 부분이기도 했다.

"라이칸스로프는 본바탕이 인간이다. 인간이 일종의 바이러스로, 아니, 으흠……."

그도 인간이 라이칸스로프가 되는 이유를 잘 몰랐다. 정우의 지식으로 영화 속에서의 가정을 설명하려 했으나 아이온에는 맞지 않는 말이었다.

"조물주를 부정하고 대적해 혼계에 떨어진 악마 아포피스가 인간에게 저주를 걸어 만들어진 게 라이칸스로프와 뱀파이어다. 하프 웨어울프라는 말은 들어본 적이 없지? 하프 뱀파이어도. 그런 저주받은 마물들은 자식을 낳을 수가 없어.

하지만 수인족은 자식을 낳을 수가 있잖아. 수인족은 그들과 다르다는 말이지.”

칸야의 고개가 조금 들렸다. 눈물도 멈추어 있었다. 1골드의 손에 전해지던 떨림도 줄어 있었다.

“형… 아포피스가 아니라 마왕 제니트인데요. 아포피스란 말은 처음 듣는데…….”

숨어 지내야 했던 칸야는 많은 책을 읽은 편이었다, 그 나이에 맞게 주로 신화나 동화책이었지만.

칸야가 관심을 보이자 1골드가 어깨를 쥔 손에 힘을 주었다. 어린 나이라 그만큼 충격도 컸을 것이다.

정우도 몇 년 못 살고 죽을 수밖에 없는 시한부 인생이란 걸 알았을 때 그랬다. 하지만 부정하고 거부할 수만도 없는 일이다. 조만간 알게 될 일, 빨리 아는 게 낫다.

어떤 면에서는 어릴 때 받아들이는 게 쉬운 일도 있다. 칸야는 아직 정체성이 완전히 확립되지 않았기에 변함없이 그를 대한다면 인간에 수인이 더해진 자아(自我)를 수용하는 데 탄력적일 것이라 생각했다.

“이건 비밀인데 너한테만 알려주마.”

“비밀… 요?”

칸야의 눈이 반짝였다. 친인과 비밀을 공유한다는 건 더욱 친밀감이 생기는 일이기 때문이었다. 1골드와 그만의 비밀, 스승 봄멜도 모르고 1골드 옆에 찰싹 붙어 꼴도 보기 싫은 수진도 모르는 비밀이다. 요사이 그는 수진에게 1골드를 빼앗긴 것 같은 아쉬운 마음이 들고 있었다.

1골드가 허리를 숙여 칸야의 귀에 대고 속삭였다.

"아드카빌론을 반일족은 마신으로 섬기지?"

"예."

"아드카빌론은 신이 아니야. 그냥 드래곤을 뛰어넘은 무지하게 힘이 센 드래곤일 뿐이다."

반신의 경지에 올랐으나 엄밀히 따지면 아드카빌론은 신이 아니었다. 예비 후보 정도라고나 할까.

"헉! 정말요? 신도 아닌데 저들은 왜 신으로……."

"다른 것 하나 더 알려줄까?"

칸야가 반색을 하며 귀를 쫑긋 세웠다.

"크라우치님이 섬기는 카뮤 있지?"

"예, 예!"

"카뮤는 아드카빌론조차 이름도 잘 모르더라."

"네에? 그게 무슨 말이에요? 카뮤신은 한때 북부 전 대륙의 사람들이 믿던 신인데요."

1골드가 킥킥거리며 대답했다.

"신은 신일 거야, 신관들이 신력을 쓰는 걸 보면. 그런데 아드카빌론이 잘 모른다면 선계에서 이름이 높지 않다는 소리지. 아마 쫄따구 신일 거다."

"쫄따구요?"

“군대에서 제일 밑의 쫄병 말이야, 쫄병.”

“아하! 쫄따구?”

칸야는 그새 쾌활하게 돌아와 있었다. 아이라 충격에서 회복하는 시간도 빨랐고 그만큼 재미있는 화젯거리를 1골드가 주고 있었다. 1골드는 칸야의 마음을 너무도 잘 알았다.

“옛날엔 말이야, 쥐를 신으로 섬기는 인간들도 있었어.”

“엥? 쥐를요. 에이, 디럽게.”

“그뿐인 줄 아니? 번개 맞은 고목나무도 신령한 나무라 섬기고, 상체가 여자고 하체가 뱀인 요상한 괴물의 자식들이라 믿는 인간들도 있었고 악마의 후손이라는 것들은 인간 피를 마시면 젊어진다 해서 생사람을 잡아먹었다.”

“에이! 설마요?”

“호오! 이놈 봐라. 형 말을 믿질 않네.”

칸야가 입술을 삐죽 내밀었다.

“그걸 믿으라고요? 짐승도 아니고 사람이 어떻게 사람을 먹어요? 말도 안 돼. 나 놀리려고 지어낸 거죠?”

“진짜라니까. 심지어 인육을 만두에 넣어서……”

“만두요? 그게 뭔데요?”

“하. 하. 옛날 고대 음식의 이름이야. 그건 그냥 넘어가고. 어쨌든 말이야, 아이온에서 섬기는 수많은 신들 중에서 진짜 신은 몇 되지도 않아.”

“정말요?”

"그럼, 정말이지. 매년 하늘에서 내가 신이다 하고 내려오는 것도 아닌데, 그들의 신이 진짜인지 가짜인지는 아무도 모르는 거다. 신관들이 '신이다' 하니까 '아하! 신이구나' 하고 믿는 거야. 예전부터 인간들은 맹수나 괴수들에 비해 약해서 강한 존재를 찾아 그들의 보호를 받기를 원했어. 그래서 동물들을 신으로 섬기는 신앙이 생겨난 거야."

칸야의 이해를 돕기 위해 1골드는 토테미즘을 거론했다.

이 시대가 인간들의 시대라 해도 신의 그림자는 짙게 깔려 있었다. 전염병이나 몬스터, 맹수들의 위험에서 인간은 늘 피해자이기에 보다 높고 강력한 존재를 찾는다. 병에 걸려도 제대로 약 한 번 쓸 수 없는 이들이 기댈 존재는 기적을 행하는 신밖에 없었다.

"영주를 보면 이해하기가 쉽겠다. 영주 밑에는 많은 기사들과 백성들이 몰려 있지. 그건 영주가 그들을 지킬 힘을 가지고 있어서다. 강한 힘을 가진 존재 밑으로 모여드는 거지. 왜일까?"

"으음, 보호받는 것일 것 같은데요."

"그래, 보호. 그 대가로 힘있는 자의 지배를 받는 거고. 계급이 그렇게… 아니다. 하여튼 인간은 신의 보호를 원한 거야. 그러다 보니 사기꾼 놈들이 생겨나게 되었고, 가짜 신을 섬기는 사이비 종교가 나타난 거지. 지금도 어디 외진 벽지에 가면 흑마법사 놈이 마법을 부려 자신이 신의 사자라고 사기를 치고 있을지도 모르지. 우리도 나중에 신이 한번 되어볼까? 하하하!"

"하하하!"

기분 좋게 웃은 1골드가 칸야의 머리를 쓸어주었다. 칸야는 이 고비도 잘 넘길 것이다. 그는 그렇게 믿었다.

"칸야야, 인간들이 만든 기준이 항상 올바른 것은 아니다. 반일족이 철석같이 믿는 아드카빌론도 마신이 아니듯이, 세상 사람들이 목숨을 바쳐 섬기는 신도 신이 아니듯이 말이다. 세상에서 가장 무서운 건 악마도, 마족도, 몬스터도 아니고 잘못된 믿음이다. 잘못된 걸 알았으면 어떻게 해야 하니?"

"고쳐야지요, 바르게."

"고쳐야지, 잘못된 건. 잘못을 만들어낸 것도 인간이고, 고쳐야 할 것도 인간이다. 나는 너를 믿는다. 네가 수인족이든 마족이든 상관없이. 넌 내 동생이니까. 그 점만 알아주었으면 해."

"형……."

1골드의 진심 어린 말에 또다시 칸야가 눈물을 글썽이고 말소리가 물기에 젖자 1골드가 말을 돌렸다.

"신관들은 선과 악으로 나누지만 조물주는 선과 마, 악으로 나눈다."

1골드는 반일족의 성녀들에게 들은 말을 전해주었다. 아드카빌론의 마정을 통한 것과도 일치했다.

"…그래서 마왕 제니트는 조물주의 어둠을 관장하는 신이다."

"어렵네요. 헷갈리기도 하고요. 마와 악이 뭐가 다른지 잘 모르겠어요."

"선과 마는 둘 다 순수의 결정체라 생각하면 돼. 선하려면 개미 한 마리 풀 한 포기 죽일 수 없으면 되고, 진정 마를 추구한다면 눈 한 번 깜박하지 않고 수백, 수천의 목숨을 취할 수 있으면 된다. 그저 자신만의 갈 길을 가는 거야. 그게 진정 마다. 간사하게 남을 타락시키지 않으면서 말야. 그게 악이니까."

칸야는 이해가 될 것 같기도 해서 작게 고개를 끄덕였다. 진짜 강자라면 그럴 것이라 생각했다.

"형, 그럼 저는 웨어울프처럼 변하지 않는 거예요?"

"그래, 피를 추구하지도 않고 저주를 다른 사람에게 옮기지도 않고 말이다."

샤먼 마법사 안드레이에게 들은 말이었다. 칸야가 수인족이란 것을 가장 먼저 알아챈 엘프였다. 1골드는 그에게 수인족에 대한 이야기를 들었다.

"2차 성징이 지난 후에는 네가 원할 때만 모습이 변해."

"그전에는요?"

"1차에서 2차 사이에는 감정이 통제가 잘 안 돼서 자신도 모르게 변화가 올 수 있다고 하더라. 짧은 기간이야. 넌 잘 견딜 수 있을 거다. 형도 항상 옆에 있을 거고."

"휴우… 예."

따뜻하게 칸야를 바라보던 1골드의 시선이 차갑게 가라앉았다. 거목들 사이를 날듯이 뛰어오는 인영들이 보였다.

톡톡톡!

백악어의 머리를 두드려 준 1골드가 말했다.

"수고했다, 백야야."

크르릉… 컹컹.

백악어는 기분 좋은 소리를 냈지만 이 공룡같이 커다란 몸에서 강아지 소리가 나는 것은 영 적응이 되지 않았다.

일사불란하게 백야의 앞에 다크 엘프들이 뛰어내렸다.

"오셨습니까? 맹약의 주인이시여."

하바로프크의 인사에 반일족들이 무릎을 꿇고 머리를 조아렸다. 그중 전사 그라노프는 눈을 치켜뜨고 백야를 노려보는 것을 잊지 않았다. 백야는 그를 싹 무시했지만.

칸야를 데리고 백야에서 내려온 1골드가 인사를 받았다.

"반갑습니다. 일어나세요."

"감사합니다."

1골드는 다크 엘프 반일족을 쭉 둘러보았다. 칸야와 인종에 대해 대화를 나누어서인지 처음과 같은 이질감은 없었다. 자꾸 시신경을 잡아당기던 귀도 그저 조금 쫑긋할 뿐이란 생각이 들었다. 얼굴이야 정우로 있을 때도 예쁜 것들이기에 씨가 좋나 보다 하고 넘어갈 수도 있었다. 아니면 단체로 성형 수술을 했든지.

'으응? 성형수술? 이거 나중에 돈 되겠다.'

하바로프크가 조심스럽게 물었다.

"유진님, 성지에 들어가신 일은 잘되셨습니까?"

"그럭저럭요. 한 가지 궁금한 것이 있는데, 얼굴 말입니다. 그 미모 타고난 겁니까?"

생뚱스런 질문에 잠시 말문을 열지 못하던 하바로프크가 대답했다.

"주어진 그대로 살고 있습니다. 저희가 어둠에 속한 일족 이라도 엘프입니다."

자연 그대로를 지키고 따른 다른 말이었다.

"일부 인간 중에 얼굴에 요사스런 사술을 부려 젊음과 아 름다움을 탐하는 무리들이 있지만 저희는 아닙니다."

"신관을 말씀하시는 겁니까?"

"예, 신이 아름다운 모습을 좋아한다고 그리하지요. 다 신 을 앞세운 허명입니다 허명(虛名). 인간들은 차별되는 것을 좋아하나 보지만 저희 일족은 아닙니다."

"그렇군요. 한 가지 더, 그 귀 말입니다."

혹여 예민한 부분을 건들지 않았나 싶어 엘프들의 안색을 살폈지만 덤덤한 얼굴이었다.

"감출 수 있습니까?"

이 부분에서는 눈썹이 치켜 올라가고 긴 귀가 파르르 떨렸다. 엘프들의 자존심을 건드는 말이었다.

"저흰 다크 엘프 반일족입니다. 그 이유를 설명해 주시겠습니까?"

"아! 기분이 상하신 듯하군요. 그대들을 부정하라는 뜻이 아닙니다. 다만 인간들 세상에서는 눈에 띄니 물어본 겁니다."

흠칫 놀란 하바로프크가 재빨리 물었다.

"인간 세상이라 하시면?"

"성지의 수호족으로 긴 세월을 이곳에 계셨던 걸로 압니다."

"그, 그렇습니다."

"밖이 어떻게 변했나 궁금하지 않나요? 아니면 없던 일로 하고요."

화들짝 놀란 하바로프크가 몸을 돌리는 1골드를 잡으려는 행동을 보이다 실태를 깨닫고 목소리를 높였다.

"맹약의 주인이시여! 말씀을 오해해 죄송합니다. 죽을죄를."

"뭐, 죽을죄까지야. 어때요? 생각이 있으십니까?"

세월의 족쇄를 풀어준다는 데 하등 반대할 이유가 없었다.

"감사합니다."

"그래서 그 귀를."

"걱정하지 마십시오. 귀에 간단한 환영 마법을 걸어주면 보통 인간들은 알아보지 못합니다."

1골드가 고개를 끄덕였다. 이미 안드레이의 샤먼 마법을 직접 겪어본 적이 있었다.

"보통 인간이 아니면요?"

"저희 일족은 자연과 벗 삼아 살아 민감한 감각을 가졌습니다. 마법을 알아챌 정도로 강한 인간을 만나면 피하든지 죽여 버리면 됩니다."

보통 엘프였다면 죽어 버린다는 말은 하지 않을 것이다.

"그럼 저희들이 세상에 나가 무슨 일을 하면 됩니까?"

"맘대로 하세요."

"예에?"

"하하, 어린애입니까? 하고 싶은 일을 하세요. 단 한 가지 부탁만 잊지 말아주시면 됩니다. 한 무리를 찾으십시오."

1골드는 샤벨에서의 일을 천천히 풀어 설명해 주었다. 소드 마스터 급의 기사와 고위 신성 마법을 사용하는 신관, 그리고 혈인을. 몸을 쭈그린 그가 바닥에 그림을 그렸다.

"이렇게 생긴 신발을 신고 있습니다."

천 년이나 밀림에 갇혀 살던 반일족이 신발의 모양을 보고 어느 지역에서 유행하는 스타일인지 알 리가 없었다.

"저… 그 정도 가지고는 아무리 저희라도… 신관은 신성력을 사용하는 무리라 저희와는 상극입니다. 교단에 접근하기도 전에 정체가 들통날 겁니다. 그래서 저희가 직접 나서기는……."

"알아서 하세요. 대리인을 내세우든지 돈을 풀어 정보를 모으든지요. 자금은 제가 대겠습니다. 그리고 사건을 역순으로 풀어가다 보면 언젠가 그 끝에 닿지 않겠습니까? 나는 아직 준비가 끝나지 않아 성지를 떠날 수 없습니다. 먼저 나가 계세요. 곧 가겠습니다."

하바로프크는 항상 꿈에 그리던 일이었으나 현실이 눈앞에 직면하자 기쁨을 넘어 두려움이 엄습했다. 에티우스에서 태어나고 자란 그들이었다. 인간이 주도하는 세상에는 한 발도 디디지 못한지라 인세에 대한 지식이 전무했다.

"저… 정보는 어디에서, 어떻게 모읍니까?"

"…아무래도 약간의 준비가 필요할 듯하군요. 일단은 세상에 나갈 준비를 하세요. 차후에 차차 말을 하지요. 그건 그렇고……."

1골드가 뒤를 돌아보며 손짓을 했다.

"이 길 어떻습니까? 시원하게 뚫리지 않았나요? 백야가 여러모로 쓸 데가 많습니다."

그의 말처럼 망각의 늪에서 반일족 마을까지 일직선으로 뻥 뚫려 있었다. 그는 백야가 걸어온 흔적을 길이라 불렀다.

"그럼 길을 만드시려고 일부러?"

"놀면 뭐 합니까? 이런 일이라도 시켜야지요."

하바로프크은 말을 잇지 못했다. 반일족의 결계도 뚫고 들어와 다크 엘프들을 잡아먹는 괴수를 길을 내는 데 사용하다니. 백악어의 존재감만으로 주변 일대가 죽은 듯 조용해졌는데도 말이다.

"아아! 그리고 두 가지 부탁이 더 있습니다."

"예, 무엇이든 말씀만 하십시오."

"하나는 안드레이를 빌려주시고, 나머지 하나는 에티우스에 사는 수인족을 찾아주세요. 하실 수 있겠습니까?"

안드레이를 내어주는 건 어려운 일이 아니었으나 밀림에서 수인족을 찾는 일은 쉽지 않았다. 이 넓은 밀림을 다 뒤지려면 족히 10년은 걸릴 것이다.

"예, 그리하겠습니다. 안드레이와 함께 갈리나와 알로나도 보내겠습니다."

두 여인의 이름이 나오자 1골드가 하바로프크 뒤에 시립한 그녀들을 쳐다보았다. 시녀로 배정된 여인들이었다. 1골드는 시녀가 필요없었다. 여태 남의 시중을 받고 살아오지 않았을뿐더러 같은 지성체를 노예로 부리는 것에 대해 거부감이 있었다.

"그녀들은……."

갈리나와 알로나가 마른침을 삼켰다. 그녀들 나이에 짝이 없는 엘프는 없었다.

"자유롭게 풀어주겠습니다. 이 시간부로 그녀들은 시녀가 아닙니다.”

기대에 찬 갈리나의 눈에 물기가 어리는가 싶더니 펑펑 눈물을 흘렸고 알로나는 배배 꼬던 몸이 그대로 무너져 아예 땅을 치며 대성통곡을 했다.

“흑흑흑……!”

“꺼억! 꺽! 꺽! 엉엉엉……!”

“무슨?”

하바로프크가 작게 한숨을 쉬며 1골드에게 낮은 목소리로 그 이유를 설명해 주었다.

여인 엘프의 짝은 일생 동안 단 한 명이다. 엘프들에겐 재혼이란 개념 자체가 없었다. 결혼은 영혼의 결합으로 배필이 몇 년을 살고 가든 남은 세월을 홀로 지내야 한다. 두 여인은 결혼도 하지 못한 채 청상과부가 된 것이다.

엘프들의 관습상 일부일처제로 두 명의 부인을 두지 않았으나 맹약의 주인은 신의 대리자, 그 궤에서 벗어났다. 음탕한 아드카빌론이 만들어놓은 일이라 1골드도 어쩔 수 없었다.

두 여인을 쳐다보던 1골드가 물었다.

“그녀들이 프리스트라 하셨습니까? 무력은 어느 정도입니까?”

“예, 갈리나는 얼음을 능숙하게 다루고 알로나는 정령술에 일가견이 있습니다. 저희 일족 중에서는 최고라고 말씀드릴 수 있습니다. 또한 태어날 때부터 성녀로 선택되어 온갖 교육을 받고 자라 주인을 모시는 데 하등 불편함이 없으실 겁니다.”

“좋습니다. 안드레이와 함께 준비시켜 주십시오.”

“아! 감사합니다.”

“멋지군.”

그는 눈에 나무 꼭대기에 올라가 있는 한 엘프의 모습을 담고 있었다. 육중한 덩치가 곧 부러질 것 같은 나뭇가지에 의지해 전혀 흔들림없이 서 있었다.

“배워두면 좋겠어. 연약한 나뭇가지를 밟고 뛰어다니는 모습이라… 예전엔 전혀 상상도 못한 일이야. 훗! 재밌는 세상이야. 정말 재밌어. 그 빌어먹을 놈들만 아니라면.”

그도 모르는 사이 뭉클 살기가 피어올랐다. 지나던 엘프들이 살기에 반응해 힐끔거리자 1골드가 쓴웃음을 흘렸다.

“아주 오토매틱이군. 그 새끼 생각만 하면 피가 끓어오르니… 이것도 고쳐야겠어.”

1골드는 두 눈을 감았다. 그에게도 움직일 수 있는 조직이 생겼다. 스스로 만든 것이 아니라는 게 마음에 들지 않았지만 찬밥 더운밥 가릴 처지가 아니었다. 게다가 개개인이 듬직한 다크 엘프였다.

그는 적을 브리언 교로 상정하고 힘을 기르고 있었다. 가장 선행되어야 할 것은 스스로 무력을 갖추는 일이다. 윗대가리가 힘이 약하면 그 조직은 모래성처럼 한순간에 무너진다. 이건 경험하지 않아도 충분히 알 수 있는 일이다.

현대도 그렇고 아이온도 엄밀히 따지면 약육강식의 원칙에 충실히 따른다. 과거나 현재, 미래도 이 사실은 변하지 않는다.

강대국들이 아무리 평화를 앞세워도 다 자국에 이익이 되는 범위에서 국제 질서가 유지되듯 말이다. 하물며 개인의 무력을 중시하는 아이온에서는 더했다.

그 다음이 조직적인 무력을 갖추는 일이었다. 계란으로 바위를 깰 수는 없으니까.

교단은 그저 단순한 성직자들의 모임이 아니다. 막강한 힘을 갖춘 국가 안의 작은 국가라고 봐도 무방했다. 신성 투실바의 경우 왕실에 버금가는 권력과 무력을 라미안 교는 가지고 있었다.

브리언 교를 주교로 삼는 밀리언 연방은 절대왕정이 아니다. 절대자의 권력이 약할수록 힘은 분배되고 교단의 힘은 강성해진다. 전쟁이 나면 교단에 손을 벌리는 일이 다반사니 교에서는 그만큼 목소리를 낼 수 있었다.

1골드는 최악의 경우 밀리언 연방 전체와 전쟁을 벌여야 할지도 모른다.

하지만 이쪽에서 그들이 무시하지 못할 힘을 가지고 있다

면 이야기가 달라진다. 득과 실을 비교해 보고 자진해서 흉수
들을 내놓을 수도 있다. 물론 그가 원하는 일은 아니다. 흉수
에게 타협은 없다.

하지만 흉수가 속해 있다고 브리언 교 전체를 죽일 생각은
없었다. 썩은 계란을 골라내는 일이다.

조직은 곧 사람이다. 사람을 움직이려면 돈이 필요하다.
돈은 죽은 사람도 부린다고 했다. 무력과 금력은 서로 관계가
깊다. 어느 게 먼저라고는 말하지 못한다. 금력으로 무력을
키우고 무력으로 돈을 벌고. 결국 필수불가결하게 돈은 필요
하다.

1골드가 눈을 떴다. 다가서는 인기척을 느꼈기 때문이
다.

"돈은 내가 직접 나가지 않더라도 벌 수 있다."

"예? 무슨 말씀이십니까?"

고개를 기울이고 하바로프크를 쳐다보던 1골드가 불쑥 물
었다.

"돈 좀 벌어볼 생각 있습니까?"

순식간에 어둠에 잠겨들었다.

칠흑 같은 어둠 속에서 1골드는 눈 한 번 깜박이지 않고 정
면을 주시했다.

두두두두두!

소리가 먼저였다. 그리고는 지축을 뒤흔드는 진동에 몸이 들썩거렸다. 장막이 거치면서 찬란한 빛이 뿜어져 나와 눈을 괴롭혔다.

그 뒤로 백마를 타고 순백색의 갑옷을 입은 성기사들이 빛의 검을 앞세우고 달려들었다.

"죽어랏! 이 악마! 세상을 피로 물들일 마왕아!"

"무, 무슨 소리요, 악마라니? 난 당신들 속에 숨은 진짜 악마를 없애려……."

가는 목소리, 1골드는 사라지고 그 자리에 정우가 서 있었다.

"신의 사자들이여! 어린아이의 탈을 쓴 모습에 현혹되지 마라! 그가 걸어온 자리에서 구천을 떠돌며 세상을 원망하는 가엾은 백성들의 영혼을 봐라!"

백발을 휘날리며 하늘에서 천신이 강림하듯 내려선 노성인의 모습, 곤의 노한 목소리였다.

정우가 무엇에 끌린 듯 뒤를 돌아보았다.

"까악!"

그 끝이 보이지 않았다. 온통 시체가 산을 이루고 피가 내처럼 흘렀다.

"이, 이게……."

"부정하지 마라, 마왕! 네놈이 벌인 짓이 아니더냐! 인두겁을 쓴 마왕이여! 신의 노여움을 알게 될 것이다! 우리 모두가 죽는 한이 있더라도 너만은 데려간다!"

그때 정우의 옆에서 불쑥 긴 주둥이가 튀어나왔다.

"크크크… 누가 감히 우리 형을 핍박하는가! 나를 넘어야 할지다! 하하하! 인간들이여, 와랏! 내 사지를 찢어버릴 것이며 너희들의 피로 목마름을 달랠 것이다!"

'혀, 형? 칸야?'

구부정한 허리에 앞세운 손은 함지박만 하게 컸으며 손끝엔 마르지 않은 피가 뚝뚝 떨어지는 날카로운 손톱이 나 있었다. 입은 돌출되어 있었고 입술 사이로 삐쭉한 이빨들이 드러나 짐승의 주둥이를 보는 듯했고, 갈색 피부에는 짙은 검은 줄이 일정한 간격으로 그어져 있었다.

'이, 이게 수인족?'

그 순간 깊은 슬픔에 잠긴 눈으로 정우를 보던 칸야가 성기사들을 향해 뛰어들었다. 그의 팔이 휘젓는 곳마다 살점이 떨어져 나가고 피가 튀어 올랐다.

"크아아앙!"

입을 쩍 벌린 칸야가 한 성기사의 머리를 투구째 물고는 고개를 치켜 올렸다.

뿌드득!

머리가 통째로 뽑히며 목에서 피가 분수처럼 솟구쳤다.

"카, 칸야……!"

으적으적.

정우는 덜덜덜 떨었다. 칸야가 머리를 씹고 있었다. 입가로 흐르는 허연 뇌수를 손으로 훔쳐 내면서.

"아, 안 돼, 안 돼. 칸야야, 넌 그러면 안 돼에에!"

칸야가 광기에 휩싸인 눈으로 정우를 노려보았다.

"왜요? 이게 형이 원하던게 아닌가요? 수인족인 칸야가 인간 칸야보다 좋다면서요? 난 형이 원하는 대로 하고 있는 거예요. 형도 좀 먹어볼래요?"

칸야가 성기사의 팔을 부욱 잡아 뽑아서 피가 뚝뚝 떨어지는 절단면을 정우 앞에 내밀었다.

"맛있어요. 전 형이 고마워 미칠 지경이에요. 이렇게 맛있는 사람 고기를 맛보게 해주어서. 카카카카!"

그 모습을 보며 분노에 떤 성기사들이 야수와 같이 칸야를 향해 달려들었다. 성기사들의 검에 칸야의 손톱이 잘려 나가고 팔, 다리가 잘렸다. 이도 성이 안 차는지 도끼를 들고 칸야의 입을 찍어버리고는 혀를 뽑았다.

"커억! 커억! 칸야야, 칸야야!"

울부짖는 정우에게 곤이 다가왔다.

"마왕, 이게 네가 원한 것이 아니더냐? 왜, 너무 쉽게 죽여 아쉬운 게냐? 저들을 보아라."

한편에 다크 엘프를 지휘하는 봄멜의 모습이 보였다. 그의 지휘 아래 아녀자가, 아이가, 힘없는 백성들이 죽어나가고 있었다. 일수에 불의 해일을 일으켜 도시 하나를 태워 버리는 모습은 공포 그 자체였다.

"네놈 때문에 저 마법사도 마에 물들었다. 저 죄없는 백성들은 어찌할 것이냐? 너만 없으면, 너만 없었다면 이 모든 일이 일어나지 않았을 것이다. 1골드는 이런 결과를 두려워한 신의 예정대로 버려졌었다. 네가 그를 찾지 않았다면 선한 수백, 수천만의 인간들이 천명대로 살 수 있었을 게다."

정우는 몸이 부들부들 떨리고 이가 딱딱 부딪쳤다. 이런 일을 만들어낸 장본인이 자신이라는 게 믿어지지 않았다.

곤이 자애로운 얼굴로 정우의 손을 잡았다.

"정우야, 지금도 늦지 않았다. 돌아가자, 정우에게로 돌아가서 편한 안식을 취하거라. 이 많은 죄를 씻을 길은 그뿐이다. 가자, 정우야. 편한 안식의 세계로……."

정우는 망연히 곤을 쳐다보았다. 그랬다. 그만 잊고 포기하면 끝나는 일이었다. 저 가엾은 수인족 아이도 피를 묻히지 않아도 되고 봄멜도 그의 길로, 다크 엘프도 밀림에 묻혀 살면 그뿐이었다. 그만 아니라면 세상은 아무것도 변하지 않는다.

"가지요, 갑니다. 전… 으아아아아악!"

정우가 머리를 움켜쥐고 바닥을 굴렀다. 머릿속에 1골드의 목소리가 들렸다.

'넌 가라. 난 이제 정우가 아니다. 꺼져! 난 1골드다. 내 안

에 이런 약한 정우는 존재하지 않는다!'

으드득! 부드득!

"크아아악!"

정우의 몸에서 뼈가 뒤틀리는 소리가 들리며 모습이 변하기 시작했다. 좁은 어깨가 쫙 펴지고 척추가 고무줄처럼 늘어났고 가녀린 팔다리가 순식간에 근육으로 뒤덮였다.

굳은살이 흉물스럽게 박인 두툼한 손이 바닥을 짚었다. 벌떡 일어선 1골드가 작게 숨을 내쉬었다.

"꺼져… 전부 꺼져라! 크크크!"

가슴을 확 젖힌 그가 하늘을 향해 광소를 터뜨렸다.

"우와아아아!"

그러자 하늘이 흔들리고 사람들의 모습이 흐릿해지더니 나타낼 때처럼 순식간에 사라졌다.

"후우……! 후우……!"

숨을 가다듬은 1골드가 오브를 잡고 낭패한 표정을 짓고 있는 안드레이에게 말했다.

"수고했다."

"아, 아닙니다, 주군. 사령들을 살려주셔서 감사합니다. 그놈들을 모으는 게 여간 어려운 일이 아니라서요."

1골드는 안드레이의 샤먼 마법을 심약한 마음을 다스리는 데 사용했다. 마을 입구에서 환영 마법에 사로잡혀 스스로 목숨을 끊을 뻔했다. 이는 약한 마음을 파고드는 정신계 정령들에게서 비롯된 것이다. 근본적으로 그가 가지고 있는 약한 마음이 문제였다.

그는 그 점을 수련의 방편으로 삼았다. 칼만 빠르고 날카롭게 휘두른다고 강자가 되는 것이 아니다. 정신이 바늘 하나 들어갈 틈도 없이 탄탄해야 한다.

"그녀들은 아직인가?"

쓴웃음을 지은 안드레이가 고개를 숙였다.

"예, 아직도 동공 입구에서 싸움판을 벌이고 있습니다. 벌써 하룻밤이 흘렀는데도 서열이 정해지지 않았나 봅니다. 그 수진이라는 분도 대단한가 봅니다."

"그래, 수고했다. 그만 물러가라."

안드레이가 레어를 나가자 1골드는 눈을 감았다.

─가디언들이여! 맹약의 주인이 부른다. 와라.

숨을 가다듬어 내부를 다스리고는 10여 미터 떨어진 곳에 놓여 있는 대검에 손을 뻗었다.

흔들흔들.

그의 눈빛이 강렬해지자 대검이 자석에 이끌리기라도 한 듯이 손으로 날아들었다. 착 감기는 검병을 감싼 가죽의 감촉이 전해졌다. 마음이 편해지는 느낌이 들었다. 요즘은 검을 잡으면 마음이 편해지고 힘이 솟는다.

쿵쿵쿵!

가벼운 진동음이 들리고 곧 16기의 스톤 골렘 가디언들이 레어로 들어서기 무섭게 그를 포위한 형태로 빙 둘러섰다. 이곳에 들어서면 당연히 해야 할 것 같은 움직임이었다.
가디언들의 중심에 선 1골드가 힘차게 외쳤다.
"와라! 와서 나를 죽여라!"

Chapter 2

알라모 상계(商界)

뿌우! 뿌우우!

멀리서 뱃고동 소리가 들려오자 선착장의 인부들은 일손을 놓고 기대에 찬 눈으로 알라모 만(灣)의 초입을 향해 눈을 돌렸다.

무역선이 항만에 들어오면 마치 새 생명을 얻은 것처럼 선착장은 활기에 넘친다. 만선의 깃발을 내걸고 들어오는 어선처럼 무역선에는 그들에게 부를 안겨줄 물건들이 잔뜩 선적되어 있을 거라는 기대였다.

천연의 방파제 너머로 서서히 뱃머리가 드러나자 선착장에 모인 사람들의 얼굴이 굳어졌다.

뱃머리의 폴(Pole)이 흔적도 없이 사라졌고 거친 바다를 바람처럼 헤치고 달려 달라는 의미의 목각상도 자취를 감추었다. 이어 드러나는 선체는 더욱 처참했다. 돛은 걸레 쪼가리로 변해 있었고 기둥같이 받치던 3본 마스트(Mast)는 반이 꺾인 메인마스트만이 남아 있었다.

"아하……!"

한 사람의 탄식이었다.

"어이! 이 사람들아, 무슨 구경났어? 어서 하던 일을 마쳐야지. 시간 안에 못 끝내면 오늘 일당은 없는 줄 알아!"

"예예, 일합니다. 일해요. 그런데요, 감독님. 저 깃발, 스캇님의 배 같은데요."

인부의 말에 선착장 감독관이 안력을 높였다. 제국의 깃발 아래로 백합 세 송이가 그려진 기가 펄럭였는데 인부의 말대로 상인 스캇의 표시였다.

"쯧쯧쯧, 벌써 세 번 연속이네. 정말 재수가 옴 붙은 사람이군. 아무리 스캇이라도 이번엔 힘들겠어."

"그러게요. 참 좋은 분인데, 어찌 배를 띄울 때마다 저리 되시는지……."

다가닥. 다가닥.

혀를 차는 소리가 말발굽 소리에 묻혔다. 일단의 기사들의 호위를 받으며 마차 한 대가 선착장으로 들어서고 있었다.

"길을 비켜라!"

위압적인 고함이 들린다.

감독관이 고개를 저으면 몸을 돌렸다. 벌써 상단의 귀항 소식이 코튼 백작의 귀에 들어간 모양이었다. 스캇은 가족들과 회포도 풀지 못한 채 도살장에 끌려가는 소처럼 끌려갈 것이 뻔했다. 천신만고 끝에 살아 돌아왔지만 아직 끝난 것이 아니었다.

운이 좋아 살아남아도 빚을 감당하지 못해 가족들은 노예로 팔리고 스캇 자신도 이곳 선착장에서 짐을 나르는 인부로 전락할지도 모른다.

감독관의 예상대로 스캇은 육지에 발을 디디자마자 병사들에게 둘러싸여 개처럼 끌려갔다. 선체만 봐도 이번 무역이 어떠했는지는 한눈에 알 수 있었다.

스캇은 코튼 백작가의 저택에 들지도 못하고 서슬 퍼런 병사들의 감시를 받으며 앞마당에 무릎 꿇려져 있었다.

"휴우… 이보게, 스캇."

스캇이 백작가 집사의 말에 고개를 들었다. 40대 초반으로 보이는 그는 그간 고생이 심했는지 거친 피부에 핼쑥한 얼굴로 창백한 안색이었다. 하지만 상인답지 않게 각진 얼굴 형태와 구릿빛 피부가 기사를 보는 듯 단단함이 느껴졌다.

"말씀… 하십시오."

"내 이미 보고는 들었네. 그래도 자네의 입으로 직접 듣고 싶구만. 어디 변명이라도 해보게."

스캇이 고개를 푹 숙였다.

"면목없습니다."

"당연히 면목이 없겠지. 그보다 조금이라도 건진 게 있나?"

"없습니다."

"전혀?"

스캇의 고개가 땅에 닿을 듯 숙여졌다.

"끄응! 하아… 미치겠구만. 그럼, 백작님께 드릴 원금이라도 어디 융통할 데는 있어? 자그마치 삼천 골드네, 삼천 골드. 아이고, 머리야. 이제 자네뿐만 아니라 내 목까지 걱정하게 생겼어."

코튼 백작은 스캇의 전주(錢主)였다. 타국과의 무역을 위해 출항을 앞둔 상인은 전주에게 자금과 항해 경비를 요구한다. 그런 연후에 교역을 마치고 귀환한 상인은 빌린 자금을 전주에게 갚는다. 여기서 이익금의 4분지 3은 전주에게 상인은 4분지 1을 갖는다.

빌린 자금으로 교역 물품을 사들이고 교역 대상국에서 물건을 판다. 판매대금으로 또다시 현지 물품을 사들여 귀환한 후 판매를 하여 몇 배의 차익을 남긴다. 상품의 희소성이 높을수록 가격은 천정부지로 높아져 많은 수익을 올릴 수 있었다.

바닷길을 이용한 해상무역은 자연재해나 거친 해상로, 해적 등의 여러 이유로 정기적으로 이뤄지지 못했다. 그래서 일회성 무역으로 한 번에 큰 수익을 얻기 위해 전주의 돈을 끌어들인다.

스캇의 경우 이익금은 생각지도 못하고 원금마저 갚을 수 없는 상황이었다.

"이왕 이렇게 된 거, 이유나 아세. 어떻게 된 일인가?"

"무슨 변명이 필요하겠습니까. 다 제가 부덕해서 벌어진 일입니다."

스캇은 입을 다물어 버렸다. 에티우스 밀림 맞은편의 이스트 군도의 해적들에게 쫓겨 애초 목적한 교역국에 가지도 못하고 배를 가볍게 하기 위해 무역품을 다 버리고 배를 돌릴 수밖에 없었다는 말을 해도 변명일 뿐 결과는 달라지지 않는다.

지난 항해 길은 바다 신의 노여움으로, 그 전번에는 암초에 걸려, 이번엔 해적이었다. 연이은 세 번의 실패로 스캇에게 더 이상 자금을 대줄 전주는 없다고 봐도 무방했다.

"후우! 나도 이러고 싶지 않네만 어쩔 수 없네. 상환 기일은 계약서에 명시한 대로 6개월일세. 뭐, 지금 회수를 집행해도 별 상관이 없겠지만 그간의 도리도 있고 하니 계약서에 명시한 대로 따르겠네."

"……"

스캇에게는 사형선고나 다름없는 소리였으나 아무런 말도

할 수 없었다. 이미 가진 재산을 탈탈 털어 이번 항해에 모든 걸 걸었기에 새로운 사업을 벌일 자금도 없었다.

신용도 바닥으로 떨어진 상태라 돈을 융통할 곳도 없었고, 맨 몸으로는 반년 만에 삼천 골드라는 어마어마한 금액을 만들어낼 수가 없었다.

열세 살에 선원으로 시작해 25년 만에 자산 총액 1억 골드의 상단을 꾸리던 스캇은 단 세 번의 교역 실패로 1년이란 짧은 기간에 무너졌다.

코튼 백작가에서 마차도 제공받지 못하고 대저택들이 즐비한 언덕길을 바람 빠진 풍선마냥 축 처진 몸으로 터벅터벅 걸어가던 스캇은 그를 부르는 소리에 고개를 들었다.

"아버지……."

이제 갓 소년티를 벗은 장남 벨이었다. 붉은 기가 감도는 머리카락에 스캇과는 다르게 하얀 피부로 몸매 또한 호리호리한 편이었다. 스캇은 아즈빌 계 혼혈로 그들과 가까운 외모인 반면 벨은 북방 계통인 어머니 쪽에 가까웠다.

"어? 네가 이곳엔 웬일이냐?"

벨은 크로시안 제국 남부의 제일 대도시인 샤오스로 유학을 떠나 대학에 해당하는 아카데미에서 수학을 공부하고 있었다.

수학자는 우대를 받는 직업으로 여러 방면에서 그 쓰임새가 많았다. 영주들의 주변에는 머리보다 몸을 쓰는 기사들이 많았기에 그들은 항상 우수한 행정 관료가 필요했다.

행정이라고 해봤자 대부분이 세금 수납과 자금 운영에 관한 일이었다. 그래서 신학이나 문학, 예술을 공부하는 이들보단 수학자들이 우대받았다.

체계적인 공부를 하지 못한 스캇은 인적 관리나 거래처와의 관계 등은 경험과 인품으로 유지한다 해도 상단의 규모가 커지고 막대한 자금이 유출입되면서 자금 관리에서 한계를 느꼈다.

벨은 장차 스캇의 가업을 물려받기 위해 후계자 수업을 쌓고 있는 중이었다. 학교를 졸업하고 난 후에는 다른 장인이나 상인들처럼 엄격한 도제제도에 따라 바닥에서부터 일을 배워야 한다.

보통 장인들이 기술자를 양성하는 도제제도는 상인에게도 해당하는 사항이었다. 벨은 대학을 졸업한 후에도 족히 5년은 스캇을 따라다니며 일을 배워야 상인이라 부를 수 있게 될 것이다.

"아버지를 모시러 왔어요."

"이놈! 누가 그걸 물은 것이냐?"

"아버지, 저는 어린애가 아닙니다. 샤오스에서도 소식을 다 듣고 있었어요. 가족들이 고생을 하는데 어떻게 저 혼자 편하게 지내겠어요? 아버지 사업이 풀리면 다시 돌아가서 공부를 해도 돼요."

벨은 스캇이 항해를 떠난 사이 알라모의 영주 아래에서 기사 수업을 받고 있는 남동생 켈리의 연락을 받고 집에 돌아와 있었다.

"네놈이 걱정할 문제가 아니다. 너는 그저 열심히 공부를 해서……."

"후에요. 가시죠, 아버지. 아버지가 배를 타고 계실 때 이사를 했어요. 이제 저 집은 우리 집이 아니에요."

얼굴을 굳힌 스캇이 집이 있는 방향을 쳐다보았다. 지난번 항해 때 프라이스 교 성기사단에 저당을 잡혔었다. 그들이 집행을 한 것이리라.

몇몇 거대 상인이 회사를 만들고 은행을 세웠지만 가장 큰 은행 업체는 성기사단이 운영하는 곳이었다.

스캇이 쓴웃음을 머금었다. 상인보다 더 돈놀이를 잘하는 곳이 교단이었다.

상인은 그처럼 뜻하지 않은 사고로 폐업을 하기도 하지만 고위 귀족들에게 돈을 빌려주고 받지를 못해 파산하는 경우도 있었다.

제국을 대표하는 상인 바알 가는 황제에게 천문학적인 채무를 가진 채권자였다. 현 황제의 빚이 아니라 주색잡기에 빠졌던 전대 황제가 순전히 힘으로 돈을 빌렸고 현 황제는 돈을 갚을 수 없다고 거부를 한 것이다. 그렇게 되면 돈을 못 받는다. 감히 황제에게 돈을 달라고 윽박지를 수 없으니까.

아무리 거대 제국이라도 정부 재정은 일정한 최대, 최소 수입이 있다. 건전하게 재정을 운영했다면 지배자가 백성인 상인에게 빚을 낼 이유가 없겠지만 범인은 상상도 하지 못할 그 한도가 넘어서면 만백성의 생살여탈권을 쥐고 있는 황제라도 빚을 내야 된다.

칼을 든 지배자에게 돈을 달라고 보챌 배짱 두둑한 상인은 당연히 없다. 돈을 갚을 때까지 기다리는 멍청한 상인도 없고. 막대한 이권이 남는 정부 사업에 특혜를 받는 조건으로 빚을 탕감해 주는 것이다.

유일하게 황제에게 돈을 받을 수 있는 은행은 단 한 곳, 교단이었다.

상인들의 입장에서 볼 때 교단이 많은 백성 구제 활동을 한다고는 해도, 교단 정책상 이자를 받는 것이 금지되어 있다지만 사실 진정한 돈놀이꾼이었다.

벨의 뒤를 따라 대부호들이 모여 사는 언덕을 내려온 스캇은 한참을 더 도심에서 벗어나고서야 이사한 집에 도착했다.

단출한 2층 저택, 평민들이 살기에는 그리 나쁜 집은 아니었으나 동해를 한눈에 내려다보던 대저택에서 수십 명의 하인을 부리며 살던 스캇 일가의 집이라고는 믿지 못할 정도로 초라했다.

스캇은 한숨을 내뱉었다. 이 집도 조만간 없어질 것이며, 부인과 두 아들은 빚 때문에 노예로 팔려갈 것이다. 삼천 골드, 한창때는 신용만으로도 융통할 수 있던 돈이었다. 앞이 깜깜했다. 길이 보이지 않는다. 인생무상이다.

세 부자(夫子)가 술잔을 들고 있었다. 보통 때 같으면 아들들의 성취를 묻고 즐거워야 할 시간이지만 지금은 초상집 분위기였다.

스캇은 바쁜 일 때문에 돌보지 못한 아들들이 장성한 걸 이제야 깨달았다.

그를 닮아 뼈마디가 굵은 둘째 아들 켈리가 팔짱을 낀 채 술잔을 매섭게 노려보았다.

"아버지, 전 도저히 이해를 할 수가 없습니다. 연달아 세 번이나 실패를 한 것도 그렇고 알라모에서 열 손가락 안에 들어가던 우리 상단이 하루아침에 무너지다니요?"

벨이 짐짓 꾸짖는 투로 켈리를 보았다.

"지금껏 아버지가 말씀하셨잖아."

"아니, 내 말은 그 정도 타격으로 단숨에 무너질 만큼 상단이 허술했냐는 말이야. 내 생각엔 전혀 그렇지가 않아. 형도 알 거 아냐? 상단 내실이 얼마나 튼튼했는지."

스캇이 무겁게 입을 열었다.

"켈리야, 인생사라는 게 그런 거다. 잘나갈 땐 간이며 쓸개며 빼줄 것 같던 자들도 한순간에 등을 돌린다. 네 말뜻 안다. 내가 실패를 거듭하자 그나마 남아 있던 상단 재산을 빼돌린 거야.”

　상단에 속한 상인들의 손버릇이 점차 나빠지고 있는 것을 그도 알았다. 비용의 과다 청구나 도매인과 입을 맞추어 계약서를 허위 작성하는 등, 제 살길만 찾았다는 것도.

　이 모든 게 자신의 부덕이라 생각했다. 그리고 이번 항해로 막대한 이득을 올리면 다 전처럼 돌아갈 것이라고 애써 자위했다.

　켈리가 일어날 것처럼 몸을 들썩였다.

　“아버지는 그런 자들을 그냥 보고만 계셨습니까! 내 이놈들을!”

　스캇이 허탈한 미소를 지었다.

　“인심이란 게 다 그런 거다. 그 친구들도 살길을 찾아야지. 나와 같이 죽을 수는 없는 노릇이 아니냐?”

　말은 그렇게 했지만 교역 후에는 옥석을 가릴 생각이었다. 어려울 때 사람의 진면목이 드러난다. 스캇이 느낀 바로는 물건을 매매하는 것보다 사람을 다루는 일이 배는 힘들었다. 항상 인복이 있다고 여겼지만 드러난 현실은 이것이었으니.

　벨이 조심스럽게 서류 한 장을 내밀었다.

　“응?”

　“읽어보십시오.”

　서류를 잡은 스캇의 손이 떨리고 얼굴이 시뻘겋게 달아올랐다. 그리고는 두 눈을 감고 고개를 젖혔다.

"마스터 그린 씨가 세 명의 상인을 데리고 알렉슨에게 갔습니다."

상단의 마스터는 상단의 주인 상주, 바로 아래 직책인 대상인으로 상단을 꾸릴 수 있는 책임자다.

벨의 낮은 음성이 이어졌다.

"그린은 몇 해 전부터 차근차근 준비를 하고 있었습니다. 북방은 물론 남방 대륙의 아버지 대리인도 이미 넘어간 듯하고 상단 상인들도 하나둘 포섭을 했습니다. 존 선장도 마찬가지고요."

해상무역에서 교역국의 대리인과 해로를 꿰고 있는 선장은 한마디로 무역의 노하우였다. 대리인을 잘 만나야지만 1골드짜리 상품도 2골드에 팔 수 있는 것이다.

"아버지, 제 생각엔······."

"됐다. 그만 해라."

경쟁자에게 자기 사람을 빼앗긴 것은 그의 잘못이었다. 피도 눈물도 없는 상인의 세계다. 돈은 부모도 몰라본다. 결국 당한 놈이 멍청한 것이다. 하지만 술이 당기는 건 어쩔 수 없었다.

태어나 처음으로 머리꼭지가 돌 정도로 인사불성이 된 스캇이 정신을 차린 건 다음날 정오 무렵이었다.

덜컹! 덜컹!

"아이쿠! 허리야… 뭔 놈의 잠자리가… 웅!?"

꼭 맨바닥에서 잠을 잔 것같이 삭신을 욱신거리고 지진이라도 난 듯 몸이 흔들거려 스캇은 정신을 차릴 수가 없었다.

"오! 스캇, 일어나셨소?"

"으, 웅? 누구? 여긴……!"

낯선 음성이 그를 불렀지만 어둠에 잠긴 마차 안이라 상대방의 얼굴은 보이지 않고 입가에 간 흰 줄만 보였다. 검은 피부에 비교되는 하얀 이빨은 아즈빌 인이다.

"좀 더 주무시오, 갈 길이 머니."

"누, 누구냐! 네놈은? 우리 아이들은?"

"아아! 난 사즈라고 하오. 가족은 걱정하지 마시오. 뒤 마차에 마나님까지 모두 안전하게 모셨으니까. 선생은 내게 고마워해야 할 거요. 알라모에서 무사히 야반도주를 시켜 드렸으니 말이오. 킥킥킥!"

"야, 야반도주!"

하늘이 무너지는 말이었다. 코튼 백작가의 빚은 둘째 치고 아직 교단에서 빌린 돈도 다 갚지 못했다. 제국에서 교의 이목을 피할 수 있는 방법은 없다. 사람이 모여 사는 곳이라면 산간벽지라도 교는 포교 활동을 벌인다. 제국의 수배령보다도 더 무서운 게 교에서 찾아 나서는 거였다.

스캇은 절망했다. 그의 목숨으로 어찌어찌하면 자식들만은 노예를 면할 길도 있었는데 이제는 목숨을 걱정해야 한다.

"네, 네 이노옴!!"

번쩍!

스캇은 벌떡 몸을 일으키려 했으나 어둠을 가른 빛살이 목 젖에 닿아 있어 뜻한 바를 이루지 못했다. 마차 안에는 사즈 한 명만 있었던 게 아니었다. 아무리 막 정신을 차렸다고는 하나 인기척을 느끼지 못할 정도로 칼을 댄 자는 대단한 수준 의 무사였다.

꿀꺽!

납치한 자들은 일개 도적의 무리가 아니다. 멋모르는 도적 떼가 몸값을 요구하려 벌인 일이라 생각했지만 한참 헛다리 를 짚었다.

"이보쇼, 스캇. 옆에 계신 분은 무서운 분들이오. 괜한 허 튼수작 부려 생목숨 날리지 말고 조용히 계시오. 다 그대를 위한 일이니까."

"왜, 왜? 무슨 일인지만 알려주면……."

"허허, 그냥 좋은 일이라고만 알고 있으시오. 당신은 축복 을 받은 게야. 그럼 축복이지. 그렇고말고. 하하하."

사즈는 1골드가 육지에 갔다 온 날 명령을 받고 다크 엘프 들과 알라모에 숨어들어 갔다. 몇 명 대상을 물색하다 그의 눈에 띈 게 스캇이었다.

떠나기 전 1골드는 '돈 좀 벌어야겠다'는 한마디를 했다. 돈을 벌어줄 유능한 인재를 구하는 건 사즈의 몫이었다.

사즈는 감동했다. 군신의 관계를 맺긴 했으나 그 기간이 길지 않았다. 그런데 주군은 모든 재산을 그에게 맡긴 거나 다름없었다. 중간에 그가 수작을 부릴 수도 있는 일을 절대 신임하고 맡겨준 것이다.

주군의 재산은 어마어마하다. 경비에 쓰라고 내준 백 골드짜리 어음은 빙산의 일각이다. 레어의 입구에 박힌 보석 하나만 빼다 팔아도 평민 한 가족은 평생 놀고먹을 수 있다.

어디 그뿐인가. 바닥을 드러낸 보고라 해도 남은 귀금속만으로도 성 한 채는 사고도 남을 것이다. 그 값어치를 잘 모르지만 마법사 어르신들이 반색을 한 책들이나 물품들도 상당한 가치를 가지고 있었다.

알라모에서 우탕가까지 오는 길에 약간의 소란이 있었지만 수련 기사 따위가 반일족 전사의 눈길을 피할 수는 없었다. 켈리가 반시체가 될 때까지 맞은 다음부터 너무도 순탄하게 목적한 곳까지 올 수 있었다.

우탕가는 사즈의 앞마당과 같은 곳이었고 밀림은 다크 엘프들의 생활 터전이었다. 접경 지역에서 간이 배 밖에 나온 도적 무리가 깝죽대었지만 다크 엘프들에겐 식후 해장거리도 되지 않는 자들이었다.

처음 1골드 일행이 알라모에서 반일족 마을까지 가는 데 두 달 가까운 시일이 걸렸으나 사즈는 보름 만에 도착했다.

반일족의 영역이라 표시해 놓은 거목 앞에 1골드가 예의 검은 망토를 넓은 어깨에 두르고 철가면을 반쯤 가린 챙이 넓은 모자를 눌러쓴 채 당당히 서 있었다.

그의 옆에는 레어에서 간만에 나온 봄멜이 나란히 서 있었고 칸야와 세 여인, 그리고 반일족의 수장 하바로프크가 뒤에 서 있었다.

스캇에게 비친 1골드는 어릴 때 귀가 닳도록 들은 마왕의 모습 그대로였다. 아즈빌 인보다도 더한 장신에 머리끝에서 발끝까지 무더운 날씨에 아랑곳하지 않고 온통 칙칙한 검은 색 일색이었고 얼굴이 있어야 할 자리에 빛을 빨아들이는 묵빛 가면에 망토 사이로 언뜻 보이는 몸이란 절로 숨이 턱턱 막히게 만드는 잔혹한 상처와 위압적인 근육이었다.

게다가 그 옆의 인물들 또한 만만치 않았다. 척 봐도 난 마법사다라고 광고를 하는 듯한 꼬장꼬장한 늙은이와 눈을 멀게 만드는 미인들, 그런데 그중 갈색 피부에 쫑긋한 귀는 분명 엘프의 표식이었다. 그것도 어둠의 일족인 다크 엘프.

잔혹의 대명사 다크 엘프를 부하처럼 거느린 철가면의 거한, 보는 것만으로도 앞날이 암울했다. 다크 엘프들이 좋은 일로 일가족을 납치까지 하는 수고를 하지 않았을 것이다.

"당신, 상인이 맞습니까? 얼굴에 무슨 생각을 하는지 다 보이는군요."

조금은 탁한 굵고 젊은 음성이었다. 스캇은 대상을 찾아 눈알을 굴렀다. 곧 1골드와 눈이 마주쳤다. 입술이 보이지 않아 몰랐던 것이다. 가면을 주시하자 아래턱 부분이 미세하게 움직이는 듯했다. 그러면서 말소리가 들렸다. 얼굴의 일부분인 양 정교하게 만들어진 가면이었다.

"사즈에게 당신의 이야기를 대충 들었습니다. 손님을 밖에서 맞이하는 건 예의에 어긋나는 행동이지만 당신은 이 안에 들어가면 죽기에 이해하시기를. 일단 앉아서 얘기를 합시다."

"히익!"

1골드의 말이 끝나기가 무섭게 그들 사이에 땅이 움찔거리더니 넝쿨 식물이 무섭게 자라나 탁자와 의자 형태를 갖추었다.

1골드가 고개를 돌려 갈리나를 쳐다보았다. 칭찬을 하는 듯한 행동이었다. 그러자 수진이 매서운 눈으로 갈리나를 흘겼다. 그녀들의 서열을 보여주는 모습이었다. 두 엘프 여인은 위아래를 가리지 못했고 수진은 그녀들을 반수 차로 눌렀다. 한 달 동안 무려 열 번의 대결을 벌였는데 결과는 바뀌지 않았다.

엘프들이 내온 차를 마시며 1골드가 스캇을 지그시 바라보았다. 경륜이 부족해 한눈에 사람을 볼 줄은 몰랐지만 그간의 수련으로 풍기는 기운을 읽을 정도는 되었다.

너무 맑지도 그렇다고 탁하지도 않았다. 여러 종류의 사람들을 대해야 하는 상인으로서는 좋은 느낌이다.

―어떻게 보셨습니까, 스승님?

1골드가 마나에 생각을 실어 봄멜에게 보냈다. 영적 교감이 이루어지는 텔레파시보단 못해도 꽤나 쓸 만한 방법이었다.

―반골 기질은 없는 것 같다. 처음에 잘만 길들여 놓으면 뒤통수 맞을 일은 없을 거다.

―저도 비슷한 느낌입니다. 그럼 그렇게 진행하겠습니다.

찻잔을 내려놓은 1골드가 불쑥 물었다.

"경영이 뭐라 생각하십니까?"

별의별 생각을 다 하고 있던 스캇은 뜻밖의 질문에 당황했다. 다짜고짜 칼을 빼 들고 죽을래 살래를 외쳐도 하등 이상할 것 같지 않은 자가 경영이 뭐라고 생각하냐니?

하지만 산전 해상전을 다 겪은 노련한 상인답게 곧 차분히 생각을 정리하고 대답했다.

"결정을 내리는 겁니다."

"결정이라… 무슨 결정을 말하는 겁니까?"

"작게 이야기하면 여러 물건을 놓고 고르는 것이고 크게 말씀드리면 여러 대안 중에서 보다 많은 이득을 취할 수 있는 사업을 고르는 겁니다. 자금을 관리하고 사람을 부리는 일도 중요하지만 상단의 우두머리는 키를 잡은 선장처럼 길을 찾아가야 합니다."

1골드가 고개를 끄덕였다. 최고 경영자의 가장 큰 덕목은 올바른 의사 결정을 내리는 것이다. 백 명이 고개를 저어도 경영자가 고개를 끄덕이면 회사는 그 길로 간다. 너무 안정적으로만 가려 해도 발전이 없고 큰 이득을 찾아 위험만을 쫓아도 풍랑을 만난 배처럼 흔들거린다. 옥석을 가릴 줄 아는 안목이 필요하다.

"좋군요, 좋은 말씀입니다. 지금 큰돈을 벌자면 어떻게 해야 합니까?"

우문(愚問)이었다. 상인한테 밑천을 꺼내놓으라는 말이고 그런 기회가 있으면 미쳤다고 남에게 알려주겠는가.

하지만 스캇은 당장 가족의 목숨을 생각해야 하는 처지였고 다시 일어설 기회도 없었다.

"한탕을 노리자면 해상무역이 최고고, 안정적으로 돈을 벌자면 육상 교역이 낫습니다. 하나 두 가지 모두 어려움이 따릅니다. 해상무역은 저를 보면 아실 테고, 육상 쪽은 이미 선점한 자들이 있어 그 틈을 파고들기가 쉽지 않습니다."

육상 교역을 전담하는 상인 집단은 오랫동안 존속했다. 안정적이고 규칙적이었던 까닭에 점차 세를 불려갔고 그들만의 카르텔을 형성해 새로운 상인의 시장 진입을 원천적으로 막고 있었다.

"상인이 아무 힘도 없는 자들처럼 보이지만 모두 대단한 배경을 가지고 있습니다. 상인들이 줄을 대고 있는 전주들은 대부분 대지주들이고 대지주는 곧 고위 귀족입니다. 우리는 그들의 배를 불려주고 있는 것이지요. 겉으로는 상인들끼리의 상권 다툼으로 보이지만 깊이 들어가면 귀족들 간의 세력 싸움이기도 합니다. 일수에 뛰어들어 시장을 개척하지 못하고 오래 끌게 되면 배경 싸움으로 번집니다. 그럼 세력이 약한 쪽이 물러설 수밖에요. 만약… 저……."

"유진입니다."

"예? 아! 유진님이시군요. 유진님께서 상단을 운영하실 게 아니라면 전주로서 뛰어난 상인에게 돈을 대주는 게 가장 안정적인 방법입니다. 또 다른 방법은 대도시에서 돈을 빌려주고."

"고리대금 말입니까?"

"예, 돈 장사를 하는 게 낫습니다. 단, 귀족들한테는 돈을 떼일 각오를 하셔야 합니다. 힘없는 귀족은 예외지만요."

1골드도 내심 수긍했다. 신분제가 있는 사회였다. 상인들은 대체로 평민들이었으니 무력을 앞세운 귀족에게 이런저런 이유를 들어 돈을 강탈당할 수도 있었다.

"한 가지 더, 정보는 어디서 얻는 게 정확하고 빠릅니까?"

계속된 질문에 스캇은 어리둥절했으나 대답은 해야만 했다.

"여러 길드가 있습니다. 하층민들이 모여 만든, 예를 들어 도둑이나 소매치기 같은 자들이 모인 길드 등에서는 뒷골목의 정보를 얻습니다. 대부분 쓸데없는 정보지만 잘만 추려내면 돈이 될 만한 이야기도 나옵니다. 일반적인 건 상단이 가장 좋습니다. 신관들처럼 상인들도 안 가는 곳이 없으니까요. 등짐 하나 메고 떠돌아다니는 보부상들은 정세 변화에 민감한 편입니다. 어느 국가에서 전쟁 준비를 한다고 하면 백성들의 생활에서부터 변화가 옵니다. 고급 정보는 술자리에서 많이 나옵니다. 기사들의 성격이 좋게 말해 호탕해서 객기를 잘 부리는 편입니다. 별의별 이야기를 다 하지요. 황실이나 군주의 기사나 이 점은 똑같습니다. 상인들도 기사들이 잘 가는 고급 요정에 다 줄을 대고 있습니다. 정보에 따라 두둑한 수고비를 지급합니다."

"끌끌끌, 골빈 놈들이래서 계집 앞이라면 있는 얘기, 없는 얘기 다 꺼내놓을 거다."

봄멜의 말이었다. 그가 말을 이었다.

"이봐, 그건 보편적인 이야기고. 내가 알기론 고급 정보를 따로 취급하는 데가 있다고 하던데."

"어르신께서는 쉐도우들을 말씀하시는군요. 암살자 길드가 그런 정보를 취급합니다. 원하는 게 있으면 숨어들어 가 빼오지요. 사람 목숨을 사고파는 자들이라 서류 한 장 훔쳐오는 일은 일도 아닐 겁니다."

상인은 정보에 민감한 족속들이다. 어디에서 전쟁이 터졌다 하면 그보다 빠르게 군수품을 사들이고 이미 납품을 하고 있어야 한다. 남보다 한발 먼저 가지 않으면 돈을 벌 수 없다.

1골드가 흡족한지 크게 고개를 끄덕였다.

"좋은 말씀 잘 들었습니다. 당신은 살 만한 재주가 있습니다."

그가 일어서서 말했다.

"손님을 마을로 들여라!"

반일족이 밀림에 정착한 이래 두 번째 맞는 인간 일행이었다.

"아니! 타룰님 아니십니까?"

"어! 자네……."

"스캇, 상인 스캇입니다."

"아아! 그래, 스캇, 여긴 어쩐 일인가?"

주눅이 들어 있던 스캇은 아는 얼굴을 만나자 반색을 하며 뛸 듯이 기뻐했다.

"저야… 그보다 타룰님 어찌 된 겁니까? 알라모에 난리가 났었습니다. 병사들이 타룰님을 찾는다고 온 도시를 들쑤시고 다녔었지요."

"큭큭, 그랬나? 그 영감탱이 나이를 먹더니 내가 자기 친구인 줄 알아서 말이야."

알라모 제일의 실력자 젠크스 공작을 일컫는 말이었다.

"오랜만에 만난 친구하고 밀림을 탐험 중이지. 자넨?"

"저, 그게……."

"사업상 볼일이 있어 제가 청했습니다."

1골드를 돌아보며 타룰이 말했다.

"오! 그래, 이 친구 괜찮은 친구야. 사람 잘 보았어, 유진 군."

빙긋 미소 지은 타룰이 스캇의 귀에 속삭였다.

"자네 대물을 잡았구만. 저 유진 군 말일세. 상당한 재력가 거든. 거래를 트게 되면 자네 앞날은 왕도를 달리는 마차와 같을 거네. 잘해보게. 흘흘흘."

스캇의 어깨를 툭 쳐준 타룰은 대화를 나누고 있던 엘프에게 몸을 돌렸다.

스캇은 잠을 자다 일가족이 납치를 당한 상태였으니 몇 번 스쳐 지나는 인연밖에 없었던 타룰에게 야속하다는 생각까지 들었다. 그래도 아는 사람을 만나 죽지 않을 수도 있다는 희망이 생겼다.

그 희망은 오래지 않아 현실로 나타났다.

반일족의 주요 안건이 생겼을 때 의견을 나누고 결정을 짓는 장로들의 회의실에 스캇이 한자리를 차지했다.

1골드가 그 중심에 앉아 좌중을 훑어보았다. 반일족의 리더 하바로프크와 샤먼 마법사의 우두머리이자 안드레이의 스승인 세르자, 마신 자바를 섬기는 프리스트의 이반, 그리고 전사를 대표한 그라노프가 우편에, 좌편엔 봄멜과 스캇이, 세 여인은 여전히 병풍처럼 1골드의 뒤에 시립하고 있었다.

1골드는 이때쯤에는 반일족을 영의 종속자로 완전히 받아들인 상태였다. 끊어질 수 없는 인연으로 맺어졌다는 걸 수긍했다. 그가 아드카빌론의 경지를 뛰어넘는다면 종속을 풀 수 있겠지만 그전엔 불가능했기 때문이다.

"스캇 씨, 우선 1억 골드에 해당하는 금액을 투자하겠습니다."

"허억! 이, 일, 1억 골드!"

스캇은 잘못 들었나 귀를 후비고 싶은 심정이었다. 1억 골드면 그가 평생 동안 쌓아 올린 자산 총액이었다. 게다가 투자라는 단어를 사용했다.

"유, 유진님, 지금 혹시 '투자' 라고 말씀하셨습니까?"

"확실히 그렇게 말했습니다, 투자한다고."

다시 한 번 확인을 해주자 치솟는 감정과는 달리 머리는 차갑게 식었다. 무슨 거래를 하든지 협상 테이블에서는 냉정을 유지해야 한다. 그는 상인의 본능이 다시 살아난 것이다.

"혹 그 돈이……."

"허허, 이거 실망스런 모습을 본 것 같습니다. 돈에도 색깔이 있습니까? 말 한마디로 목숨을 잃을 수도 있습니다."

다크 엘프의 자금이냐는 질문을 1골드가 잘라 버린 것이다. 거기에 상인의 잔머리를 굴리지 말라는 위협을 가했다. 노련한 화술이었다.

정우와 1골드가 점차 안정적으로 영혼과 육체가 완전히 하나가 되어가자 본바탕이 드러나고 있었다. 또한 그는 더 이상 본모습을 숨길 필요도 없었다. 지금은 마법에 맞아 기적적으로 정신이 깃든 1골드가 아니었다.

봄멜은 감탄 어린 시선으로 1골드를 바라보았다. 비록 회의를 하기 전에 의견을 나누고 들어왔다고 하지만 사람을 다루는 화술은 다르다. 시간이 흐를수록 1골드는 무섭게 변하고 있었다.

마른침을 삼킨 스캇이 떨리는 마음을 가다듬었다. 저 마왕 같은 사내의 말이 맞았다. 똥이 묻은 돈도 돈이고, 피에 전 돈도 돈이다. 상인은 오직 돈만 보면 된다. 인생의 나락까지 몰렸던 그는 그렇게 생각하기로 마음을 굳혔다.

"내가 듣기론 알라모의 기반이 완전히 무너졌다고 알고 있습니다."

1골드의 말에 스캇이 빠르게 말을 붙였다.

"아닙니다. 자금만 있다면 순식간에 일어설 수 있습니다. 아직도 저를 신용하는 거래처도 많고 장인들 또한 그렇습니다."

"흐음! 밑의 상인 중에 배신자가 있다고 하던데."

"그린이란 놈입니다. 그놈은 기필코 제 손에 죽습니다. 그리고 남방 대륙의 주 거래처 류드빌 왕국의 대리인도 넘어갔습니다만 제가 다시 가기만 하면 그자보다 더욱 뛰어난 대리인을 구할 수 있습니다. 아직 이 스캇, 죽지 않았습니다."

자신감 넘치는 말이었다. 물에 푹 젖은 짚단 같던 스캇은 어느새 재기의 투지를 불사르고 있었다. 이들이 무슨 짓을 꾸미는지는 몰라도 된다. 다크 엘프이기에 인세에서 밝은 빛을 볼 수 없다. 그래서 그같이 갈 데까지 간 자를 선택했을 것이다. 서로 이용하는 것이다. 이들은 그들의 목적에, 그는 상인으로서 재기를 위해서 말이다.

세상을 피로 물들이는 마왕, 하마가 하품하는 소리다. 역사를 보아도 마왕이 출현해 흘린 피보다 탐욕에 전 인간들이 전쟁을 일으켜 흘린 피가 더 많다. 그 마왕도 따지고 보면 인간이었고.

스캇의 이글거리는 눈빛이 1골드는 마음에 들었다. 스캇은 패배자다. 뼈에 사무치는 패배다. 하지만 죽어서라도 잊지 못할 일이기에 똑같은 잘못을 다시는 저지르지 않을 것이다. 인간은 학습의 동물이니까.

"보기 좋습니다. 우리 거래는 성립된 듯하군요. 나는 자금을 댑니다. 당신은 맘껏 돈을 불려보십시오."

벌떡 일어선 스캇이 코튼 백작을 대하듯 정성스레 몸을 숙였다.

"감사합니다. 이 스캇, 이 은혜 평생 잊지 않겠습니다. 다시 한 번 감사합니다."

답례를 하고 스캇을 자리에 앉힌 1골드가 하바로프크에게 시선을 돌렸다.

"스캇을 따라 세상에 나가보는 게 어떻겠습니까?"

순간 스캇의 얼굴이 더 새까매졌고 하바로프크는 반색을 했다.

대충 상황을 보니 스캇은 1골드의 사람이 되었다. 그를 안내자로 세상에 나가면 위험이 줄어들 것이다. 점차적으로 세상을 배우고 녹아들면 된다. 그런 연유로 그를 끌어들인 거라고 생각했다.

"탁월하신 선택입니다, 주군."

하이엘프는 숲에 묻혀 사는 걸 좋아하지만 다크 엘프는 그와 반대의 성향을 가졌다. 숲에 들어온 이유도 세상을 인간에게 빼앗겼기 때문이라 생각하는 자들이 있을 정도였다. 숲도 좋아하지만 세상에서 활보하는 것을 싫어하지 않았다.

"그럼 저희들은 나가서 무슨 일을 할까요? 전에 명하신 일을 하면 되겠습니까?"

"우선 스캇을 도우세요. 상단은 칼을 많이 필요로 합니다."

용병 생활을 하면서 익히 알고 있던 사실이었다. 치안이 비교적 안정적인 도시를 벗어나면 길은 온통 부랑자와 도적 떼, 강도들의 소굴이었다. 이에 군에서 경비대를 붙여주기도 하지만 국가의 중심지에만 해당하는 사항이었다.

국가 간의 국경도 철책으로 막아놓은 것도 아니고 딱히 정해져 있지 않은 상태라 접경 지역은 그야말로 무법천지나 다름없었다.

원래 용병의 태생이 상단의 사설 경비대에서부터 출발했다는 설도 있었다.

그라노프의 어깨가 올라가고 콧구멍이 벌름거렸다. 인간과 칼을 맞대는 일은 그가 꿈에도 그리던 일이었다. 인간의 피 맛을 볼 생각을 하자 벌써부터 피가 끓어오르는 것이다. 그는 천생이 다크 엘프였다.

"흐흐흐……."

괴소를 흘리는 그라노프를 1골드가 쳐다보았다.

"그라노프."

"예? 예! 주군."

"그대는 나서지 마세요. 상단에 소드 마스터가 있는 건 눈에 띄는 일입니다."

"저, 저… 하지만 멀리서 따라다니는 것은……."

"따로 하실 일이 있습니다. 더 중한 일로요. 후에 말씀드리지요."

무언가 더 말을 하려 입술을 달싹이던 그라노프가 고개를 숙였다.

1골드가 놀라 눈을 치켜뜬 스캇에게 시선을 돌렸다. 스캇은 소드 마스터란 말에 정신이 우주로 가 있었다. 제국도 소드 마스터가 스물이 되지 않았다.

그런데 그런 강자가 상단의 일을 돕는다. 여태 받지 못하고 장부만 보고 속을 태우던 귀족에게 빌려준 미수금을 받을 수 있었다. 빚의 검만 슬쩍 보여줘도 벌벌 떨면서 돈을 내놓을 것이다.

"…스캇!"

"예? 예! 죄송합니다. 무슨 말씀을 하셨습니까?"

"보석도 취급합니까?"

"그야 당연히……."

막대한 이문이 남는 물품이 귀금속이니 취급하지 않을 리 없다.

"원석입니다. 가공? 세공?"

"세공입니다, 유진님. 원석을 다루는 장인을 제가 알고 있습니다. 걱정하지 않으셔도 됩니다. 혹시… 광산을 가지고 계십니까?"

이 부분에서는 스캇의 목소리가 떨렸다. 보석 광산은 황실이나 공작 등의 최고위 귀족들만 소유하고 있었다. 그래서 허가된 물품만 판매할 수 있기 때문에 암시장이 크게 형성되어 있어 조금 위험만 감수하면 막대한 이윤을 남길 수 있었다.

"광산… 비슷합니다. 그리고 악어 가죽도 가능합니까?"

망자의 늪에는 아직도 죽어서 늪에 둥둥 떠다니는 악어가 악취를 풍길 정도로 셀 수도 없이 많다.

"그럼요! 악어는 물론 몬스터의 가죽, 포션, 뿔까지 취급하지 않는 상품이 없습니다."

"그래요. 그럼 장인이 아주 많이 필요할 겁니다. 알라모까지 악어를 옮기기가 쉽지 않은데… 아! 사즈! 우탕가에서 손질을 하면 되겠구나. 그렇지! 그러면 되겠어."

1골드는 슬슬 재미가 붙었다. 마치 거대 기업의 회장이 된 듯했다. 건강한 모습으로 전용기를 타고 세계를 누비며 비즈니스를 하는 기업인의 모습, 멋지다고 생각했었다.

비행기는 없지만 공장을 만들고 무역선을 띄워 세계 각국과 무역을 하는 것도 나쁘지 않았다. 하지만 할 일이 있었다. 이는 그 방편의 하나일 뿐이다.

상상의 나래를 펴며 꿈을 꾸는 듯한 몽롱한 눈빛은 정우의 그것을 보는 듯했다. 여의치 않은 건강 때문에 상상의 세계 속에서 많이 살았었다.

실소를 머금고 정신을 차리자 좌중의 시선이 그에게로 모여 있었다.

"험! 잠시 다른 생각을 했습니다. 아! 그리고 그 남방의……."

"류드빌입니다."

"류드빌에 가는 길은 바닷길밖에 없습니까?"

"예, 그렇습니다. 육로로 가자면 이 밀림밖에 없습니다. 바닷길은 동해와 남해 두 곳인데, 동해는 이스트 군도가 걸림돌이고 남해는 차원의 바다라는 곳이 밀림처럼 길을 막고 있어 한참을 돌아가야 합니다.”

차원의 바다라는 이름이 나오자 봄멜이 덧붙였다.

“전설 속에서는 드래곤의 영역이라 알려져 있다. 차원이란 이름이 붙은 건 그 바다를 지나는 모든 게 사라지기 때문이란 다.”

1골드가 고개를 끄덕였다. 꼭 버뮤다 삼각지를 아이온에 옮겨다 놓은 듯싶어서였다. 원인이 드래곤이라 생각하는 점만 다를 뿐이었다.

스캇의 말이 이어졌다.

“그래서 제국에서는 주로 동해를 이용하는데, 길게 잡아 한 달이면 갈 수 있습니다.”

“그런데 당신이 당한 일 같은 위험이 있다는 거군요.”

“예, 이스트 군도 때문에 정상적인 무역로를 개척하지 못 해서 세 번 배를 띄우면 한 번은 실패합니다. 그래도 성공한 두 번으로 손해를 상쇄하고도 남기에 위험을 감수하는 것이 지요.”

“흐음! 그렇단 말이지요. 하바로프크님, 밀림을 종으로 가 로지르는 길이가 얼마나 됩니까?”

“글쎄요. 저희도 에티우스를 전부 알지는 못하는지라.”

1골드의 눈빛이 강력해지자 그가 빨리 말을 이었다.

“알아보겠습니다.”

스캇이 끼어들어 대답했다.

"뱃길로 계산하면 한 400km 정도입니다."

종단해서 육로로 걸어가면 보름 정도 걸리는 거리였다. 밀림의 위험과 백여 개의 에티우스 강 지류까지 포함하면 얼마나 걸릴지 아무도 알 수 없다.

1골드가 위험한 생각에 잠긴 듯하자 잠자코 있던 샤먼 세르자가 나섰다.

"유진님, 에티우스는 저희도 모르는 곳입니다. 백색의 유령 같은 존재가 곳곳에 숨어 있습니다. 숲의 속삭임을 들어보면 정령들조차 거할 수 없는 숲도 있다고 합니다. 저희들은 그곳에 무엇이 있는지 상상도 하지 못합니다. 멸종했다던 괴수들의 왕 드래곤일 수도 있고 차원의 바다처럼 마계나 혼계와 이어진 차원이 뒤틀린 곳일 수도 있습니다. 밀림을 가로지를 길을 찾으시는 듯한데 조급히 생각하지 마십시오."

1골드는 금방 실책을 깨닫고 겸허히 세르자의 의견을 받아들였다.

"충고 감사합니다. 세르자님 뜻에 따르겠습니다."

반일족의 현자인 세르자의 의견은 무게가 남달랐다.

늪에서 마을까지 길을 내었듯이 백야를 이용해 밀림에 종으로 길을 낼 생각이 잠시 들었다.

1골드는 만사가 순탄하게 풀리자 너무 자신감을 차 있었던 것이다, 이곳에서는 무엇이든 뜻한 바를 이룰 수 있을 것 같은 자신감이. 스스로를 되돌아 봐야 할 시간이 필요할 것 같았다.

그렇다고 완전히 포기를 한 것은 아니다. 어차피 밀림 깊숙이 들어갈 볼 생각이었다.

스캇이 알라모 상계에 다시 등장한 건 야반도주를 했다고 거리에 소문이 난 지 반년 만의 일이었다. 그날은 코튼 백작가에서 빌린 자금의 상환 일이기도 했다.

스캇은 놀라 눈을 치켜뜬 백작 앞에 금화가 가득 담긴 상자를 내려놓고는 보무도 당당히 백작가를 걸어나왔다. 그 길을 시작으로 곳곳에 산재한 부채를 하루 만에 전부 탕감했다.

이런 행보는 알라모 상계의 주목을 끌기에 충분했다. 호위하는 무사들도 절도있는 행동으로 주위를 끌었는데, 용병이라기보다는 기사에 가까운 기도여서 타 지역의 세력가를 등에 업었다는 소문이 나돌았다.

알라모는 아이온의 북과 남의 중계 무역의 거점으로 매력적인 장소였기에 신빙성이 있는 소문이었다. 어떤 자는 중앙 정계의 고위 귀족이 알라모에 진출하려는 의도라고 목소리를 높이기도 했다.

다신교인 프라이스 교 성기사단에 저당 잡힌 저택까지 찾은 스캇은 그 이후로는 전혀 움직이지 않았다. 새로운 사업을 구상하는지에 대해서 알 수는 없었지만 그가 움직이기 시작하면 상계에 일대 바람이 불 것이라는 사실은 모두가 알았다.

스캇 일가가 자취를 감춘 사이 은밀한 소문이 돌았는데 그의 몰락에 코튼 백작가와 알렉슨 사이에서 모종의 거래가 있었을 거라는 것으로 그 둘이 급속도로 가까워지면서 불거진 일이기도 했으나 전혀 신빙성이 없는 이야기는 아니었다.

스캇이 사람들의 생각처럼 쥐 죽은 듯 가만히 있었던 것은 아니다. 저택 경비를 위해 많은 돈을 투자해 실력있는 용병들을 끌어 모았다.

다크 엘프들이 많은 수가 모여 있으면 아무리 환영 마법으로 변장을 했다고는 해도 사람들의 눈을 가리는 데 한계가 있었다.

그들은 다시 찾은 상점과 공장, 목장 등에 분산시켜 세상을 배우게 했고 기도를 갈무리할 수 있는 그라노프와 몇몇 전사만 저택에 들였다.

주목을 받고 있는 그 대신 그라노프가 움직였다.

상인 한 명을 잡아오는 일도 직접 나설 정도로 그라노프는 신이 난 상태였다.

스캇을 배신하고 알렉슨 상단에 붙은 그린은 자신의 의지와는 상관없이 모든 사실을 간단한 불었다. 정신계 정령을 일개 범부가 떨치기는 어려운 일이었다.

알렉슨이 일을 꾸미고 코튼 백작이 승인을 한 것이다. 전주에게 돌아가는 이익금을 올려준다고 제안하였으니 성공하면 거두어들이는 돈이 늘어나는 일이고, 실패를 해도 변할 게 없었다. 게다가 하찮은 평민들끼리의 싸움이었다. 직접 손을 써 달라는 것도 아니었고.

그린이 거래처들을 야금야금 잠식하면서 사전에 무역선이 향하는 해로에 대한 정보를 빼내고 알렉슨은 그걸 다시 해적에게 넘긴다. 가는 길을 아는데 먹잇감을 놓칠 멍청한 해적은 없었다.

선장을 매수해 암초에 들이받기도 하고 말이다. 완파만 되지 않으면 귀향길은 지장이 없었으니까. 풍랑을 만난 건 정말 재수 옴 붙은 일이었다.

스캇은 이가 갈렸으나 당장에 할 수 있는 일도 없었다. 법? 주먹이 먼저다. 상인 길드? 수단과 방법을 가리지 않는 상계 전쟁이다. 꼴만 우습게 된다.

상인의 시발점은 가내수공업으로 생산한 상품을 공장 옆에 마련한 상점에서 파는 일부터였다. 시간이 흘러 전문적인 중계상이 나타나 상인과 공인(工人)이 분리되기 시작했으나 아직도 상인 중에는 장인 출신이 많은 수를 차지했다.

그리고 거대 상단은 회사의 체제를 갖추어가고 있어 생산과 판매를 같이 한다.

공장의 핵심은 뭐니 뭐니 해도 공인이다. 공인은 마스터 도장인(都匠人), 장인(匠人)으로 상인의 대상인과 상인과 같은 체계이다.

도제로 시작해 대략 12년 정도면 기능공, 장인이 된다. 장
•인이란 명칭은 작업장이 있어야지만 사용할 수 있어 그들을
직인이라 불렀다.

스캇은 은밀히 알렉슨과 공급 계약을 맺은 도장인을 노렸
다. 어차피 보석 원석을 가공해야 했고 썩어 문들어지는 악어
가죽을 보며 한숨을 지을 정도로 원자재가 풍부했다.

야음(夜陰)을 틈타 그라노프의 도움으로 저택을 빠져나온
스캇은 저지대 도심으로 향했다. 대부분의 도시들은 고지대
에 대교당과 내성, 세력가의 대저택이 자리했고 저지대 도심
은 상업 지대이다.

그 주변으로 부도심이 형성되었는데 평민들의 주거 지대,
공장 지대 등등으로 나누어져 있었다.

향긋한 주향과 여급들의 짙은 향수 냄새가 물씬 풍기는 고
급 카페 밀실에 스캇이 50대 중년인과 자리했다. 소갈머리가
훌떡 벗겨진 사내는 보석 세공 도장인으로 겐트라는 이름을
가지고 있었다.

"허어! 이거 참, 내가 이런 자리에 나오면 안 되는데."

그는 스캇과 암묵적으로 적대적 관계에 있는 알렉슨과 거
래를 하는 장인이었다.

"하하하, 오랜만에 고향에 돌아와 반가운 얼굴을 본다고
하는데 누가 뭐라 하겠습니까? 맘 편하게 술이나 드시지요."

알코올의 기능으로 시간이 흐르자 어색했던 공기가 달아
오르고 경계가 느슨해지자 스캇이 품에서 작은 주머니를 꺼
내 켄트에게 내밀었다.

"이게?"

"풀어보세요."

뇌물인가 싶어 조심스레 주머니를 풀어 내용물을 보자 켄
트는 취기가 싹 가셨다.

"이, 이럴 수가!"

손가락 마디 하나 굵기의 다이아몬드 원석이었다. 흐릿한
불빛을 받아 야릇하면서도 영롱한 빛을 발하는 진품이다. 떨
리는 가슴으로 원석을 들어 눈앞에 대자 티끌 하나 내포되어
있지 않은 순수한 결정이 눈동자를 어지럽혔다.

"오오! 내 평생 이런 원석은 처음이오! 대체 어디서 나셨
소?"

켄트의 반응을 예상이라도 했다는 듯이 희미한 미소를 지
은 스캇이 재빨리 원석을 빼앗듯 잡아채 주머니에 넣었다. 아
쉬움이 잔뜩 묻어나는 켄트를 보며 뜸을 들었다.

"스캇, 나에게 세공을 부탁하는 거라면 내 기꺼이 최고의
작품을 만들어 보이겠소. 아, 아니, 비용은 받지 않겠소. 다만
내 이름만 붙여주시오."

누가 이 보석을 만들었다는 장인의 명성을 의미한다. 장인
에겐 돈보다는 경력이 훨씬 중요하다. 저 원석이면 경력에 일

대 획을 긋는 작품을 만들 수 있을 것이다.

"역시 도장인답습니다, 켄트님."

"그, 그럼 나에게?"

고개를 저으면 또다시 뜸을 들인 스캇이 말했다.

"저를 재기할 수 있도록 도와준 그분께서는 이런 원석을 많이 확보하고 계십니다."

유난히 '그분' 이란 단어를 강조하면서 말을 이었다.

"켄트님도 벌써 눈치를 채셨겠지만 원석은 공식적으론 타국에서 들여오는 겁니다. 따라서 공식적인 작업뿐만 아니라 비공식적인 작업도 해야 한다는 말씀이지요. 아아! 뒤탈은 걱정하지 않으셔도 됩니다. 그분께서 책임을 지십니다. 그리고 대부분의 물건은 타국에 판매할 겁니다."

암시장에 나가는 물건을 장인의 이름을 붙일 수는 없었다. 그래도 하겠냐는 소리였다.

마른침을 삼킨 켄트가 물었다.

"그분이 누구신지… 아아! 물론 성함을 알자는 것이 아니라 어느 정도 위치에 계신 분인지만 살짝 언질을 주어도……."

"허험! 이거 안 되는데, 목숨이 두 개가 아닌지라… 하시겠습니까? 일단 가부를 말씀하시지요."

켄트가 목이 떨어져라 고개를 끄덕였다. 돈도 돈이지만 원석에 대한 욕심이 더 컸다.

"현명한 선택이십니다. 그럼 이제 한솥밥을 먹게 되었으니… 그분께서는.”

더욱 목소리를 낮춘 스캇이 켄트이 귀에 속삭였다.

“소드 마스터를 부릴 수 있는 분입니다.”

“히익!”

근방에서는 알라모 제일의 실력자 젠크스 공작과 제국의 무적 제1함대 사령관 토티 공작 두 명만이 소드 마스터로 알려져 있었다. 군사 도시다 보니 이례적으로 두 명의 공작이 있었는데, 토티는 평상시에는 수도에 거주해 실질적으로 젠크스 한 명이었다.

소드 마스터를 부릴 수 있는 위치라면… 켄트는 입 안이 바짝 말라 술을 물처럼 들이켰다.

어쩌면 황위 쟁탈전에 뛰어든 황자가 자금을 확보하기 위해 스캇을 부리는 것일지도 모른다. 어쨌든 제국의 최고위층이 연결되어 있었다. 대단한 줄을 잡았다고 생각은 했는데 그 이상이었다.

빙긋 웃은 스캇이 말했다.

“물량이 상당히 많습니다. 다른 일은 그만두시는 게…….”

“아! 그럼요. 지당하신 말씀이지요. 특히 알렉슨과는 절대 거래를 하지 않겠습니다.”

최고위층이라면 몰래 광산을 개발하고 그곳에서 나오는 물량을 스캇을 통해 소화하려는 의도일 수도 있다. 켄트는 스캇이 한없이 부러웠다. 그가 알라모 상계를 휘어잡는 건 시간

문제처럼 보였다.

스캇은 다음날에는 대놓고 피혁 제조공을 저택으로 불러들였다. 마차까지 대절해 모셔온 장인들 앞에 살아 있는 회색빛 악어를 보여주었다.

주둥이를 꽁꽁 묶고 우탕가 지역 원주민의 방식으로 결박당한 악어를 보는 장인들의 눈이 번들거렸다. 길이가 무려 4미터가 넘는 악어였다.

크기도 크기이지만 어떻게 잡았는지 가죽에 생채기 하나 없이 말끔했다. 즉, 최상품의 가죽이라는 말이었다. 보통 저 악어 반만 한 놈으로 가죽 제품을 만드는데 자르고 이어 붙이고 해서 최상품 제품은 악어 한 마리당 몇 개 나오지 않는다. 그런데 이놈은 통으로 벗겨 장포를 만들 수 있을 정도로 컸다.

4미터나 되는 악어를 잡으려면 밀림 깊숙이 들어가야 되고 사냥꾼 한두 명으론 절대 잡을 수 없었다. 그만큼 인력과 경비가 많이 소비된다.

거기에 더해서 스캇은 당장이라도 백 마리 분량의 물량을 공급할 수 있다고 호언장담을 했다. 이어 늘어놓은 가죽은 장인들의 이성을 마비시키기에 충분했다.

족히 20미터는 될 듯한 아나콘다의 뱀가죽에, 각종 밀림의 맹수들, 상위 몬스터인 오거, 트롤 등등, 이에 정제한 트롤의 피까지.

그들은 당장 스캇과 계약을 맺었다. 공인에게 원재료까지 공급해 주는 상인은 거의 없었고 물량을 일정하게 공급해 준다고 했다. 안정적인 물량 확보는 공인들에게 아주 중요한 일이다.

스캇은 켄트와 마찬가지로 비밀 조항을 달고 계약을 맺었다. 그는 천천히 알렉슨의 숨통을 조이고 있었다. 이제는 우탕가에 공장을 세우기 위해 자본이 없어 작업장을 차리지 못한 직인들을 포섭해 보내면 알라모에 온 일차적인 목표는 달성하는 것이다.

그 시각 그라노프는 부하들을 데리고 빈민가 뒷골목을 헤집고 있었다. 때 아닌 시점에 알라모의 잡범들이 벼락을 맞았다.

그는 무력을 앞세워 도둑, 소매치기, 광대 등의 음성적인 조직을 장악해 나갔다. 정보 조직을 만들기 위한 사전 정지 작업이었다.

스캇은 그라노프를 전혀 걱정하지 않았다. 감히 다크 엘프 소드 마스터를 어찌할 자는 알라모엔 단 한 명밖에 없었다.

공작이라는 지고한 신분의 젠크스, 그가 빈민가에 갈 일은 전혀 없었다.

Chapter 3

시간의 흐름 속에

아이온에서 국토가 가장 넓은 대국은 단연 크로시안 제국이다. 단순히 국토의 크기로만 본다면 그 어느 국가도 제국에 비할 바가 아니다.

그러나 종합적인 국력으로 평가하면 북방에서만 이상적인 3강의 체제였다. 남방까지 포함하면 다섯 강국이 있었다.

북방의 3강은 크로시안과 북서쪽에 자리한 밀리언 연방, 그리고 서해의 니트 해협을 끼고 대륙에서 떨어져 나간 것 같은 두 개의 섬과 서해안 일대를 장악한 드왈로 제국이다.

밀리언은 거친 북방 국가답게 군사력이, 드왈로는 해상을 끼고 있어 일찍부터 무역으로 눈을 돌려 마르지 않는 경제력을 바탕으로 성장하였다.

크로시안은 국력의 자연적 요소인 지리, 천연 자원, 인구 수 등의 기반은 탁월했으나 국력을 하나로 모으기가 힘들었다. 내부 결속력이 타국에 비해 떨어지는데 즉 국가 내부로부터의 위협이 존재했다.

단일민족 국가도 권력을 둘러싼 내부 암투가 상당한데 제국은 다민족 국가라 정권의 주도권을 놓고 항상 민족 간의 갈등이 있었다. 외부의 침입이 있을 때는 언제 그랬냐는 식으로 민족 간의 벽이 사라지고 단결력을 보여주기도 한다.

이런 크로시안의 내부 사정이 북방 대륙의 세력 균형을 맞춰주는 요소이기도 했다.

다수의 군사 전문가들은 크로시안의 내부 문제를 막강한 힘으로 다스릴 수 있는 절대 군주가 탄생하면 북방 대륙 일통은 시간문제라고 보고 있었다.

크로시안은 제국을 세운 3대 민족의 이름을 따서 지어졌다. 현 황제의 계통인 북방의 크나르 족, 서방에서 흘러들어온 로이 족, 그리고 제국 중심에 원주민이기도 한 시네르아 족이다. 이 세 민족이 제국 인구의 70%를 차지한다.

전사의 민족인 아즈빌 족같이 특별한 특징을 가지지 못한 소수민족들은 신분 상승의 제약이 있어 그네들의 노예나 다름없었다.

제국의 성립 초기 세 민족이 돌아가며 수장을 선출했으나

300년 전 대륙전쟁 이후로는 크나르 족에서만 황제가 나왔다. 이는 그 당시 전쟁을 승리로 이끌어 현재의 영토를 확장한 정복자 라인 대제의 영향이었다.

정복전쟁이 끝난 후 막강한 권력을 쥐고 있던 라인 대제는 그동안의 틀을 깨고 정적을 숙청하여 분산된 정권을 일통하려 했으나 내부를 정리하는 것이 정복전쟁보다 더욱 힘들었다.

줄곧 정점에 있는 두 민족, 로이와 시네르아의 힘도 만만치 않았고 내부 곳곳에 숨겨진 칼이 있어 재임 기간 당시 무려 50여 번의 암살 위협을 당했었다.

결국 라인이라는 성을 쓰는 후대에게 황제의 위를 물려주는 것으로 타협을 하였다.

300년이라는 시간이 흘러 세 민족이 삼각으로 힘의 균형을 맞추고 그 정점에 황실 가문 라인이 있게 되었다. 현 황제의 힘은 한 민족을 능가하지만 두 민족을 상대하기에는 모자랐다.

크로시안 중심에 황제가 있고 북방엔 크나르 족, 서남에는 로이 족, 동남에는 시네르아 족을 어우르는 세 명의 제후(諸侯)를 두고 제국을 다스렸다.

우탕가 지역은 아즈빌 족의 발생지로 시네르아의 영향권에 들어 있었다. 시네르아 제후의 군부에 많은 수의 아즈빌 출신이 자리를 차지하고 있는 것은 별로 이상한 일이 아니었다.

우탕가는 아즈빌의 고향이긴 하지만 많은 사람들이 빠져나가 소도시도 되지 못한 그저 그런 벽촌 마을에 지나지 않았다.

수렵으로 근근이 생활을 하던 그곳에 변화의 바람이 불기 시작해 과거의 영광을 찾으려는 듯 활기차지기 시작한 건 사즈가 돌아오고서부터였다.

우탕가와 알라모를 연결하는 에티우스 강 지류에 나룻배나 들락거리던 포구(浦口)가 세 배는 커졌고 내륙선이 수십 척이나 정박되어 급작스런 변화를 보여주었다.

그 변화의 중심에는 1골드와 다크 엘프 반일족이 있었다.

돈이 돌기 시작하자 냄새를 맡은 사람들이 모여들었다.

처음에는 알라모에서 스캇이 보낸 피혁 제조공들이었다. 직인의 신분으로 온 그들은 막막했다. 공장을 차릴 집이 없었기 때문이다.

이어 주변에서 인부들이 모여 거의 신도시를 세우는 것처럼 곳곳에서 공사가 벌어졌다. 이 부분에 대해서는 1골드가 관여했다.

정처없는 떠돌이는 힘을 키울 수가 없다. 몸의 단전과도 같은 힘의 근원이 필요하다. 반일족에게도 대륙으로 나갈 발판이 필요했음은 물론이다.

1골드는 에티우스라는 커다란 우산에 가려진 우탕가를 일단 근거지로 삼기로 했다. 적이 북방에 있어 거리적으로 너무 멀다는 단점이 있었으나 후에 힘의 중심을 옮겨가면 될 일이었다. 전 대륙을 돌아다니는 상단을 꾸린 이유 중 하나이기도 했다.

그는 사즈를 대리인으로 내세워 본토박이들과의 부딪침을 최소로 하고 차근차근 그들을 포섭해 갔다.

인심을 얻는 방법은 베풀면 된다. 공장을 세워 일자리를 창출하고 우선적으로 상품을 대어 상점을 열어주면서 경제적으로 풍족하게 만들어주었다. 덧붙여 마을을 정비하고 아이들을 가르칠 학교를 세웠다.

우탕가에는 마을 촌장만 있을 뿐 영주가 없기에 가능한 일이었다. 거주하는 사람들도 별로 없으니 먹을 것도 없다. 귀족들의 입맛을 당기는 곳이 아니었다.

그러나 이제는 변했다. 시네르아의 제후까지 신경 쓸 정도는 아니었으나 근방 영주들이 관심을 가지기에 충분했다. 인구가 늘고 상업 활동이 활발해지면 돈이 돈다. 돈이 생기면 똥파리가 꼬이게 마련이었다.

슬슬 그네들이 관심을 가지기 시작할 무렵 사즈는 실력자가 되어 있었다. 자금과 무력이 뒷받침되어 주었으니 단 5년 만에 우탕가를 좌지우지하는 인물로 떠오르는 일은 어렵지 않았다.

한몫 잡아보겠다고 알라모에 칼 한 자루를 들고 간 그가 고향으로 돌아와 실력자가 되다니 격세지감을 느끼게 했다.

우탕가 항 마을 중심에 자리한 저택, 사즈가 서찰 한 장을 들고 있었다. 얼굴색이 수시로 변하는 것이 그리 좋은 내용은 아닌 듯했다.

"아! 이거… 허허. 참."

난감한 표정을 지은 그가 쑥스럽다는 듯이 뒷머리를 긁고는 앞자리에 앉은 안도르에게 서찰을 넘겼다.

봄멜의 제자 안도르는 레어에서 나와 우탕가에서 생활하고 있었다. 스승 옆에 괴물이 둘이나 있었다. 그가 10년이 걸린 길을 큰 괴물은 2년 만에, 작은 괴물도 얼마 지나지 않아 3써클에 올랐다. 그걸 보고 있자니 미칠 것 같았다.

좌절감이 들기 시작해 자포자기 상태까지 갔다가 스스로 할 일을 찾아 우탕가로 나온 것이다. 마법사의 길을 포기한 것이 아니라 기분 전환을 할 시간이 필요했다.

1골드와 칸야에게 미움과 시기도 느꼈지만 그 끝은 모르는 것이다. 스승이 항상 말했었다. 하늘은 노력을 배신하지 않는다고. 스승도 그와 비슷한 자질을 가지고 있었다고 했다. 얼마 전부터 몰라보게 젊어지기 시작한 스승이 한 말이었다. 7써클의 대마법사가 된 봄멜, 옆에 본보기가 있었다.

하지만 좌절감을 쉽게 떨치기 힘들었다. 잠시 기분 전환으로 다른 일을 해보자 하는 심정으로 나왔는데 의외로 행정가로서의 자질이 있었는지 실질적으로 우탕가의 대소사를 그가 처리하고 있었다.

"사즈, 뭔데 그래?"

"하하하, 아는 글자가 몇 개 없어서요."

사즈는 자리가 자리인만큼 글을 배우고 있긴 했으나 이런 미사여구가 잔뜩 들어간 귀족의 서찰은 벅찼다.

입맛을 다신 안도르가 서찰을 쭉 훑어보자 사즈처럼 그도 안색이 수시로 변했다.

"무슨 내용입니까, 마법사님?"

침음성을 내뱉은 안도르가 서찰을 팽개치다시피 던졌다.

"방문하겠다는데."

"그 남작 놈이 말입니까? 뭐 하러 온답니까?"

서찰은 북쪽에 근접한 영지의 영주 할리 남작이 보낸 것이다.

"시찰. 말이 시찰이지 그동안 염탐꾼을 보내 알아볼 만큼 봤다는 거겠지. 상인과 토박이 둘이 벌인 일이란 결론을 내렸을 거야. 꼴에 귀족이라고 이곳이 우습게 보였겠지. 뭐, 대충 그림이 그려진다. 치안을 핑계로 군대를 상주시키면서 너를 밀어내고 제 놈이 이곳을 지배하려 들 테지."

"그, 그럼 어떻게 합니까?"

"막던가, 들여놓던가."

안도르는 그가 결정할 문제가 아니라 여기고 다른 질문을 던졌다.

"할리라는 놈, 아즈빌이야?"

"아마도요."

"혹 시네르아 헤르반 제후와 연결된 놈일까?"

"에이, 설마요? 군부 정도나 되겠지요. 우탕가를 먹겠다고 들어오는데 군부에 있는 동족들이 가만있겠어요? 그들이 허락을 했으니… 아마 위렌 공작님 정도쯤? 그쯤 되는 분이 허락을 해야 가능할 겁니다."

위렌 공작은 제후의 2군단 단장이었다. 그는 아즈빌 인 중 가장 성공한 인물 축에 끼는 사람이다.

우탕가 백성들은 할리가 들어와도 같은 동족이니 큰 거부감은 없을 것이다. 어쩌면 방패가 되어줄 귀족이 다스려 주기를 바랄지도 모른다. 우탕가가 커지면서 주변의 관심이 높아져 서서히 불안감이 일고 있었다.

어쨌든 밀림에 한 번 들어가 볼 일이었다.

"크아아아악!"

1골드는 귀를 틀어막고 싶은 심정이었다. 벌써 일주일째였다. 그가 안드레이를 잡아먹을 듯 노려보았다.

"야! 이 새끼야, 어떻게 된 거야!"

본신 실력은 안드레이가 조금 높은 듯했어도 1골드가 살기를 발하면 안드레이는 주눅이 들어 반항을 할 수가 없었다. 영의 종속 관계 영향 때문이었다.

식은땀을 주룩 흘리며 그가 1골드를 올려다보았다. 그동안 1골드는 성장이 멈추지 않아 처음 볼 때보다 한 뼘 정도는 더 자라 있었다. 키가 거의 2미터 30센티는 되고 체격도 성인 남자 두 명은 붙여야 비교가 될 듯싶었다.

"아무래도… 칸야는 순수한 혈통이 아닌 듯합니다."

"뭐?"

"인간과의 혼혈 같습니다, 하프요."

보통 수인족의 1차 성징이 15세 때에 오는데 칸야는 3년 전에 찾아왔다. 1골드는 그때서야 칸야가 열다섯 살이라 생각했다.

칸야는 나이를 정확히 알지 못해 13, 4세로 정도일 거라고 말했었다. 어릴 때 잘 먹지 못해 발육이 좀 늦나 보다 하고 넘어갔는데 2년 후에야 있을 2차 성징이 일주일 전부터 나타나기 시작했다.

"그래서 성징이 더 빠른 거라고? 그건 그렇다 치고 왜 이리 오래 걸려? 이틀이면 된다면서?"

"그게… 저도 잘… 죄송합니다."

밀림을 벗어난 적이 없는 안드레이도 수인족의 변화를 직접 경험한 적 없었다. 그저 윗세대에게서 물려받은 지식이라 뭐라 답할 수 없었다.

1골드는 출산을 기다리는 아비의 심정이었다. 칸야의 성장을 쭉 지켜보았다. 수인으로 변할 수 있는 1차 성징 이후부터 칸야는 사춘기를 맞은 것 같았다.

여자 아이처럼 호리호리했던 체격이 어깨가 넓어지고 가슴도 제법 두터워지면서 키가 부쩍 자랐다. 성에도 눈을 뜨기 시작한 듯 1골드의 세 여인과 눈을 잘 마주치지도 못하고 얼굴을 붉히는 경우도 쉬이 눈에 띄었다.

성격도 무척이나 예민해져 1골드의 말도 잘 따르지 않아 반항이라기엔 조금 뭐하지만 비슷한 모습을 보이기도 했다.

1골드는 성인으로 가는 과도기의 반항 심리라 여기고 대체적으로 칸야가 하고픈 대로 하게 두었다. 수인으로 변하는 모습을 보면서 많은 혼란을 겪었을 것이기 때문이었다.

1차 성징 후에도 털은 빠지지 않았다. 털에 짙은 검은 줄이 생기면서 일족의 특성을 보이긴 했다. 털이 난 상태에서 송곳니가 자라고 손톱, 발톱이 변하는 모습은 칸야에게 커다란 충격이었다.

다행이라면 주둥이가 튀어나온다거나 상체가 비정상적으로 커지는 등의 라이칸스로프처럼 급격한 골격의 변화는 없었다는 것이다. 성격이 흉성을 나타내는 듯 과격해지면서 날카로운 손톱이 자유자재로 자라고 털에 검은 줄이 더욱 짙어진다는 점이 변화였다.

안절부절 칸야의 방 앞을 서성이던 1골드가 번쩍 고개를 들었다. 칸야의 기운이 급격히 변한 것이다. 마치 써클의 벽을 넘은 마법사 같다고나 할까. 일종의 허물을 벗은 것과 같았다. 그에게는 못 미쳐도 엘프 전사 정도의 수준은 되어 능히 상위 몬스터는 혼자서도 감당할 듯싶었다.

1골드가 마른침을 삼켰을 때 방문이 열렸다.

"하. 하. 하. 칸야야! 이놈!"

털이 없는 칸야의 맨얼굴을 두 번째로 보았다. 그간의 세월을 말해주듯 많이 변한 얼굴이었다. 우선 굵은 콧대의 큼직한 코가 눈에 확 띄었다. 강렬한 눈빛을 발하는 눈도 부리부리하게 변했고 각진 턱 선에 두툼한 입술, 호남형으로 강인한 인상을 풍겼다.

다만 생채기가 난 것처럼 희미하게 피부에 그어진 검은 줄이 남아 있다는 게 흠이었다.

한걸음에 달려간 1골드는 칸야를 덥석 안았다.

칸야는 변화를 모두 수용한 듯 그저 희미한 미소만 짓고 있었다.

"호호호! 정말이라니까요? 칸야가 분명 몰래 훔쳐보고 있었어요."

알로나가 음흉한 미소를 짓고는 동의하지 않냐는 식으로 칸야를 쳐다봤다.

"에이! 언니는, 설마 칸야가 언니 목욕하는 걸 훔쳐봤겠어요? 언니가 웅덩이에서 수영을 하고 있어 우연히 지나가다 보게 되었겠지요. 그렇죠, 도련님?"

거들어주는 갈리나의 말에 칸야가 고개를 저었다.

"두 누님 말씀이 다 맞아요."

"으잉?"

"호오!"

덤덤한 신색으로 음식을 들면서 칸야가 말을 이었다.

"백야를 찾아가던 길에 둘째 누님을 봤고 잠시 보다 갔어요. 그땐 궁금한 게 많았거든요. 그건 죄송한데요, 누님 잘못도 있죠. 솔직히 뭐 볼 것도 없던데요."

"오호호호호호!"

수진이 방정맞게 웃어 젖혔다.

"역시 도련님도 사람 볼 줄을 안다니까. 홍홍, 몸매가 나 정도는 돼야지, 너처럼 무식하게 젖통만 크면."

"험험!"

강퍅한 인상의 중년인이 수진의 말을 잘랐다. 50대 초반 정도로 보이는 그는 인간의 벽을 넘어 젊음을 되찾고 있는 봄멜이었다. 그가 잔을 들었다.

"자자! 축배를 들어야지. 오늘은 칸야가 성인이 된 날이야. 제자야, 축하한다."

"감사합니다, 스승님."

좌중에 참석한 이들이 모두들 한마디씩 축하 인사를 건넸다. 한바탕 소란이 가라앉고 봄멜이 1골드에게 은근히 말했다.

"제자야, 너도 슬슬 가족을 가져야 하지 않겠느냐? 칸야도 이제 성인이 되었고."

후세를 보라는 뜻이었다.

그러자 며칠은 굶은 사람처럼 연신 술잔을 들이키던 타룰이 끼어들었다. 그도 봄멜에 비할 바는 아니지만 한 단계 발전이 있었다.

"이 나이에 늦둥이를 봤는데 마누라가 세 명이나 되는데도 아직 소식이 없는 건 뭔가 문제가 있는 거야. 내가 그쪽 방면에 용하는 의사를 아는데 소개시켜 주리?"

"……."

한숨을 푹 쉰 알로나가 끼어들었다.

"하늘을 봐야 별을 따죠."

"저희 둘은 아직이에요."

처연한 표정을 지은 갈리나가 수진을 힐끗거렸다. 레어에 들어와서 들은 소리가 있기 때문이었다.

눈을 동그랗게 뜬 봄멜이 1골드에게 물었다.

"아직이라니? 그게… 설마 잠자리를……."

"죄송합니다, 스승님. 이런 대화는 별로 내키지 않습니다."

그러면서 세 여인을 한 번씩 쳐다보았다. 부끄러운 이야기를 아무렇지도 않게 한다는 꾸짖음이었는데 사는 세계가 달랐다. 아이온에서는 성이 상당히 개방적이었고 아이를 많이 낳는 것이 여인의 덕목이었다.

여인들이 인간이 아니었으나 같이 생활을 하다 보니 다 같은 사람처럼 느껴진 것이다. 키메라 수진이 아이를 낳을 수 있을지, 수명이 얼마나 남았는지는 그들의 고려 대상이 아니었다. 그들에게 그녀는 가족이었다. 죽이 잘 맞는 타룰과 수진이 부녀지간처럼 되어 있었다.

이 공간 안에서는 그들에겐 인간의 관습 따위는 존재하지 않는다.

오늘 하루는 긴장된 일상에서 해방이라도 된 것처럼 모두가 즐거워하며 시간이 가는 줄도 모르고 잔을 들었다. 며칠이라도 계속될 것 같은 자리에서 잔을 내려놓은 건 술독이 비어서가 아니고 안도르가 도착했기 때문이었다.

안도르의 보고를 들은 봄멜이 1골드를 향했다.

"네가 결정할 일 같구나."

봄멜은 언제부터인가 한발 물러나 1골드에게 모든 일을 맡겼다. 체계를 잡아주려는 의도였다.

그가 걱정하던 일은 일어나지 않았다. 갑자기 포악해져 피에 굶주린 마왕이 된 것도 아니고, 영혼을 팔아 한순간에 힘을 얻는 흑마법사나 네크로맨서처럼 되지도 않았다.

1골드는 전과 변함이 없었다. 스스로의 노력으로 힘을 길렀다. 어찌나 자신을 다그치는지 옆에서 지켜보는 봄멜이 무서울 정도였다.

가디언들과의 대련에서 팔다리 하나 부러지는 것은 예사였고, 실전 수련을 한답시고 밀림에 들어가 반 죽어서 다크 엘프들에게 업혀온 적도 한두 번이 아니었다. 물론 그때마다 최상위 몬스터의 가죽이 생겼지만.

봄멜은 이제 1골드를 지켜보고 싶었다. 1골드가 어떤 세상을 그려 나갈지가 궁금해진 것이다. 복수를 목적으로 한다지만 그 이후를 보고 싶었다.

1골드의 가치관은 이곳 사람들과 많은 차이가 있어 그가 힘을 가지면 분명 무언가 변화를 불러올 것이니까. 그게 조물주의 안배이든 우연이든 1골드가 범인은 상상하지도 못할 우여곡절 끝에 아이온에서 살게 된 이유라 생각했다.

잠시 생각에 잠겼던 1골드가 덤덤히 말했다.

"사형, 제가 가겠습니다. 사즈에게 연락해서 우탕가에 한 발도 들이지 말라고 전하세요."

키르륵! 카캭! 캭!

어디에선가 원숭이들의 울음소리가 메아리쳤다. 넓은 잎과 아름드리 나무들로 둘러싸인 밀림은 밀폐된 공간처럼 소리가 공명하듯 울린다.

가벼운 경장 차림의 할리는 연신 이마에 흐르는 땀을 닦으며 주변 숲을 돌아보았다.

"자네, 그것 아나? 원래 이곳은 밀림이 아니었어. 우리 선조가 이곳에 자리를 잡을 때에는 씨만 뿌리면 곡식들이 쑥쑥 자라는 황금의 땅이었다네."

더위에 지친 할리의 수석 기사인 잭은 듣는 둥 마는 둥 했다. 그는 갑옷 안에 땀이 차 올라 시원한 물에 목욕을 하고픈 마음뿐이었다.

"아! 그랬습니까?"

"긴 세월 동안 에티우스가 커져 버린 거라네. 밀림이 점점 자라 우탕가를 삼켜 버렸지."

오랜 세월 외지로 흘러나와 자리를 잡은 아즈빌들은 발현지가 우탕가라지만 할리도 그렇고 대부분이 가본 적이 없었다.

"내 생전 그곳에 가볼 일이 없을 줄 알았는데… 그 스캇이라는 상인 놈 말이야."

"예, 남작님."

"중앙 귀족과 선이 닿았다는 소문, 확실히 근거없는 게 맞나?"

"예, 스캇 상단이 근래에 무섭게 성장해 동해 일대에 상점을 개설하고 있으나 아직 수도까지는 진출하지 못했습니다. 소문처럼 중앙에 배경이 있지는 않는 것 같습니다. 감시를 붙인 지 2년 동안 세 번 상단을 꾸려 수도에 가긴 했으나 특별히 접촉한 인사는 없었습니다."

할리가 고개를 끄덕였다. 스캇이 재신을 만난 것이 확실하다. 사즈, 그냥 흔한 칼잡이 중 하나였다. 스캇과 사즈를 움직이는 자가 암중에 숨어 있을 텐데 그 배후를 파악하질 못했다. 그가 직접 우탕가에 가는 이유 중 하나였다.

스캇의 주요 상품은 피혁류로 알려져 있으나 은밀히 귀금속을 다룬 것을 모르지는 않았다.

할리에게 주어진 임무는 우선 배후를 파악하고 만약 없다면 자금의 출처를 확인한다. 배후없이 그 많은 자금이 나올 곳은 보석 광산밖에 없었다. 새로 개발한 광산. 놓칠 수 없는 먹이다.

우선 그의 선에서 우탕가를 장악할 수 있으면 바로 장악하고 상황이 불리하다 싶으면 위렌 공작에게 보고를 올려야 한다.

버려진 우탕가가 발전하는 것은 좋은 일이지만 아즈빌 인을 이끌다시피 하는 위렌은 그 변화의 원인을 알아야 했다. 불순한 자들이 고향과도 같은 곳에 똬리를 틀게 좌시할 수는 없었다.

"부대 정지!"

이글거리는 태양이 중천에 떠 있었다. 중식 시간이다. 나뭇잎이 따가운 햇살을 가려주기는 하나 가만히 있어도 땀이 흐르는 후텁지근한 날씨였다. 중식을 든 후 두 시간가량 오수(午睡)를 취한 후 행군을 재개해야 한다.

이런 무더위에 무리하게 행군을 하면 탈진하는 병사가 속출해 전투력을 반감시킨다.

그늘에 자리를 잡은 50여 명의 병사가 물에 젖은 가마니처럼 쭉 처졌다. 습도가 높은 날씨는 체력을 빠르게 소진시키고 멈추지 않고 흐르는 땀은 불쾌감을 높인다. 그들은 손가락 하나도 까딱하기 싫었다.

그래도 체력을 보존하려면 밥은 먹어야 하기에 대충 전투 식량으로 싸온 음식물을 꾸역꾸역 목구멍에 밀어 넣고 재수 없게 경비병으로 지목된 자들만 빼고는 누가 먼저랄 것도 없이 맨땅에 지친 육신을 눕혔다. 그들은 단체로 슬립 마법에 걸린 것처럼 순식간에 잠으로 빠져들었다.

반 시간이 흐른 후였다. 경비를 서던 기사도 병사도 밀려드는 잠을 이기지 못하고 고개를 떨궜다.

그 순간이다. 마치 뱀이 나무를 타고 미끄러지듯이 갈색 신영이 나무 기둥에 머리 둔 병사들 머리 위로 스르륵 내려왔다. 귓바퀴 끝이 비쭉한 인간, 다크 엘프였다.

입에 단검을 문 다크 엘프들은 빠르게 움직였다. 손바닥으로 얼굴 전체를 가릴 수 있는 솥뚜껑만 한 손으로 병사의 입을 막고는 단검을 빼 들어 병사의 목줄기를 그었다.

입이 막힌 병사가 잠이 깨기도 전에 이루어진 일체의 군더더기없는 날렵한 동작이었다.

10여 명의 목숨이 너무도 어이없이 한순간에 사라졌다.

병사들은 그때까지도 꿈속을 헤매고 있어 전멸할 수도 있는 상황이었으나 다크 엘프들은 미련없이 목적한 병사들의 목숨만 취하고는 바람처럼 사라졌다.

그 광경을 한눈에 내려다볼 수 있는 나무 꼭대기에 거한 두 명이 가냘픈 나뭇가지에 의지해 서 있었다.

"만족하십니까?"

한껏 어깨에 힘을 준 안드레이였다.

"쓸 만하군."

1골드는 내심 상당히 놀랐다. 다크 엘프의 은신술이 보통이 아니라는 건 알고 있었으나 직접 눈으로 확인하자 생각 이상이었다.

아무리 잠에 취했다고 해도 코앞에까지 갔는데도 단 한 명도 눈치를 채지 못했다. 지금도 병사들은 시체가 된 동료가 옆에 있는데도 세상모르게 잠을 자고 있었다.

"주군, 그냥 처리하심이 어떠신지요? 전사 열 명이면 순식간에……."

안드레이는 말을 잇지 못했다. 1골드의 감정 변화가 전해져 온 것이다. 시간이 지날수록, 아니, 1골드가 강해질수록 그들 간의 종속 관계가 더욱 강해져 1골드와 같이 생활하는 그는 감정까지 어느 정도 느낄 수 있었다.

1골드가 지금 불쾌한 감정을 드러내었다.

"죄송합니다."

"공포, 그것만 줘서 보내라 일러. 늪으로 돌아간다."

1골드는 직접 나서겠다는 처음 계획을 변경했다. 할리 일행 중엔 그의 눈에 들 만한 강자가 없었다. 제일 강해 보이는 자도 유진의 상급 검사였던 터커 정도로 그만한 상대는 반일 족 전사 중에도 수두룩했다.

밥 먹다시피 상대한 오거에도 못 미치는 수준이라 흥미를 잃었다. 여기서 시간을 빼앗기느니 수련을 쌓는 편이 나았다.

"으… 흡!"

눈알이 튀어나올 정도로 놀란 병사는 비명을 질렀다. 하나 아무 소리도 나오지 않았다. 차가운 이물질이 기도를 막고 있기 때문이었다.

긴장한 탓에 속이 좋지 않아 대변을 보러 잠시 일행과 떨어진 사이에 당했다. 쭈그리고 앉아 끙끙거리고 있는데 불쑥, 정말 불쑥 코앞에 얼굴이 나타났다. 이목구비가 뒤바뀐 인간의 얼굴이었다.

너무 놀라 그가 싸놓은 배설물에 엉덩방아를 찧자마자 괴인이 웃는가 싶더니 목덜미가 따끔했다. 그게 끝이었다.

1골드가 원하는 대로 병사들은 공포에 떨었다.

오수를 취하다 십여 명의 목숨이 사라졌는데도 할리는 발길을 돌리지 않았다. 돌릴 수가 없었다. 위렌의 지엄한 명이 있었다. 우탕가에도 들어가지 못하고 돌아갈 수는 없었다.

그때부터였다. 행군 중에도, 밥을 먹다가도 병사들이 하나둘씩 사라지기 시작했다. 병사뿐만이 아니었다. 제법 검을 다루는 기사들도 크게 다르지 않았다.

더욱 미치게 하는 것이 그 아무도 비명조차 지르지 못했다는 점이었다. 기사조차 반항할 수 없을 정도로 암중의 적이 강하다는 뜻이었다.

이제는 남은 병사조차 통제가 되지 않았다. 죽어나가는지, 도망을 친 것인지, 하룻밤이 지나자 50의 병사 중 남은 수는 손으로 셀 정도였다.

할리는 너무 허탈했다. 그에게 이 병력은 그가 가진 전력의 반이었다. 다 잃었다. 이젠 목숨까지도 위험하다. 할리가 적들의 의도를 모를 만큼 어리석지는 않았다. 그를 살려준 것은 우탕가에 오지 말라는 뜻이었다.

적의 털끝도 보지 못한 채 발길을 돌려야만 했다.

시네르아 지역의 중심, 샤오스는 내성 거주 도시민만 5만에 달하는 제국에서 다섯 손가락 안에 드는 대도시다.

초창기 샤오스 성은 도시의 방어를 위해서 지어졌으나 지금은 평지 거주 지대와 비교되는 권력의 상징으로 변해 있었다.

도시가 번화함에 따라 무섭게 팽창해 외성 성곽이란 이름이 무색하게 변했다. 외성곽 너머로 작은 위성도시들이 생겨나기 시작해서 외성을 빙 두를 정도였다. 외성이 내성화되었다.

성곽의 길이가 5㎞에 이르고 망루가 128개나 되는 성곽이 도시의 아름다움을 표현하는 도시 미학이 되었다.

외성까지 포함해 거주 인구가 십만 정도이고, 성밖 위성도시들까지 합하면 거의 사십 만에 육박하는 대도시다.

평지 거주 지역을 거쳐 외성에 들어가 고지대로 올라갈수록 비례적으로 권력을 나타내어 준다. 내성은 핵심 인사들만이 거주하는 곳으로 권력의 정점에 선 자들이다.

현 정세를 파악하려면 누가 궁전 근처에 사는지만 알면 간단히 알 수 있다. 제후의 궁전 가까울수록 실세라는 뜻이다.

위렌 공작의 대저택은 고풍스런 멋이 풍기는 궁전까지 10분이면 걸어갈 거리에 있었다.

잘 손질된 번쩍이는 갑옷들이 벽면에 진열된 커다란 홀이었다. 웬만한 장정보다 어깨 하나는 더 넓은 흑인이 눈가에 잔주름을 만들었다. 말끔히 면도한 얼굴에 흑발을 올백으로 넘긴 그는 시네르아에 다섯 명밖에 없는 공작으로 위렌이었다.

같은 아즈빌 인 시종장의 보고를 들은 그는 손가락으로 보석으로 치장된 넓은 의자 손잡이를 두들겼다.

"후후, 재밌군, 그래."

"주인님, 제 생각에는 할리, 그놈이 허위 보고를 올린 듯합니다."

높은 콧날 때문에 눈이 쑥 들어간 것처럼 보이는 위렌이 시종장을 내려다보았다.

“그래?”

“다짜고짜 기습이라니요? 그것도 우탕가에서? 말도 되지 않는 소리입니다. 아즈빌 인이라면 할리 뒤에 주군께서 계신 것을 모르는 자가 없습니다.”

“그렇지. 사즈라는 놈이 미친놈이던가, 나랑 한번 해보자는 소리겠지. 네 말대로 할리 그 애송이 자식이 허튼수작을 부리다가 외려 당한 것일 수도. 뭐, 어찌 되었든 그따위 건 중요치 않아. 내가 지금 상당히 기분이 나쁘다는 게 문제지.”

이름 앞에 냉혈이라는 별칭으로도 불리는 위렌이다. 적에겐 단 한 점의 인정도 없었다.

“병사들을 준비시킬까요? 열흘이면 충분합니다.”

영지에 있는 사병들을 일컫는 말이다. 관직이 있는 중앙 귀족들의 대부분은 영지에 관리인을 두고 제후의 성에서 생활한다.

“아니, 아직. 기다려 보자고. 우탕가 놈들이 무턱대고 할리를 쳤겠나? 뭔가가 있겠지. 그 머저리 같은 놈을 살려 보낸 것도 나에 대한 예의이고. 아니 그런가?”

단순히 칼만 가지고 권력을 잡을 수는 없다. 위렌은 우탕가에서 조금은 봐달라는 의미로 무력시위를 한 것이라 여겼다, 단순히 반항하는 쓸데없는 몸짓일 수도 있지만.

홀 구석에 작은 문이 열리고 잰걸음의 시종이 빠르게 다가와 시종장에게 귀엣말을 전했다. 시종이 물러가자 시종장이 미소를 지었다.

"주인님의 혜안은 이 미천한 놈은 감히 따라갈 수도 없습니다."

"누가 왔는데?"

"천한 상인 놈 스캇이 주인님 뵙기를 청한다고 합니다."

"쯧쯧, 천하긴, 이놈아. 돈만 있으면 하위 작위쯤은 살 수 있는 세상인데 뭘. 들여보네."

홀의 대문이 열리고 긴장한 빛이 역력한 스캇이 들어왔다. 그의 뒤로 다섯의 짐꾼이 따랐는데 저마다 커다란 상자를 하나씩 들고 있었다.

"미천한 알라모의 상인 스캇이……."

지겨운 미사여구가 이어지자 위렌이 손을 들었다.

"아아! 됐어. 너! 제법이구나. 누구냐?"

스캇의 호위인 듯한 사내를 가리켜 물었다.

"인사드립니다. 우탕가의 족장 제랄드의 아들인 피치입니다."

"오호! 제랄드 족장의 아들이라고? 허허, 그 친구 아들은 잘 키웠군. 너, 내 밑에 있어라."

"예? 아니, 저는."

"시끄러! 자리 마련해 줄 테니 오늘부로 내 집에 들어와 살아. 상인 나부랭이 쫓아다니는 것보다 나을 테니까. 이봐,

스캇.”

상황이 이상하게 돌아가자 당황한 스캇이 황급히 허리를 숙였다.

“예? 예, 공작 전하.”

“불만있나?”

당연히 있을 리가 없다.

“저야… 전하, 그런데 피치 군은 제가 거느린 사람이 아니오라…….”

“전하, 미흡한 저를 어여삐 봐주셔서 감사하오나 저는 스왈츠 가의 검사입니다.”

피치는 사즈를 통해 스왈츠 가의 검술을 익혔다. 아즈빌의 주요 가문들이 싹 빠져나간 우탕가에 이렇다 할 무가가 없었다. 그저 외공을 익히는 정도였다. 그런데 사즈가 무사들을 뽑으면서 몇몇 젊은 인재들에게 스왈츠 가의 검무를 전수해 주었다.

사즈는 주군인 1골드의 가신을 만들려는 의도였고 우탕가의 젊은이들은 체계화된 무술을 익힐 수 있는 기회를 얻은 것이다.

피치의 말에 위렌이 눈을 껌뻑였다.

“응? 뭐라? 무슨 가(家)?”

“대륙전쟁 당시 라인 대제님께서도 거두시지 못한 것이 후회스럽다고 한탄하신 그 스왈츠 가입니다.”

"아아! 생각났다. 그래, 그런데… 후후, 그거였나? 스왈츠가가 우탕가에 있었구나. 스캇, 너도냐?"

"예, 전하. 그렇사옵니다."

"스왈츠라… 스왈츠."

스왈츠는 제국 북서쪽 삼대호 근방에 있던 홀드라는 소국의 무가였다. 삼대호에 배수진을 친 홀드가 라인 대제의 대군에 맞서 무려 일주일이나 버틴 것도 스왈츠 가 때문이라 전해진다.

망한 줄 알았는데 에티우스에 숨어 있을 줄은 생각지도 못했다. 위렌의 미간에 주름이 생겼다. 다시 가문의 이름을 내세운다는 건 중요한 의미가 있었다. 그만한 준비가 되어 있다는 것. 우탕가가 무섭게 커가는 게 다 설명이 되는 일이었다.

위렌이 묵직한 상자들을 훑어보았다. 안 봐도 재물이란 것은 안다. 저 선물의 의도를 알아야 한다. 화해인가, 공존인가, 복종인가를.

스캇이 위렌의 눈치를 알아채고는 조심스레 상자들을 열었다. 상자 세 개에는 금덩이가 가득했고, 한 개는 장신구 등의 귀금속이, 나머지 상자에는 고급 천에 싸인 곡도 한 자루와 포션 세 병이 들어 있었다.

"약소합니다, 전하."

절대 약소하지 않았다. 위렌의 눈이 커질 만큼 대단한 예물이었다. 그는 이 정도의 통이 큰 인사를 보지 못했다.

스캇이 곡도를 들고 왔을 때는 위렌의 얼굴에 황홀한 빛이 떠올랐다. 그가 놀란 것은 숄더 중간에 박힌 엄지손톱만 한 블루 다이아몬드 때문이 아니었다. 천생이 무인답게 곡도밖에 눈에 들어오지 않았다. 은근한 우윳빛이 감도는 도신에 온통 정신을 빼앗겼다.

빼앗듯이 곡도를 잡아챈 위렌은 벌떡 일어서서 도를 휘둘렀다. 그리고는 도를 쭉 내밀고 감상하듯 눈을 감았다. 그가 다시 눈을 떴을 때는 만족의 빛이 역력했다.

"오오! 균형이 이리 잘 맞을 수가. 게다가 이 도신! 명검이다. 어디서 구했느냐?"

환한 미소를 지은 스캇이 더욱 허리를 숙였다.

"로만에서 특별히 전하를 위해 주문 제작한 도입니다."

"로만이라 그랬느냐?"

로만은 불모지인 얼음의 대지 근방에 있는 소국이다. 그러나 무기 제조술만큼은 대단했다. '로' 자만 붙어도 두 배의 금액을 흔쾌히 주고서라도 병장기를 살 정도였다.

우연한 기회에 흘러들어 온 도를 특별 주문 제작했다고 하는 건 거짓말이다. 둘 다 좋은 결과를 얻으면 그만이었다.

도를 쓰는 무사들이 별로 없었지만 아즈빌 인들은 밀림이 터전이어서 도를 많이 썼다. 언제가 필요하겠구나 하고 보관하고 있었는데 때마침 주인을 찾았다.

위렌이 만족하는 듯하자 스캇이 결정타를 날렸다.

“우윳빛이 나는 것은 미스릴 때문입니다.”

그러자 위렌이 역시나 하는 표정을 짓고는 손가락에 마나를 실어 도신을 튕겼다.

따아아아앙!

속이 시원해지는 경쾌한 소리가 길게 울렸다. 합금이라지만 불순물이 최소로 포함되어 있었다.

“좋다, 좋아!”

분위기가 절정에 달한 듯하자 스캇이 본론을 꺼냈다.

“전하, 한 가지 청이 있사옵니다.”

“청? 말하라.”

“사즈에게 전하를 섬길 수 있는 영광을 주시옵소서.”

도를 시종장에게 넘긴 위렌이 스캇을 뚫어지게 쳐다보았다.

“사즈를? 그럼 스왈츠는?”

“전하의 그늘 아래 있을 때까지는 충심을 다해 도울 것입니다. 사즈는 곧 유진님과 같습니다.”

스왈츠는 지금처럼 전면에 나서지 않고 사즈를 내세우겠다는 의미로 군신 관계를 맺겠다는 뜻은 아니었다.

“흐음! 당대 가주가 유진인가 보군.”

잠시 이해득실을 따진 위렌이 물었다.

“병력이 어느 정도나 되나?”

우탕가에 관한 문제라 피치가 나섰다.

"외람된 말씀이오나 보신 바대로 할리 남작 정도는… 알라모 쪽 드로우 백작과 견주어도 손색이 없습니다."

"호오! 드로우와? 후후, 내가 너무 가볍게 생각했군. 그래, 다른 공작들에게도 선을 넣었나?"

"저는 아즈빌입니다. 그리고 제가 알기론 유진님도 저희 일족의 피가 흐르고 계십니다."

1골드나 칸야나 피부가 햇볕에 그을려 갈색에 가까웠고 키나 덩치가 아즈빌 인과 흡사했다. 선조 중에 아즈빌 인의 피가 섞여들었다 해도 하등 이상할 것이 없었다.

그래서 사즈가 손쉽게 우탕가를 장악하기 위해 현 스왈츠가의 가주는 아즈빌 계의 혈통이라고 소문을 낸 것이다. 혼혈은 흔하디흔했으니까.

"그래? 허허허, 그렇단 말이지."

할리를 다루는 솜씨만 봐도 상당하다 여겼는데 백작가의 전력 정도라 한다. 위렌의 눈이 가늘어졌다. 숨겨진 전력이었다. 아직 그밖에 모른다. 감추어진 칼은 쓸 데가 많다.

"그 친구는 언제 올 것이냐?"

스캇의 얼굴이 상기되었다. 위렌을 만나라는 명을 받았을 때 죽을 각오를 했었다. 그런데 그를 버렸던 코튼 백작과는 비교도 할 수 없는 든든한 연줄을 정계에 마련했다.

"하하! 사즈 준남작이라! 이거 앞으로는 남작님이라 불러야 되겠네."

스캇의 재력과 위렌의 권력으로 사즈는 귀족이 되었다.

1골드가 전면에 드러나기를 꺼려했고 보이지 않는 암투가 치열한 중앙 정계에서 감추어둔 칼이 필요했던 위렌과의 이해관계가 맞아떨어졌다.

"남작이라니요, 당치도 않습니다."

1골드의 반 농담에 사즈도 환하게 웃으며 기쁜 표정을 감추지 않았다. 사즈는 정식으로 우탕가를 대표하는 인물이 된 것이다.

"저, 유진님, 위렌 공작은 언제 찾아뵐 생각이신지."

위렌에게는 빠른 시일 내에 인사를 드리겠다는 말만 남기고 물러났었다.

스캇의 질문에 1골드가 턱짓으로 훤한 대장부가 된 칸야를 가리켰다.

"칸야가 나다."

"예?"

"칸야야."

털에 가려져 있던 백옥 같던 피부가 구릿빛으로 바뀐 칸야가 궁금한 듯 눈을 끔벅이며 1골드를 쳐다보았다.

"네가 위렌 공작을 만나라."

"그리하겠습니다. 만나서 어떻게 할까요?"

"적당한 선을 그어. 협조는 하되 밑으로는 들어갈 수 없다고. 흐음… 알라모에서 그라노프를 데려가라."

"데려가라 하시면?"

"위렌이 그라노프를 알아봐도 상관없다. 만만치 않다는 것만 보여주면 돼. 어쩌면 더 좋아할지도 모른다. 세상에서 가장 지저분한 곳이 정계거든. 위렌은 우리 약점을 잡았다고 좋아할 수도 있지. 게다가 쓰임새도 많을 것이라 생각할 테고. 그라노프가 보내온 정보에는 뱀파이어 일족과 손잡은 고위 귀족들도 많다더라."

암살자, 쉐도우 중에 뱀파이어 일족이 숨어 있다는 사실은 공공연한 비밀이었다. 그라노프도 알라모에서 부딪친 적이 있었다.

정적(政敵)을 없애기 위해 수단과 방법을 가리지 않는 곳이 정계다. 뱀파이어 일족은 세상에 나가 권력자의 비호 아래 숨어 있었다.

다크 엘프 일족이라고 그렇게 하지 말라는 법은 없다. 게다가 고위 정보를 얻기에 좋은 기회다.

"넌 내 동생이니 스왈츠 성을 써도 돌아가신 아버지도 좋아하실 거다. 당분간만 네가 내가 돼다오."

"그렇게 하겠습니다, 형님."

쨍쨍!

살이 익는 듯한 강렬한 태양 볕이 내리쬐고 있었다.

　더위에 지친 원숭이 한 마리가 시원한 물을 찾아 나무를 내려오자 기다렸다는 듯이 수중에서 아가리를 쫙 벌린 물뱀이 튀어나와 한입에 원숭이를 채갔다.

　겉보기엔 평화로운 밀림은 그들만의 법칙에 따라 오늘도 유지되었다. 초식동물을 육식동물이 잡아먹고, 그 포식자는 또 다른 상위 포식자에 의해 그 수를 줄여갔다.

　에티우스 밀림의 먹이사슬 최상위에 존재하는 포식자들 중의 하나인 트롤은 황당한 경험을 하고 있었다.

　툭툭!

　"야! 일어나 봐!"

　크르르…….

　타는 듯한 더위에 나무 그늘에서 사지를 벌린 채 낮잠을 자던 트롤을 깨우는 발길질이었다.

　"일어나 보라니까! 이 새끼가 그냥 멱을 따버릴까 보다. 얼른 안 일어나?"

　귀를 간질이는 낮은 음성과 다리를 토닥거리는 느낌에 트롤이 더위에 지쳐 늘어진 몸에 힘을 조금 넣었다. 입가에 흐른 침을 쓰윽 닦고 실눈을 뜨자 흐릿한 덩치가 햇빛을 등지고 서 있었다. 그림자가 얼추 암컷과 비슷했기에 다시금 무거운 눈꺼풀을 내리고 몸을 틀었다. 자니까 건들지 말라는 행동이었다.

　"어쭈?"

이번에 좀 더 힘을 실어 트롤을 걸어찼다. 그러자 만사가 귀찮은 것 같던 트롤이 고개를 들어 흔들거리는 초점을 잡았다.

크릭?

아마 인간이었다면 '으잉?' 이라 말했을 법한 소리였다. 그도 그럴 것이 몇 놈만 제외하면 이 밀림에서 감히 고개를 빳빳이 들 수 없는 그 앞에 서 있는 건 암컷이 아니라 어이없게도 인간이었기 때문이다.

그것도 음식 중에서도 가장 맛있는 인간이 스스로 찾아와 자는 그를 깨웠다.

보통 때 같았으면 바로 토막을 치고 가장 맛있는 가슴살과 엉덩이 살은 별식으로 따로 발라놓고 머리부터 발가락까지 아주 맛있게 뼈도 남기지 않고 아작아작 씹어 먹을 일이었다.

트롤의 눈이 조금 커졌다. 고개도 약간 갸웃했다. 앞에선 인간의 존재가 의심스러웠기 때문이다.

분명 지척에서 서 있는 존재가 풍기는 냄새는 인간이 확실했다. 그런데 인간이라 하기에는 너무 컸다. 못해도 그의 턱까지는 올라올 만한 키에, 덩치도 그와 비교해서 그리 손색이 없었다. 게다가 못생긴 얼굴이 있어야 할 곳이 밋밋했다. 저런 인간을 본 적이 없다.

오거 새끼인가? 트롤의 입장에서 오거는 상당한 미남인 종족들이라 그런 것 같지는 않았고 그마저 숨어 다니는 소 대가리라 하기엔 상징하는 뿔과 도끼가 없었다.

결론은 유사 인종이 확실하다는 소리였는데, 날 잡아 잡수하고 깨울 인종은 없었고, 그보다 놈이 코앞에까지 왔는데도 전혀 몰랐다. 또한 송곳니가 슬슬 입술을 삐져나오려 한다. 본능이 위험한 상대라 여긴 것이다.

웃기는 일이었다, 숱하게 잡아먹은 먹잇감에 몸이 반응을 하다니.

"뭐 이런 새끼가 다 있어? 몬스터란 놈이 인간이 코앞까지 왔는데 아직도 어벙하게 있네? 거참."

혀를 찬 1골드가 왱왱거리는 파리를 쫓는다는 식으로 손을 내저었다. 그러자 멍해 있던 트롤의 얼굴 피부가 날카롭게 베이며 푸른 피가 튀어 올랐다.

크아앙!

"시끄럿! 소리칠 시간에 손톱질 두어 번은 했겠다."

말이 끝나기가 무섭게 잘 벼려진 칼날 같은 손톱이 1골드의 다리를 쓸어왔다.

훌쩍 뒤로 뛰면서 피한 1골드가 대여섯 보의 거리를 벌려놓았다. 이어 다시 손을 내젓자 급속도로 공기가 원반 모양으로 압축되더니 두 개의 진공의 칼날이 빛살처럼 트롤에게 날아가 생채기를 만들었다.

크아아아아!

이미 얼굴에 난 상처는 아물었고, 옆구리와 허벅지에 방금 생긴 자상도 순식간에 사라진 트롤은 좀 전과는 다르게 눈에 광기가 차 올랐다.

"이제야 정신을 차렸네. 네놈들이랑은 이래저래 인연이 많단 말이야. 자, 열받았냐? 그럼 죽일 듯이 쫓아와 봐! 하하하하!"

파앙!

압축된 공기가 터지는 소리가 울리며 한줄기 실처럼 변한 트롤이 1골드에게 쇄도했다.

한껏 여유를 부리던 1골드도 이 순간만큼은 긴장했다. 어마어마한 다리 근력에서 나오는 트롤의 순간 속도는 그 어느 생물체도 따라가지 못한다.

슈와앙!

한숨에 간격을 없앤 트롤이 손목을 유연하게 꺾었다. 두꺼운 오거 가죽도 베어버리는 날카로운 손톱질이었다. 1골드의 가슴에 네 개의 줄이 생길 무렵 트롤의 고개가 빠르게 돌아갔다. 손톱에 아무런 감촉도 느끼지 못했기 때문이다.

크르르?

없었다, 아무것도. 그 짧은 순간에 트롤의 눈에 건방진 인간의 모습이 보이지 않았다. 트롤이 코를 벌렁거렸다. 인간의 냄새를 찾기 위해서인데 후텁지근한 공기만 들어올 뿐, 그가 원하는 건 찾을 수 없었다. 야생동물보다 더욱 뛰어난 감각에도 걸리는 게 없었다.

그때 좌현 뒤편에서 갑작스런 기척이 일었다.

퍼억!

크허엉!

옆구리로부터 쇠망치로 맞은 것 같은 충격이 전해져 상체를 숙이게 만들었다. 내장이 통째로 뒤흔들리는 고통에 트롤이 헐떡거렸다.

"너무 세게 쳤나? 요즘 들어서 힘 조절이 상당히 어렵단 말이야."

1골드가 단단한 굳은살이 박힌 어린아이 머리통만 한 주먹을 흔들어 보이며 한 말이었다. 그가 트롤만큼이나 커다란 손을 들어 어깨를 토닥였다.

"설마 이 정도로 죽진 않겠지? 트롤이란 이름값이 있으니……."

꺼어억!

듣는 이로 하여금 덩달아 속을 시원하게 만들어주는 트림이었다. 막상 코앞에서 시궁창 썩는 냄새를 맡아야 하는 1골드의 철가면이 미세하게 떨렸지만.

"…좋아, 좋아."

1골드와 트롤이 서로 마주 보며 동시에 목을 꺾었다.

우드득!

크르르!

트롤의 뭉개진 입이 벌어지며 날카로운 송곳니가 잇몸까지 드러났다. 그의 입가에 흐르던 타액이 턱 끝에 맺혀 떨어질 때 트롤이 땅에 꺼지듯 사라졌다.

3미터에 이르는 육중한 덩치로는 상상도 하지 못할 몸놀림으로 땅을 쓸어간 트롤이 1골드를 사타구니에서부터 양단하려는 듯 긴팔을 쳐올렸다.

후아앙!

1골드의 왼발이 슬쩍 뒤로 물러나가는 싶더니 앞꿈치를 축으로 빙글 반회전하면서 상체가 흔들었다. 그러자 신형이 서너 개로 나누어지면서 트롤의 시야에서 꺼지듯 사라졌다.

트롤이 1골드를 찾아 재빨리 몸을 돌렸다. 없었다. 트롤의 눈과 고개가 분주히 돌아가며 1골드를 찾았다. 좌, 우, 사방 그 어디에도 없었다.

처음과 똑같았다. 트롤은 냄새도 기척도 그 아무것도 느낄 수 없었다.

“큭큭큭! 여기야, 여기.”

크아!

좌측, 흥성을 토하며 손톱으로 공기를 갈라 버리려던 찰나 턱에 육중한 충격이 전해졌다.

덜컥!

뒤로 훌떡 넘어간 머리를 재빨리 세우고 1골드를 찾으려고 하였으나 트롤은 하늘이 돌고 땅이 돌아 중심을 잡을 수가 없었다. 의지와는 상관없이 다리가 꼬여 어이없게도 주먹 한 방에 엉덩방아를 찧었다.

“재밌어.”

트롤을 주먹 한 방에 거꾸러지게 만든 1골드가 흥미롭다는
듯이 트롤을 쳐다보았다.

"인간형 몬스터라더니 신체 조직도 비슷한가 봐. 그보다
이거 의외로 쓸 만한데?"

1골드는 트롤을 상대로 다크 엘프 반일족에게 배운 은신술
을 연습하고 있었다. 반일족은 인간의 감각을 뛰어넘은 봄멜
앞에서도 나무와 하나가 되어 이목을 속였었다.

내심 마음에 두었던 그가 배우고자 그들을 찾자 두말 않고
은신술을 전수해 주었다. 엘프에게 은신술은 숨 쉬는 것과도
같이 자연스러운 행동이었다.

몬스터와 한 숲에서 살면서 생존을 위해 자연스레 터득한
기술이었고 본성이 자연과 가장 가까운 인종이기에 비밀이랄
것도 없었다. 게다가 반일족에게 1골드는 영성의 주인이었
다. 목숨을 달라 해도 기꺼이 바친다.

다크 엘프의 은신술은 동화와 사각이다. 자연스레 주변 환
경에 녹아들어 흔적을 감추고 사각에 숨어들어 시야에서 벗
어난다. 일부 파충류처럼 방위 360도의 시야를 가진 인간은
없기에 사각은 존재한다.

좀 전의 싸움에서 트롤에겐 1골드가 없어진 듯 보였으나
트롤의 눈보다 더욱 빠르게 사각으로 숨어든 것이다.

말이 쉽지, 1골드는 환경과 동화하는 데 5년이 걸렸고 커다
란 덩치를 사각에 숨기기 위해 3년이란 세월을 더 투자해야

만 했다.

1골드는 보법을 가미해 근접 전투에 응용하는 수준에까지 올라 있었다. 트롤을 상대로 실전 경험을 쌓고 있는 것이다.

트롤이 정신을 차릴 때까지 기다린 1골드는 그와 일대 경주를 벌였다. 쫓기는 인간과 그 뒤를 쫓는 몬스터, 그냥 겉모습만 보면 손에 땀을 쥐게 하는 긴박한 순간이었으나 실상은 전혀 달랐다.

손에 잡힐 듯 따라잡으면 눈 깜박할 사이에 1골드가 사라졌고 종적을 찾는 그 찰나에 트롤은 아까운 피를 흘려야 했다. 아까워한 건 1골드였지만.

트롤도 지치는지 썩은 내가 나는 입을 벌리고 헐떡이자 1골드가 멈춰 서서 트롤과 눈을 마주쳤다.

"너도 이제 도움이 안 되는구나. 수고했다."

1골드가 대검을 내밀었다. 단전으로 스며든 마나가 경락을 따라 무섭게 전신을 돌기 시작했다. 회전을 하면 할수록 눈덩이처럼 불어난 마나가 마음을 먹는 순간 팔로 물밀 듯이 밀려들었다.

후화앙!

검이 울음을 터뜨리며 검신에 아지랑이가 피어올랐다. 그것도 찰나, 검첨에서 칙칙한 회색 빛이 쏟아져 나오기 시작했다. 눈으로 확인할 수 있는 빛의 줄기였다. 마치 누에고치가 명주실을 뽑듯이 검에서 대여섯 가닥의 빛줄기가 피어올라

검신의 주위로 얼기설기 엉켜들었다.

1골드는 검기의 단계를 넘어 검사를 만들어내는 수준까지 올랐다. 넓은 검신에 비해 민망할 정도로 가냘픈 오러였으나 검을 든 자들이 보았다면 경악할 일이었다. 유형의 마나, 오러가 검신에 생겨난 것이다. 이는 소드 마스터라는 증표였다.

하나 1골드는 그렇게 생각하지 않았다. 검사 위에 검강이라는 지고지순한 단계가 있다는 것을 알고 있었다. 검사는 막대한 내공으로 만들어낼 수가 있다. 검강은 아무리 방대한 내공을 가지고 있어도 깨달음을 얻지 못하면 발현할 수가 없다.

깨달음을 얻어야 마나를 정제하여 힘을 극대화하면서 자유의 성질을 지닌 마나를 통제할 수가 있는 것이다. 머리카락이 바람에 휘날리듯 넘실거리는 검사를 머리카락을 꼬듯이 묶은 것은 네오코어의 힘이었다.

영성을 발현할 수 있었던 것과 같이 검강을 만들어내려면 또 한 번의 영적 확대가 필요했다.

트롤은 본능적으로 오러의 강함을 알아보았는지 두려움에 찬 눈알을 빠르게 굴렸다. 하지만 1골드가 틈을 보일 만큼 어수룩하지 않았다.

트롤이 다리 근육에 힘을 주는 그 순간에 이미 칙칙한 빛이 트롤의 목을 스쳐 갔다. 반듯하게 잘린 목이 떨어질 때 1골드는 이미 사라지고 없었다. 뒤처리는 다크 엘프들의 몫이었다.

Chapter 4

사회 연결망

십 년, 강산이 한 번 변한다는 세월이다.

세월은 강산만 변하는 것이 아니라 살아가는 모든 생명체에게도 영향을 준다. 시간만큼 공평한 자연의 선물도 없을 것이다.

10년을 하루같이 산 1골드도 어느덧 20대 중반의 나이를 넘겼고, 그의 허리춤에 매달리던 칸야도 훌쩍 커 장신의 청년으로 성장했다.

스캇의 상단은 알라모에서 손꼽히는 대상이 되었으며 사즈도 정식으로 남작에 봉해졌다. 1골드를 대신한 칸야는 레어를 떠나 샤오스에서 위렌의 일을 봐주고 있었다.

1골드 일가가 변한 만큼 우탕가도 많은 변화가 있었다. 오십여 호가 모여 살던 촌락에서 상주 인원만 2천이 넘어가는 소도시로 발전을 했다. 고향을 등지고 외지로 빠져나갔던 젊은이들도 하나둘 돌아와 활력이 넘쳐 나는 신도시가 된 것이다.

이제 이곳은 아즈빌 인의 마을이라기보다는 1골드의 마을이란 표현이 맞을 정도로 그와 연관되지 않은 일이 하나도 없었다.

힘깨나 쓰는 청년들은 스왈츠 가의 무사가 되어 있었고 대부분의 마을 사람들은 상단에서, 공장에서 생계를 꾸렸다.

그러나 정작 1골드를 스왈츠 가의 가주라고 아는 사람은 거의 없었으며 스왈츠 가의 기사들이 다크 엘프인 것조차도 몰랐다.

대외적으로 우탕가의 수장은 사즈이나 실질적으론 1골드다. 영지는 지배자의 성향에 따라 영향을 받는다. 외부 사람들이 우탕가를 보고 놀랐던 일 중에 하나가 영지민들이 자유분방하다는 점이었다.

원래 작은 마을이라 사람들 간에 계층이랄 것도 없었고 1골드는 아예 생각하지도 않았다. 지배자는 백성들을 힘이 아닌, 생계를 책임져 줌으로써 다스리고 백성들은 그런 지배자를 힘이 아닌 존경으로 따랐다. 의도한 바는 아니었지만 우탕가는 이상적으로 발전하고 있었다.

일가 중 세월도 비켜간 네 사람이 있었으니 한층 젊어져 봄멜과 늘 티격태격하면서도 정이 돈독해진 아리따운 세 여인이었다.

그들도 얼마 전부터 우탕가에서 생활을 하고 있었다. 하루가 다르게 변해가던 1골드가 2년 전부터 진전을 보이지 않아 전전긍긍하던 차에 봄멜이 제안을 한 것이다.

레어가 수련을 쌓기에는 더할 수 없이 좋은 환경이었으나 벽을 넘어서기 위해선 새로운 계기가 필요했다. 그 첫 번째가 환경의 변화였다. 그리고 경험과 경륜이다.

여러 사람 틈에 섞여 살면서 얻기도 하고 잃기도 하는 게 인생이니까.

봄멜은 80 평생 이렇게 평화스러운 시기가 있었나 싶을 정도로 평온한 나날을 보내고 있었다.

지금 그의 옆에는 며느리나 다름없는 세 여인이 자신들의 지아비이자 그의 제자인 1골드에 대해 험담을 늘어놓고 타룰의 젊은 부인이 맞장구를 쳐준다. 타룰은 그늘진 정원 한편에서 노구를 끌고 열두 살배기 늦둥이와 놀아주고 있었다.

미소 지은 봄멜이 그의 손등을 내려다보았다. 검버섯이 돋았던 쭈글쭈글한 피부가 청년의 그것마냥 탄력이 있어졌다. 한평생 추구했던 대마법사에 오른 이후의 변화다. 다시 젊음을 되찾은 것.

타룰의 아들을 좇는 눈길에 한없이 부러움을 담은 갈리나와 1골드 얘기를 할 때마다 서슴없이 잠자리를 거론해 눈살을 찌푸리게 만드는 알로나, 멍하니 1골드가 돌아오기만을 바라며 담장 너머로 시선을 던지는 수진, 가족이었다.

"후우……!"

봄멜은 이 평화스런 나날이 계속되기를 바랐다. 그나 1골드의 본신 실력이라면 이 제국에서도 한자리를 하기에 충분했다.

'후후, 나도 늙긴 늙었어. 안주하기를 원하다니…….'

"아이고, 죽겠다. 아들놈과 놀아주기도 이렇게 힘들어서야 원. 으이그!"

이마에 흐른 땀을 닦은 타룰이 봄멜 앞에 앉자 그 둘은 노년의 아버지와 중년 아들 같았다.

"좋아 보이기만 한다, 이놈아."

"이놈이라니, 젊은 놈이 어따 대고. 막자란 티를 팍팍 내는구나, 썩을 놈. 근대 웬 한숨이야?"

"늙은 놈이 눈치도 빨라. 별거 아냐. 그냥 제자 생각을 하니…….'

타룰이 물 잔에 냉기를 불어넣어 마시고는 혀를 찼다.

"캬아! 시원타. 이 나이에 제자는 무슨. 나처럼 잊어버리고 살아. 제 앞가림할 실력도, 나이도 충분한데 웬 노파심? 그보다 나 좀 젊게 해주라. 마누라 등쌀에 말라죽겠다. 아니면 같이 늙어가던가."

만날 듣는 소리라 싹 무시를 하곤 봄멜이 수진에게 말을 건
넸다.

"어디 간 거냐?"

수진이 한곳을 바라보며 대답했다.

"저쪽으로… 4㎞ 정도 떨어져 있어요."

피식 웃은 봄멜이 고개를 저었다. 수진은 1골드가 어디에
있든 그의 존재를 느끼고 대답을 한다.

"…그란델이구나. 그냥 대답하면 안 되겠니?"

그란델은 일종의 고아원과 학교를 합쳐 놓은 곳이었다. 고
아는 물론, 부모가 능력이 안 되면 자식들을 맡아 키워주기도
한다.

검을 잡으면 냉혈동물로 변해 버리는 1골드는 그란델에 가
면 한없이 자상한 아버지가 된다.

그란델이라는 이름이 나와 한숨을 흘리는 세 여인을 뒤로
하고 봄멜도 수진이 향한 방향으로 시선을 돌렸다. 1골드에
게 애들 대여섯 명은 매달려 놓고 있을 것이다. 그만한 세월
이면 흐려질 만도 한데 1골드는 변함이 없었다.

그건 봄멜만의 생각이었다. 우탕가의 중심에 자리한 저택
으로 돌아오는 마차 안에서 1골드는 망연히 창밖을 바라보고
있었다. 그는 지금 그란델의 모습을 떠올려 보려고 애를 쓰고
있었으나 흐릿할 뿐이었다.

그녀의 향기는 잊혀지지 않는다. 그러나 얼굴은 흐릿하다.

"후후후……."

굳이 떠올리려 한다면 어려운 일도 아니다. 눈 한 번 꾹 감고 머릿속을 뒤지면 된다. 영성 수련이 그를 인간이 가장 편하게 사용하는 도피 수단인 망각이 없는 괴물로 만들어 버렸으니까.

하지만 그는 그렇게 하지 않았다. 의식적으로 끄집어내지 않아도 코끝에 감도는 마음의 향기는 남아 있기 때문이었다.

"벌써 10년이나 흘렀구나……."

처음엔 복수심이었다. 정인을 지키지 못한 무력함에 화가 났다. 잠을 자면서도 그네들의 마지막 모습을 그리며 무능력한 스스로를 계속 채찍질했다.

언제부터인지는 잘 모르겠다. 차츰차츰 강해져 가는 모습이 즐거움으로 다가왔다. 인간의 욕망인지는 모르겠으나 목적을 잊고 강함을 추구하고 있었다.

그는 강해져 가는 과정도 즐거웠고, 상단과 우탕가의 커가는 모습도 덜하지 않았다. 그에게 소유라는 개념이 생긴 것이다. 반일족도, 우탕가도, 상단도 그의 것이기에 가진 자가 되었다.

그의 손짓 한 번에 생명을 도외시하고 불구덩이에 뛰어들 전사들이 연병장 한가득 채울 만큼이나 되었고, 말 한마디에 천문학적인 금액을 움직일 수도 있었다.

힘을 갖게 되자 여유도 생기고 욕망이란 놈도 슬슬 고개를 쳐들기 시작했다. 어찌 보면 그는 미래에서 온 사람이었다. 아이온은 중세 봉건군주제다. 그 다음 과정을 알고 있었다. 선지자가 될 여건을 충분히 갖추고 있었다.

목적에서 살짝 눈을 돌려 가진 바를 풀어놓으면 변화를 일으킬 수 있다. 물론 토대는 사람들의 인식의 변화를 일으키는 교육이라 단시일에 이루어질 수는 없는 일이다. 그 혼자서 설친다고 될 일도 아니고.

"세월… 참 무섭다."

말 그대로였다.

에티우스에 들어올 무렵에는 상상도 할 수 없었던 일.

그렇게 생각하자 문뜩 목적이 퇴색될까 두려워졌다. 생각은 꼬리에 꼬리를 문다. 원래 목적과 상관없는 놈들까지 끌고 온다. 단절시키려면 행동이 필요하다.

계획한 5년을 훌쩍 넘긴 10년의 시간이 흘렀다. 강함을 추구하는 무인의 마음이 발목을 잡았다. 무(武)가 벽에 부딪치자 이젠 욕망이 그 자리를 대신하려 하고 있었다.

그날 늦은 저녁 1골드는 봄멜을 찾아 생각한 바를 전하고는 새로 장만한 대검 한 자루만 들고 우탕가를 떠났다.

이튿날 새벽, 그는 야영 중에 불쑥 침낭으로 파고드는 인기척을 느꼈다. 익숙한 체향, 수진이다. 옅은 미소를 지으며 그녀를 포근하게 안아주었다.

고도로 발달된 영감이 서로의 존재를 인식하고 있었기 때문에 찾고자 하면 찾을 수 있었다. 족쇄도 이런 족쇄가 없었으나 그리 나쁘지만도 않았다. 어느새 그에게 그녀들은 지친 육신을 달래주는 안식처가 되어 있었다.

꿀꺽!

경비병은 저도 모르게 마른침을 삼켰다. 그의 미의 개념을 확 바꿔 버리는 늘씬한 미녀를 본 것도 한 이유였지만 그 옆의 거한이 절로 오금을 저리게 만들었다. 아즈빌과 가까운 할리 남작의 영지라 덩치들을 많이 봐왔으나 이 사내는 단연 으뜸이었다.

모든 남자들이 군침을 흘릴 만한 눈에 확 띄는 미녀를 데리고 단둘이 여행을 다닐 만한 자격이 있는 사내였다.

1골드가 해머 같은 주먹을 내밀었다. 엉겁결에 경비병이 패를 받아 들었는데 급격히 위상이 부상하는 사즈 남작가의 영패였다. 이미 패배를 겪은 적이 있을뿐더러 지금은 두 영지 간에 왕래가 왕성했다.

이미 쓸 만한 무사는 물론 상인, 공인 등이 알게 모르게 우탕가로 옮겨가 있는 상태로 위렌 공작이 아니었으면 예년에 사생결단을 낼 정도였다.

할리는 위렌의 눈 밖에 나 있는 상태라 영주 자리를 보전하는 것만도 다행이었다. 게다가 1골드가 할리에게 재정적 도움도 주고 있어 크게 반발하지는 않았다.

1골드의 방문을 전해 들은 할리는 버선발로 뛰어나와 환대했다. 그는 1골드를 유진으로 화한 칸야의 친인척 형뻘로 알고 있었다.

수하들을 물리고 할리가 정식으로 인사를 건넸다.

"오랜만에 뵙습니다, 골드님."

칸야에게 이름을 준 1골드는 앞에 '1' 자를 빼고 골드라고 불린다.

보이지도 않게 고개를 끄덕이는 것으로 답례를 대신하고 1골드가 본론을 꺼냈다.

"마차가 필요해."

"당연히 준비해 드려야지요."

할리가 수진을 슬쩍 보았다.

"부인을 모시고 어디 가시나 봅니다."

"샤오스."

"아아! 전하를 뵈러 가시는군요. 수행 기사들을 데리고 오지 않으신 것 같은데 제 기사들에게 수행을 하라 할까요?"

1골드가 창 너머로 고개를 돌렸다.

"됐어. 마차를 몰 놈들은 있다."

항상 그가 어딘가 가도 따라다니는 반일족이 있었다. 그라노프가 전사 중에서 직접 뽑은 호위였다.

"마차 외에 준비할 게 있으시면……"

“여기 누가 있나?”

“예? 아! 상단에서는 햄이라는 상인이 저에게 도움을 주고 있고 유진님의 기사 중에는 이고르가 와 있습니다.”

멀리 있는 사자보다는 가까이 있는 늑대가 더 무서운 법이다. 할리 영지는 땅에 물이 스며들 듯이 그렇게 1골드의 세력에 흡수되어 가고 있었다.

“이고르를 불러와. 아! 그리고…….”

일어서는 할리를 붙잡았다.

“뭐 필요한 거 없나?”

눈에 띄게 표정이 밝아진 할리가 연신 굽신거렸다.

“항상 유진님께서 불민한 저를…….”

“본론만.”

“네네, 성벽도 보수를 해야 하고 도로도 정비를 해야 하는데 골드님도 아시다시피…….”

“햄에게 견적을 올려. 내가 말해두지. 아참, 얼마 전에 첩을 얻었다고?”

할리가 흠칫 놀랐다. 아직 얻은 것이 아니라 점찍어둔 여인이 있었는데 벌써 그 사실까지 알고 있는 것이다. 1골드에게 그는 독 안에 든 쥐 꼴이었다. 등골에 식은땀이 흘렀으나 순식간에 표정을 풀었다.

“하하… 그게 그렇게 됐습니다.”

“축하해. 내 따로 선물도 준비하라 이르겠네.”

감사의 인사를 전하고 할리가 나가고 얼마 지나지 않아 장신의 듬직한 청년이 들어왔다.

"이고르입니다, 주군."

허례허식을 일체 생략한 아주 간단한 인사였다. 흡족한 듯 1골드가 커다랗게 고개를 끄덕였다.

이고르는 조금 귀가 클 뿐 엘프 특유의 쫑긋한 모습은 찾아볼 수 없었다. 마을을 벗어날 일이 있으면 환영 마법이 걸린 마법 아이템 귀고리를 찼기 때문이었다.

인간 세상에서 활동하는 엘프들이 많아지자 매일 환영 마법을 걸 수도 없는 노릇이라 봄멜과 다크 엘프 샤먼들이 머리를 맞대고 만들어낸 작품이었다.

샤먼에겐 환영 마법쯤은 파이어 볼만큼이나 쉬웠고 대마법사에 오른 봄멜에게 하위 마법 아이템을 만드는 일은 일도 아니었다.

마력에 민감한 마법사나 신관이라도 귀보다는 귀고리에 더욱 관심을 가진다. 거기에 반일족은 긴 머리카락으로 귀를 가리지 않았고 일반인보다 조금 큰 귀를 자랑이라도 하듯이 드러내 놓아 오히려 관심을 끌지 못했다.

스캇 상단에서 이 귀고리를 응용해 주름진 피부를 감추어주며 미백 효과를 첨가한 귀고리를 내놓아 귀부인들 사이에서 선풍적인 인기를 끌었다.

"앉아라."

“감사합니다.”

자리에 앉자마자 이고르가 입을 열었다.

“할리는 현 상태에 불만이 없어 보이고 특별한 움직임 또한 없습니다. 기사와 병사들도 포섭이 완료된 상태입니다. 현재는 상단에서 세 곳의 사업장을 준비 중이고 주민들의 반응도 좋습니다. 제 견해로는 이곳에서 염려하실 사항은 없습니다. 한 가지, 보고를 올렸습니다만 첩자들이 부쩍 늘었습니다.”

“수고했다.”

허리를 숙여 감사를 표한 이고르가 눈을 빛냈다.

“처리할까요?”

“파악만 해두고 기다려. 차후에 지시하겠다.”

“명을 받듭니다.”

느긋하게 의자 등받이에 몸을 기댄 1골드가 물었다.

“샤오스는 요즘 어떻다더냐?”

“그라노프님이 고전을 하신다 들었습니다. 알라모나 다른 동해변에 중소도시들처럼 일거에 장악하지 못했습니다. 자잘한 세력들은 예전에 흡수했는데 제법 큰 조직이 세 개가 있다 합니다. 그중 한 곳은 자생적인 조직이고 하나는 삼대 공작가 중 하나인 게오스와 선이 닿아 있고 나머지는 워낙 은밀하게 점조직으로 이루어져 있어 그라노프님마저도 그들을 파악하는 데 힘이 드셨다고 합니다. 아무래도 뱀파이어인 듯합니다."

1골드가 턱을 짚고는 딱딱한 철가면을 손끝으로 쓸었다. 생각에 잠길 때의 행동이었다.

각 도시에 상단을 진출시킴에 앞서 그라노프를 먼저 보냈다. 일종의 정지 작업으로 화교들이 동남 아시아 일대를 장악한 방법이었다.

어느 시대나 돈과 무력은 뗄 수 없는 관계다. 그라노프를 통한 무력 시위로 스캇 상단의 진출을 위한 텃새 등의 장애물을 제거하고 사업장을 보호하기 위한 조치였다. 그와 동시에 정보 조직을 확대하는 방법이기도 했다.

"재미있겠군."

성(城)은 방어를 나타낸다. 여러 가지 외부의 위협으로부터 생명을 보호하기 위해 지어진다. 성을 짓기 위해서는 많은 인력과 물력이 필요하다. 이에 인구 밀집 지역부터 방책이나 목책이 만들어졌고 사람들이 모임에 따라 성벽이 둘러지기 시작한다.

초창기 도시들은 개방형 구조였으나 이민족의 침입 등에 의해 중요 거점을 보호하는 요새, 폐쇄형으로 바뀌어갔다. 그 결과 도심만이 보호를 받았고 도시 외곽은 무방비 상태였다.

성벽과 망루에 둘러쳐진 도시의 면적은 당연히 협소할 수밖에 없다. 도시 인구 증가에 따라 자연발생적으로 다층의 가옥이 건축되었고, 심지어 다리 위에 집을 짓기도 했다.

일반적으로 도시를 둘러싸고 있는 성은 방어의 이점을 제하고는 비효율적이었다. 인간 사회가 차츰 발전을 하고 힘이 강성해짐에 따라 인구가 증가했기 때문에 모순되게도 성곽은 도시의 팽창을 가로막는 걸림돌이었다.

이에 성곽 외부에 위성도시들이 생겨났다. 위성도시로 나온 도시민들은 종사하는 직업에 따라 소비업, 운송업, 생산업 등의 도심을 형성했다. 이도 시간이 흐름에 따라 더욱 팽창해 그 경계마저 모호해져 대도시를 형성하는 배경이 되었다.

성내는 예나 지금이나 주요 인사들이 거하기에 비교적 치안이 잘 이루어져 있으나 성 외부는 밤이 되면 법이 미치지 못하는 우범지대나 다름없었다.

가끔 치안대가 순찰을 돌긴 하나 수십만이 거하는 도시를 살피기엔 턱도 없이 모자랐다.

대로를 따라 쭉 늘어선 여관들이 즐비한 곳은 운송 업종에 종사하는 마차꾼이나 하역 인부, 잡화상들이 모여 사는 부도심이다.

대부분의 여행자들은 이곳에서 짐을 풀고 도시를 구경하는데 이는 샤오스도 별반 다르지 않았다. 다만 대도시이다 보니 이런 곳이 동서남북 대로마다 있었다.

동로(東路), 꾸불꾸불 미로처럼 이어진 여관 뒷골목을 한 사내가 빠르게 걷고 있었다. 연신 주변을 살피는 것이 어떤 은밀한 목적을 가지고 있는 듯했다.

아무리 주변을 살피고 조심을 한다 해도 어둠에 숨어 지붕을 타넘는 추격자를 따돌릴 수는 없었다.

'으드득! 오늘만은 반드시!'

반일족을 이 재미있는 세상에 나오게 해준 주군 1골드가 샤오스로 온다는 연락을 받고 그라노프가 영접을 나간 상태라 루슬란은 마음이 다급했다. 지지부진 샤오스에 진출한 지 벌써 반년 동안 이렇다 할 성과를 거두지 못했다.

잡졸들이야 움직일 토대를 마련했어도 샤오스에서 횡횡하는 쉐도우들은 만만치 않았다.

밤은 어둠의 일족인 다크 엘프의 무대다. 그런데도 꼬리를 잡지 못했다는 것은 상대 또한 평범한 인간이 아니라는 소리였다.

이를 증명이라도 하듯이 전사 두 명이 쉐도우들을 쫓는 과정에서 사라졌다. 실종, 즉 죽은 것이다. 두 명의 목숨을 버려 상대가 뱀파이어란 걸 알았으나 그놈들도 이쪽이 다크 엘프라는 것을 파악했을 것이다.

동료의 죽음보다도 루슬란의 피를 끓어오르게 하는 건 상대가 뱀파이어라는 점이었다. 인간의 능력을 훨씬 상회하는 마물들. 다크 엘프들은 어둠의 일족답게 상대가 강하면 강할수록 전투 본능이 활활 타오른다.

뱀파이어가 인간의 피를 빨아 먹는다는데 루슬란은 뱀파이어의 심장을 뽑아 씹어 먹을 생각이었다.

3층 가옥 굴뚝 뒤에서 빠른 걸음으로 골목길을 가로지는 인간의 뒷모습을 쫓다 시야에서 사라질 것 같자 루슬란이 굴뚝의 그림자가 분리되듯 나와 길을 사이에 두고 있는 건너편 건물 옥상으로 일체의 소음도 없이 도약을 했다.

건물 사이의 5미터여의 거리는 그에게 아무런 제약도 되지 않았다. 그러나 건물 사이에서 불쑥 숏구쳐 오르는 엷은 미풍은 그의 신경을 건드리기에 충분했다.

'바람? 젠장!'

쉬이익!

생각보다 본능이 빨랐다. 생각할 겨를도 없이 몸을 틀었으나 몸을 지탱할 곳이 없는 허공이라 행동의 제약이 있었다. 적은 이를 잘 알고 약점을 파고든 것이다. 종아리에 따끔한 고통이 전해졌다.

급히 적을 찾아 눈길을 아래로 돌리자 희멀건 눈동자와 마주쳤다. 오크만큼이나 짓눌려진 얼굴에 삐죽 숏은 송곳니, 뱀파이어였다.

"오냐! 기다렸다!"

그가 몸을 공처럼 말면서 회전하며 검을 쳐냈다. 사타구니와 목을 향하던 두 줄기의 빛살을 가까스로 쳐내자 발끝에 단단한 물체가 디뎌졌다.

"흐음……!"

가운데가 솟은 형태의 지붕엔 그 말고도 다섯 인영이 더 생겨났다. 포위를 당한 형태로 뱀파이어들이 작정을 하고 함정을 판 것이다.

"크크크, 숲의 일족께서 세상에 나오시다니… 내 이백 평생 처음 보는 것 같소이다."

지붕 꼭대기에서 달빛을 등 뒤로 받고 있는 뱀파이어가 입을 떼었다. 그보다는 조금 못 미치는 장신에 호리호리한 체구였다. 언뜻 그늘진 얼굴 윤곽이 뱀파이어로 변하지 않은 꽤나 잘생긴 인간의 얼굴이었다.

"후후, 모기 새끼들도 설치고 다니는데 위대한 혈통인 내가 나오지 말란 법도 없지. 그보다 저 위에 커다란 신전을 지은 녀석들은 뭣들 하는지 모르겠다."

"아아! 그분들이야 신을 모시느라 바쁘신 분들 아니오. 요즘은 수입도 짭짤하셔서 금화 세느라 정신도 없으실 테고. 난 와드너요. 당신은?"

"루슬란."

루슬란은 빠르게 상대를 파악하려 했으나 허깨비를 보는 듯 뱀파이어들에게서 어떤 기운도 느끼지 못했다. 그가 실소를 흘렸다. 마물을 그의 기준으로 파악하려 한 것이 우스운 것이다. 인간보다 차가운 느낌이 들 뿐, 어떤 마나의 흔적도 찾을 수 없었다.

　루슬란 정도는 가벼이 여기는지 지붕에 걸터앉은 와드너가 잔뜩 여유를 부리며 물었다.

“왜 우리를 쫓는 거요? 동료 중에 다크 엘프의 피 맛을 봤다는 친구는 본 적이 없었는데… 혹, 사주를 받으셨소? 교단은 당연히 아닐 테고, 그대들을 움직이려면 제후나 공작 정도?”

“네 말이 우습지 않나?”

“큭큭, 그도 그렇군. 죽을지언정 말을 하진 않을 테니. 저번 친구들도 그랬고 다크 엘프의 피 맛은 새롭다, 인간보다 신선하지 못한 면이 있긴 했어도. 크크크.”

　격장지세를 부려보았으나 루슬란은 전혀 반응을 하지 않았다. 전투에서 전사를 하는 것, 그들에겐 영광이다. 그는 동료들을 믿었다. 그냥 죽지는 않았을 것이다. 적어도 뱀파이어 예닐곱 놈은 끌고 갔을 터.

　뚜두둑!

　루슬란이 목을 꺾었다.

“밤은 짧아.”

“그러게 왜 이리 짧은지 모르겠어. 네놈 모가지는 성벽에 걸어주마. 다크 엘프가 나타났다고 한바탕 난리가 나겠지. 재밌지 않겠나?”

　루슬란이 피식 웃었다. 이미 죽은 동료들이 죽기 직전 귀를 잘라내면서까지 뒷마무리를 한 것이라 생각한 것이다. 인간들에게 정체가 드러나면 귀찮은 일이 많이 생긴다.

"후후후, 그것도 재미있겠네. 누구 모가지가 걸리는지 한 번 해보자고."

더 이상의 대화는 이어지지 않았다. 입을 놀려봤자 서로에게 얻을 게 없었다.

루슬란은 적들의 기척을 감각에 새겨놓았다. 자연 법칙에 위반되는 냉혈의 존재들, 그들에게선 일체의 마나가 느껴지지가 않는다. 보통의 생명체가 가지는 존재감이 없기에 까다로운 상대였다.

하지만 다크 엘프는 자연 친화적 생명체다. 자연의 흐름에 어긋나는 존재가 곧 적이다.

와드너를 호위하듯이 서 있던 두 놈이 먼저였다. 얼굴이 찌그러지는가 싶더니 콧날이 화상을 입은 것처럼 두툼해지고 눈이 희번덕하게 변했다. 송곳니가 삐쭉 튀어나옴과 동시에 괴성을 흘리며 무게가 없는 물체처럼 훌쩍 날아올랐다.

인간 사회에 꽤나 오래 적응을 했는지 맨손이 아니라 보통 장검보다 짧은 중검을 들고 있었다.

루슬란은 입술을 질겅 씹었다. 그가 서 있는 곳은 지붕의 가장자리라 발을 놀릴 공간이 협소했다. 건너편 건물로 옮겨 가야 하는데, 도망을 치는 것 같아 자존심이 허락지 않았다. 다크 엘프에겐 후퇴란 없다.

후두둑!

그가 목을 향해 다가오는 빛살에 맞서 검을 쳐내며 발끝에
힘을 주자 지붕 가장자리가 뜯겨져 나갔다.

차창!

평소대로 검을 밀쳐 내고 반격하려 했으나 루슬란은 오히
려 다른 손을 더해 검병을 잡아야 했다. 그의 힘은 인간에 비
해 월등한 편이었으나 뱀파이어의 괴력엔 우위를 점할 수 없
었다.

"크르륵!"

뱀파이어가 이를 드러내고 비웃는 듯했다. 루슬란은 발끈
할 상황이 아니었다. 좌우측에 있던 놈들의 종적이 사라졌다.

"하야압!"

그가 검에 마나를 주입하곤 폭발적인 힘으로 검을 떨쳐 냈
다. 어둠보다 더욱 검은 기운이 감도는 검이 훌쩍 물러나는
적들에게 순식간에 접근했다. 그가 사라진 자리에 두 줄기의
바람이 스쳐 갔는데, 종적을 감춘 놈들이었다.

루슬란은 뒤쫓아오는 놈들을 신경 쓰지 않았다. 그의 힘에
당황한 앞의 두 놈이 목표였다. 전방 좌측에 있는 놈의 심장
을 찔러가던 검이 막혔으나 그의 장검은 검면을 타고 곧바로
목을 향해 찔러 들어갔다.

희번덕한 눈이 확연히 커지는 게 보였다. 아이온의 힘을 바
탕으로 하는 검이 아니었다. 1골드에게서 그라노프에게로 이
어진 부드러움이 가미된 검술이었다.

푸욱!

섬뜩한 파육음이 들렸지만 그는 눈썹 하나 까딱하지 않고 검을 옆으로 확 잡아끌었다. 놈의 목이 반쯤 갈라져 꺾였으나 죽지는 않을 것이다. 뱀파이어니까.

"카아악!"

동료가 당하자 흉포성을 드러낸 다른 놈이 검을 횡으로 베어왔다. 그가 맞서는 듯 검과 검이 마주치는 것 같다가 검로를 확 바꾸면서 한 발 물러서 잔뜩 마나를 검에 주입했다.

아니나 다를까, 그가 있던 자리에 검은 물체가 나타났다. 뒤따르던 두 놈이었다. 젖 먹던 힘까지 더해 검을 날렸다.

카캉!

마나를 잔뜩 머금은 검이 뱀파이어의 검을 잘라 버리고 놈의 몸통까지 허리부터 두 동강이를 내버렸다. 그사이 옆구리에 따끔한 느낌이 들었다. 언 놈이 베고 지나간 것이다.

두 호흡 만에 뱀파이어 둘을 처리하고 옆구리에 상처를 입었다. 나쁘지 않았다. 그런데 놈들이 검을 버렸다. 마나를 다룰 수 없는 그들이어서 검과 검으로는 이길 수 없음을 안 것이다.

"카카! 역시 다크 엘프."

"그럼 내가 비리한 하이 엘프인 줄 알았나? 큭큭, 간만에 피가 끓어오른다. 모기 백 마리쯤은 끄떡 없겠어."

가득 찬 기운에 이글거리는 검을 쳐들고 지붕을 덮은 나무

판을 박차던 루슬란이 급히 신형을 멈췄다. 저 멀리 달을 가릴 정도로 퍼덕이는 박쥐 떼가 눈에 들어왔다.

"후후, 아주 작정을 하셨구만."

"위에서 네놈을 원하는 분이 계시거든. 뭣들 하느냐! 쳐라!"

놈들은 루슬란을 잡아두려는 희생양밖에 되지 않았다. 앞의 놈들이야 다 죽일 수도 있지만 일단 피하고 동료들을 기다린다면……. 그가 스스로에게 조소를 지었다. 위대한 반일족의 전사로서 생각할 수도 없는 행동이다. 적을 앞에 두고 등을 보이는 다크 엘프는 없다. 여기서 죽는다.

'펑' 이란 소리가 나는 듯했다. 갓난아이만 한 박쥐가 인간으로 변신하는 모습은 신기하기까지 했다. 루슬란은 마치 좀비들과 싸우는 기분이 들었다. 팔을 잘라도, 머리통을 날려도 허우적거리며 달려드는 뱀파이어들에게 기가 질릴 정도였다.

"혼계로 돌아가라, 마물들!"

무방비로 훤히 보이는 가슴에 검을 깊이 박아 넣었다. 날카로운 손톱이 등을 할퀴며 살로 파고들었지만 비명 한 번 흘리지 않았다. 발로 몸통을 밀어젖혀 검을 빼 들자 놈이 몸속에서 불이 난 듯 불길에 휩싸여 뼈다귀조차 남기지 않았다.

'아! 젠장. 이놈들은 성벽에 목을 걸 수가 없구나.'

쓸데없는 생각을 했지만 상황은 전혀 반대였다. 복부에 깊숙이 박힌 팔뚝 하나가 대롱거리고 있을 정도였다.

이렇게나 소란을 피웠는데도 어디서 술주정뱅이들이 다툼을 벌이는 줄 아는지 사람 한 명 보이지 않았다.

'다행이긴 한데… 빌어먹을 놈들이 마법도 쓰나? 결계라도 쳐놓은 거야 뭐야?'

루슬란은 아직 이런 대도시민의 생태를 이해할 정도는 아니었다. 타인에게 무관심하다고나 할까. 괜한 남의 싸움에 휘말려 피해를 당하기보다는 모른 척하는 것이다. 밤에 종횡하는 자들은 힘이 있거나 무법자들밖에 없었다.

그의 눈에 아쉬움이 스쳐 갔다. 죽일 놈들이 아직도 한참이나 남았는데 힘이 다한 것이다. 이젠 자연으로 돌아갈 때가 되었다.

그는 아무것도 아니라는 듯이 자신의 귀를 잘라 버리곤 아픔도 느끼지 못하는 듯 바닥에 떨어진 뾰쪽한 귀를 무심한 눈으로 쳐다보았다. 뱀파이어를 잡지는 못했지만 정체를 드러내지 말라는 주군의 명은 완수했다.

이젠 뱀파이어들이 급해졌다. 말릴 틈도 없이 귀를 잘라냈다. 죽음을 각오한 행동이다. 살아 있는 다크 엘프가 필요했다.

한 놈이라도 더 죽이고 가려는 루슬란의 머릿속에 음성이 울렸다.

'내 너처럼 미련한 놈은 처음 본다.'

"헉! 주, 주군."

'넌 반일족 역사에 남을 놈이다. 귀가 없는 엘프는 아마 네 놈이 처음일거야.'

"그라노프님……."

미친놈처럼 혼자 중얼거리다가 무릎을 털썩 꿇는 루슬란을 보자 와드너는 뒤도 돌아보지 않고 다급히 몸을 돌렸다. 한 놈을 상대로 시간을 너무 끌었다.

그놈의 체면과 품위가 문제였다. 뱀파이어 수뇌들에게 배어 있는 귀족적 행동 양식은 이 상황에서는 전혀 필요가 없는 행동이었다.

와드너는 씁쓸한 미소를 지었지만 행동 양식을 바꿀 생각은 전혀 없었다. 무한의 시간을 사는 뱀파이어에게는 인간일 적 욕망 중에서 남은 거라곤 달콤한 피 맛을 기억하는 식욕밖에 없어 이런 취향도 없으면 별로 살 재미가 없기 때문이었다.

부하들이야 인간이 존재하는 한 언제든지 만들어낼 수 있다. 세월이 좀 먹는 것도 아니니 다음을 기약하면 된다. 우선은 살고 볼 일이었다.

"크아아아앙!"

막 하늘로 날아오르려 할 때 날카로운 저주파가 고막을 파고들었다. 이런 음량은 인간은 물론 다크 엘프조차 낼 수가 없다.

"뭐!?"

그가 눈을 가늘게 좁혔다. 건물을 뚫고 안의 생명체를 색으로 파악할 수 있는 자외선이 뻗어 나왔다. 뱀파이어만이 가지는 아포피스에게 부여받은 권능이다.

역동적으로 움직이는 시뻘건 인간의 형태, 건물의 벽면을 마치 평지처럼 네 발로 타고 오르는 인간이 있었다.

"헉! 뭐야, 이건? 수인?"

화들짝 놀란 그가 몸을 수직으로 부양하려는 찰나 인간의 일갈이 들렸다.

"포박(Arrest)!"

마법이다. 하지만 이런 하위 마법 정도로는 그를 붙잡을 수 없다. 본신의 힘만으로 아교처럼 달라붙은 마나를 떨쳐 냈다.

그 순간 어느새 맹수의 광망을 토해내는 두 눈동자가 정면에 있었다. 큼직하면서도 두툼한 콧날에 검은 줄이 가 있는 피부, 그처럼 삐쭉 솟은 송곳니가 그의 예상이 맞았음을 보여주었다. 마법을 사용하는 수인족이라니, 듣도 보도 못한 일이었다.

"카아아!"

날카로운 이빨을 드러냈으나 앞의 상대는 이따위 위협에

벌벌 떨 인간이 아니었다.

와드너는 팔이 반쯤 올라왔을 때 양옆으로 아름다운 궤적을 그리는 열 개의 빛줄기가 스쳐 가는 것을 보았다. 너무 빨라 피할 틈도 없었다.

사사사— 사악!

"어어어……."

아픔 따위는 느껴지지도 않는다. 하지만 죽는다는 것은 알았다. 아무리 뱀파이어라도 명치 위부터 열 토막이 나면 죽는다.

툭툭툭!

파화아악!

와드너가 재로 변하기도 전에 칸야는 남은 잡졸들을 향해 뛰어들었다.

"도련님, 그놈은 잡아주시지……."

조금은 아쉬운 듯 그라노프가 말끝을 흐렸다. 반일족이 거점으로 사용하는 고급 여관의 지하 밀실이었다.

"미안합니다, 저도 모르게."

"괜찮아. 그보다 쓸 만한 수법이었다."

마법으로 짧은 틈을 만들어 적을 일순간 무력화시키고 신체의 장점을 최대한으로 살린 공격을 1골드가 칭찬한 것이다.

"잡술입니다, 형님. 아직 멀었습니다."

흡족한 듯 고개를 끄덕인 1골드가 귀에 붕대를 붙인 루슬란을 쳐다보았다.

"미련한 놈."

털썩 무릎을 꿇은 루슬란이 고개를 떨구었다. 어떤 처벌이라도 다 받겠다는 태도였다.

"불리하다 싶으면 후일을 도모할 줄도 알아야지, 그건 도망치는 게 아니다. 네놈이 죽더라도 가진 정보는 동료들에게 넘겨야 할 것이 아니냐."

"죽을죄를 졌습니다. 생각이 짧아 거기까지는 생각지도 못했습니다. 죽여주십시오."

"됐어. 네놈을 죽이려면 나서지도 않았다. 읊어봐."

"예, 주군. 포착된 암살 길드가 총 다섯 곳입니다. 그중 세 곳은 도시민들을 상대로 영업을 하고, 두 곳만이 귀족들의 의뢰를 받고 있었습니다. 한데 그들을 캐는 와중에 그 두 곳이 하나란 사실을 알아냈습니다."

"양다리란 말이냐? 적대시하는 세력 양쪽에서 다 의뢰를 받고 양쪽을 죽이냐는 말이다?"

"그렇습니다, 주군."

양쪽 진영의 정보를 모두 알기에 의뢰를 수행하기가 한결 수월했을 것이다. 일의 경중에 따라 성패를 조절하면 의뢰자보다는 뱀파이어의 의도대로 정세가 흘러갔을 가능성도 있었다.

"배후는?"

"죄송합니다, 아직 거기까지는……."

"제후와는?"

"적대시하는 어떤 기류도 없었습니다."

그렇다면 제후가 부하들의 힘의 균형을 맞추기 위해 뱀파이어들을 이용했을 수도 있었다.

루슬란의 보고가 이어졌다.

"뱀파이어들이 의뢰를 받는 곳이 몇 군데 있었으나 우리가 나타나면서 흔적도 없이 사라졌습니만 아직 영업은 접지 않았습니다. 이번에도 사람을 사서 의뢰를 넣었고 그 줄을 쫓고 있었는데……."

"함정에 걸렸다?"

"예, 주군."

"그럼 완전히 연결 고리가 끊어진 건가?"

루슬란이 더욱 고개를 숙였다. 그러자 그라노프가 대답을 대신했다.

"그렇습니다, 제가 미흡하여."

"알았다. 숨고자 하는 뱀파이어를 찾는 게 쉬운 일은 아니었겠지. 원래 죽은 놈들이 아니냐. 관 속에 틀어박혀 잠만 자면 누구라도 힘들다. 수고들 했어. 루슬란은 나가서 그동안 모아놓은 정보들을 추려 가지고 와라."

"명을 받듭니다."

"그리고 벨이 여기에 있나?"

벨은 스캇의 큰아들이다.

"예, 불러오겠습니다."

루슬란이 물러가자 칸야가 물었다.

"벨은 무슨 일로 찾아요?"

"뱀파이어를 찾아야지."

"알아듣겠냐?"

벨은 눈이 휘둥그레져 1골드를 무슨 괴물 보듯 했다.

"알아들었냐고!"

"아! 예. 주군, 알아들었습니다만… 며칠 시간을 주셔
야……."

"훗! 너한테 하라는 게 아니다. 내가 할 테니 너는 자료나
정리해. 칸야도 도와주고."

놀란 것은 칸야도 마찬가지였다.

"그렇게 해서 놈들을 찾을 수 있어요?"

"사회에서 혼자서는 살 수 없어. 어떻게 해서든지 수많은
연관 속에서 얽혀 있지. 사회 연결망 분석(Social Network
Analysis)이란 게 그런 거야. 서로 간의 상호 작용을 통해 밀접
한 관계를 연결시켜 주고 있거든. 그래, 단골집. 무슨 이유에
서든 한 곳이 마음에 들면 계속 가게 되고, 그 안에서 인연을

맺게 되는 거다. 나와 네가 밀접한 관계지만 서로 같은 행동은 하지 않아. 그래도 서로의 행동 반경에서 교차하는 부분이 없을 수가 없거든. 그 점을 파고들어 가다 보면 그 끝에 도달하는 거다."

칸야가 감탄한 듯 밝게 웃었다.

"히야! 대단하십니다, 형님. 어떻게 그런 생각을 하셨어요? 그렇겠네요. 의뢰를 받는 놈의 행동 반경을 쫓다 보면 자주 가는 곳이 드러나겠네요. 그렇긴 한데 너무 광범위하지 않을까요?"

1골드가 산더미처럼 쌓인 서류를 가리켰다.

"여기 이게 자료야. 이걸 계량화하면 생각보다 쉽게 찾을 수 있다. 인간은 습관이란 아주 좋은 행동 양식이 있거든, 동물이 자기 영역을 가진 것처럼. 자신의 생활 반경에서 크게 벗어나는 법이 없어. 이봐, 벨, 알아들었어?"

"하. 하. 그럼요. 이제 무슨 말씀을 하시는지 알 것 같습니다."

눈을 반짝인 그가 말을 이었다.

"이런 방식으로 정보를 분석하면 샤오스의 권력 구조를 한눈에 파악할 수 있겠습니다."

"그렇지. 어느 놈에게 어떤 놈들이 붙어 있는지 알 수가 있는 거야. 몇 다리 건넌 은밀한 관계까지도 확연하게는 힘들어도, 흔적은 찾을 수 있을 정도로 드러나게 되어 있어. 어떤 식으로든 서로 간에 상호 작용이 있을 테니까."

문명이 발달한 현대 사회처럼 수많은 통신기기가 사용되는 복잡한 구조가 아니어서 한결 수월할 것이다.

하지만 벨은 달랐다. 이해는 했으나 산더미처럼 쌓인 서류철을 보자 한숨이 났다. 하나하나를 분석해 계량화하는 작업이 말처럼 쉽지가 않았다. 1골드가 그의 고민을 덜어주었다.

"사형들에게 도움도 청하고, 네 수학자 학우 중에 쓸 만한 자들을 구해봐, 입이 무거운 자로. 돈은 얼마가 들어도 좋으니까."

사형은 봄멜의 제자로 11년 전 행각 수행을 떠나 4써클 마스터에 올라 3년 전에 돌아온 하워드와 안도르를 지칭하는 말이었다.

힘껏 대답하는 벨의 표정은 밝았다. 1골드가 내놓은 사회 연결망 분석이라는 건 현재 수준으로서는 상상도 할 수 없는 고차원 수학이었다. 영주 중에는 곱셈, 나눗셈조차 못하는 현실이었다. 그런 영주 밑에서 짜증나는 곡식 가마니나 세고 있던 아카데미 동기들에게 제의만 한다면 누구나 달려올 것이다. 누가 뭐라 해도 그들은 지식을 탐구하는 학자니까.

막 문을 나서는 벨에게 1골드의 목소리가 들렸다.

"컴퓨터가 한 대 있으면 순식간에 할 텐데… 주판이라도 만들까…….”

“주군, 그게 뭡니까?”

“계산기, 알아?”

“아! 계산기요? 물론이죠.”

벨이 내놓은 계산기는 나무통에 칸을 만들고 돌멩이 열 개를 놓은 십진법의 형태로 계산기라 부르기도 민망한 수준이었다.

“에휴… 이걸로 몇 단위나 계산을 하냐? 답답하군.”

1골드는 도저히 이해가 가지 않았다. 마법사들은 그 복잡한 마나 배열을 책 한 권이나 되는 공식으로 풀어내는데, 마법에 비교해 자연과학은 수준 이하였다. 아마도 마법사들은 이기적인 족속들이라 그네들이 발견한 법칙을 외부에 노출하지 않아서인 듯했다.

어떻게 생각하면 마법의 존재가 자연과학이 발달하는 데 저해되는 요인이었다. 과학을 발달시켜야 할 천재들이 대부분 마법사의 길을 걷고 있었으니…….

1골드가 혼잣말을 했다.

“마법사는 걸어다니는 컴퓨터니 몇 대 마련을 하고 수학자에게 주판을 가르치면 얼추 되겠다.”

오직 암산으로 마나 배열을 풀어내는 마법사니 걸어다니는 컴퓨터라는 표현이 틀리지는 않았다. 그래서 마법사는 타고난 천재만이 될 수 있었다.

1골드의 기대를 하워드와 안도르는 실망시키치 않았다. 하지만 벨이 데려온 세 명은 1골드가 보기엔 중학생 수준 정도로 쓸 만하게 만들려면 처음부터 다시 가르쳐야만 했으나 신지식을 배우는 그들의 열정에 감복해 시간을 투자하기로 했다.

이들을 잘 가르쳐 놓아 그란델에 선생으로 보내 후대를 양성하면 다 그의 자산이 되는 것이다.

또한 샤오스에서 머물 시간이 길어질 것 같자 이 기회에 그라노프가 만들어놓은 조직을 정예화하기로 마음먹었다. 그동안의 개인 수련이 중하기에 담당자에게 맡겨놓으면서 원격으로 간단한 지시만 내렸었다.

아래에서부터 훑어 올라온 정보를 한 점에 모이게 하고 현지에 정보 분석팀을 만들어 1차적인 조합을 한다. 이후 샤오스나 알라모 같은 거점에서 2차 분석을 하는 방식으로 1골드의 손에까지 오는 동안 세 번을 거치게 만들었다.

단편적인 정보라도 한곳에 모으면 큰 줄기가 된다. 하급 정보에서 밑그림을 그리고 거기에 상류층의 고급 정보가 더해지면 선명한 그림이 완성된다.

가령 한 영지에서 마차를 수리하고 말들을 사들이며 병장기를 모은다면 전투의 징조이다. 여기에 지배층 권력의 암투 상황을 대비시키면 누가 누구를 공격할 것인지를 알 수가 있다.

　좀 더 세분화하면 그 시기와 인원수까지 파악할 수 있다. 군량미의 양을 보면 대충 인원수를 파악할 수 있고, 상하는 식료품이기에 시기까지 짐작할 수 있는 것이다.

“흐음…….”

거미줄처럼 난잡한 선이 그려진 그림을 보고 있던 1골드가 침음성을 내뱉었다.

“제후로군. 아니, 궁성이라고 해야 옳겠군.”

선이 모두 한곳 시네르아 일대의 제후 헤르반에게로 이어져 있었다. 뱀파이어는 헤르반이 신하들에게 부가되는 권력을 조절하는 역할로 사용되고 있었다.

다섯 명이나 되는 공작을 두어 권력이 한곳에 모이지 못하도록 만들어놓고도 안심이 되지 않아 각 진영에 두각을 나타내는 인물들을 싹부터 제거한 것이다.

세 달 동안에 걸쳐 알아낸 성과로는 나쁘지 않았다.

벨이 상기된 표정으로 말했다.

“뱀파이어의 수장은 크로키 백작가였습니다.”

크로키 백작가는 있는 듯 없는 듯한 가문이었다. 하지만 깊이 들어가 그 역사를 보면 놀라웠다. 제국이 탄생하기 전부터 뿌리를 내리고 있었다. 두드러지지 않으면서 가늘고 긴 역사, 정체를 모른다면 처세술이 뛰어나다 생각할 것이다.

뿌듯한 성과에 신이 났는지 벨이 말을 덧붙였다.

“주군께서 알려주신 방법으로 두 가지 방식을 사용했습니다. 첫째는 그동안의 의뢰 방식을 분석해 꼬리는 잡았고, 두 번째는 실종자들의 분포를 조사했습니다. 뱀파이어이다 보니 인간의 피를 필요로할 거란 생각에서 실종자를 조사했는데 백작가 외에도 다섯 군데의 거점을 파악했습니다. 여기 보이는 이 점들이 실종자의 위치고, 이 큰 점을 중심으로 원형을 그리고 있어……”

“수고했다.”

벨은 입맛을 다셨으나 1골드는 이미 알고 있는 내용이었다. 그보다는 앞으로의 대처가 중요했다. 샤오스 제일의 권력자가 사용하는 뱀파이어들인데 쳐야 하는지, 공존을 해야 하는지, 아니면 물러날지를 말이다.

칼자루는 1골드가 쥐고 있어 선택은 그의 몫이었다.

“제후를 한번 만나봐야겠군.”

Chapter 5

빛과 그림자

칸야를 통해 위렌에게 몇 가지 단편적인 정보만을 건네주었으나 위렌은 반색을 했다. 그와 반하는 플루드 공작가의 계보를 한눈에 알아보기 쉽게 그려준 것이다. 이미 알고 있는 인사들도 있었으며, 자신의 편이라고 생각한 자들도 있었다.

주는 게 있으면 받는 게 있는 게 인지상정(人之常情). 상대가 권력자라 하더라도 이쪽에서 더 얻어낼 게 있으면 말이다.

위렌은 공식적인 자리에서 스캇 상단을 언급했다. 이는 그가 상단의 뒤를 봐준다는 의미로 샤오스 진출에 가속도가 붙을 일이었다.

오랫동안의 항해를 마치고 돌아온 스캇은 얼굴 살이 쏙 빠져 고생한 빛이 역력하였지만 표정만은 밝았다. 그도 그럴 것이 둘째 아들 켈리에게 거래를 맡기고 그는 조언만을 건네는 형태로 후계 수업을 성공적으로 마쳤기 때문이다.

지난 일을 계기로 켈리는 알라모 영주의 수련 기사에서 나와 스캇을 돕고 있었다.

이번 무역에서 구한 선물들을 싸들고 스캇이 1골드를 찾았다.

"고맙습니다."

"하하, 다 주군 덕인데 무슨 말씀을요. 요즘은 아주 살맛이 납니다."

그가 1골드를 만나고 나서부터는 순풍을 만난 돛단배였으니 틀린 말도 아니었다.

"어떻습니까?"

주어를 생략한 간결한 물음에 스캇이 그럴 줄 알았다는 듯이 바로 대답했다.

"전에 보고를 드린 것과 같습니다. 조금 뜸해지기는 했으나 아직도 상당량의 물량이 투실바로 향하고 있습니다. 육로를 통해 들어가는 것까지 합하면 단순한 권력자 간의 다툼으로 보기는 힘듭니다."

"흐음… 라미안 교단에서는 뭐라고 합디까?"

"여전히 똑같은 말만 합니다. '심증은 있으나 물증은 없다', 또 '크라우치님이 안부를 전한다'. 이상입니다."

1골드가 말이 없자 스캇이 조심스레 말을 꺼냈다.

"죄송한 말씀이지만 제 생각엔… 그쪽에선 주군의 일에서 손을 뗀 것 같습니다. 아마도 크라우치님이 가끔 신경을 쓰는 정도일 겁니다. 이도 몇 년 전부터는 똑같은 대답이라……."

"크라우치님도 잊은 것 같다고요? 뭐, 그럴 수도 있겠죠. 죽고 못살던 남녀 사이도 몸이 멀어지면 잊혀진다는데, 짧은 인연으로 이 정도 신경을 써준 것만으로도 그쪽은 할 만큼을 한 겁니다."

1골드는 속으로 쓴웃음을 지었다. 그란델의 얼굴조차 가물가물한데 크라우치는 아직도 뇌리에 또렷이 남아 있는 것이다. 첫인상에서 상당한 충격을 받아서인지 보통의 인연이 아닌지는 알 수가 없지만.

"그렇다면 언제쯤 터질 것 같습니까?"

"글쎄요. 그건 아무도 알 수가 없는 일입니다. 현재는 교단이나 왕실 측이나 모두 힘을 비축하고 저울질을 하는 시기입니다. 그러다 한쪽으로 기울어지면 바로 전면전이 터지겠지요."

신성 투실바에서는 왕권과 교권이 충돌 직전에 놓여 있었다. 국가명 앞에 신성이란 단어가 붙은 것처럼 처음엔 교황이 나라를 다스렸었다. 그러다 라미안의 힘이 쇠퇴하자 교황을 밀어내고 왕이 전면에 등장을 했고, 현재는 힘을 회복한 교단이 왕실과 비등한 위치까지 올라와 있었다.

교의 부흥에 카뮤의 강림이라 칭송받는 크라우치가 서 있음은 누구라도 다 아는 사실이었다.

스캇의 말이 이어졌다.

"카시리아와 투실바에도 지점을 열었으니 그쪽 소식은 빠르게 들어올 겁니다. 변고가 생기면 우선적으로 보고하라 일렀습니다."

제국 제일 상단 바알 가에 비하면 아직도 멀었지만 스캇 상단은 이 시점에는 개인 상단에서 회사로 넘어가는 중간 과정쯤에 있었다.

"네, 잘하셨습니다. 이제 본격적으로 샤오스에 진출할 때가 되었습니다. 알라모로 돌아가서 준비하고 오세요. 그 안에 자리를 마련해 놓겠습니다."

스캇의 만면에 화색이 돌았다. 시네르아 일대의 중심인 샤오스는 알라모와 비교도 안 되는 경제권을 형성하고 있었다. 그만큼 시장 진입도 힘들어 알라모에서 최고라도 샤오스에서는 명함을 내밀기가 어려웠다.

게다가 샤오스에 진출한다는 의미는 안정적인 육로를 통한 상업 활동에 진입한다는 뜻이었다. 해상무역이 순이익을 많이 남기지만 무역선이라는 수단의 한계 때문에 많은 물량을 거래하기가 힘들다.

육로는 다르다. 거래선만 확실하면 지속적인 거래가 가능했고 그만큼 자금의 변동을 예측할 수 있어 차후의 사업 계획을 세우기에도 쉬웠다.

일생일대의 꿈의 실현이 눈앞에 있었다. 대상단으로 도약할 수 있는 기회였다. 들뜬 가슴을 가라앉혔다. 이 기쁨을 더욱 만끽하고 싶었으나 아직 준비할 것이 있었다.

"주군, 이번 북로 무역에서 사들인 노예들이 있습니다. 아주 희귀한……."

칙칙한 냉기가 감도는 철가면만큼이나 1골드의 눈빛이 차가워졌다. 아이온에서 남은 평생을 살아도 노예라는 개념은 좋게 받아들일 수 없었다.

십 년이라는 세월이 짧지 않았기에 스캇도 그걸 모르는 바가 아니었다.

"허험, 노예가 아니라 노예 시장에 나온 아이들이온데, 그게 제가 필요해서 산 것이 아니라… 가진 재주가 워낙 특이하여 주군께서 아이들을 워낙 좋아하… 하하, 그런 뜻이 아니라 불쌍히 여기시어… 켈리! 밖에 있느냐?"

한 번 말이 꼬이자 잘 풀어지지가 않았다. 언변으로 밥을 먹고사는 스캇이었으나 1골드 앞에서는 주눅이 들어 제대로 혀를 풀어내질 못했다.

인간에게 공포의 존재인 다크 엘프들을 수족처럼 부리고 고위 마법사를 스승으로 모신 사람이다. 더욱이 석상을 연상시키는 거대한 몸집에 표정 변화를 알 수 없는 철가면을 대하고 있노라면 등줄기에서 식은땀이 흐른다.

주변 사람들에게 스캇은 1골드의 최측근으로 여겨지고 있었으나 그는 1골드에 대해 아는 게 별반 없었다. 그 점이 신비스럽다기보다는 공포로 다가왔다.

스캇의 둘째 아들 켈리가 상인이라기보단 기사같이 당당한 걸음걸이로 들어와 절도있는 동작으로 군신의 예를 올렸다.

"좋다. 그간 놀지는 않았나 보구나."

"어찌 제가 감히. 주군의 은혜, 이 한 목숨을 바쳐도 모자랍니다. 지금은 비록 상인의 몸이나 마음은 항상 주군의 검이 되고자 합니다."

"네가 아버지를 돕는 것도 나를 위하는 길이다. 그 마음은 잊지 않으마."

1골드는 켈리를 보면서 유진의 고마움을 다시 한 번 되새겼다. 무가의 비전, 검무는 직계 후손이 아니면 전수를 하지 않는다. 켈리가 알라모의 영주 젠크스 공작가에서 무사 수업을 쌓았어도 마나를 다스릴 수 있는 방법은 가르쳐 주지 않았다. 군신의 관계를 맺은 기사도 마찬가지였다.

당연한 일이었으나 1골드는 좀 더 개방적인 방법을 택했다. 일정 수준에 오르면 다음 단계를 제시해 주었다. 오르고 못 오르고는 스스로의 노력에 달려 있다는 게 그의 지론이었다.

만약 특출한 재능을 가진 수련생이 나타나면 유진이 그에게 한 것처럼 전부를 내놓을 것이다. 수련생이 그를 뛰어넘어도 좋다란 마음가짐이었다. 후대보다 처진다는 것은 노력이 부족했기 때문이라 생각했기 때문이다.

1골드는 자신도 있었고 노력을 게을리 하지 말라는 스스로에 대한 다짐이었다. 근본은 스왈츠 가다. 강자가 많이 나올수록 유진에게 받은 은혜를 조금이나마 갚을 수 있다 여긴 것이다.

그가 켈리 뒤편에서 겁에 질려 안절부절못하는 아이들에게 눈길을 주었다. 세 명 모두 말끔히 목욕을 하고 깨끗한 옷을 입고 있어도 피골이 상접한 몰골에 배만 볼록하게 나온 모습이기에 측은한 마음이 들었다.

그중 한 명은 칸야의 어릴 적 모습과 똑같았다.

그의 눈길이 털북숭이 아이한테로 고정되었다. 찬찬히 살펴보았지만 도통 처음 칸야를 보며 생각한 대로 다모증인지, 수인족의 아이인지 판단이 서지 않았다.

"모르겠군."

다크 엘프 안드레이의 말을 들어보면 어둠의 일족 간에 친근한 느낌이 온다는데 본능인지 1골드는 그 느낌을 느끼지 못했다. 천상 칸야나 다크 엘프에게 보여야지만 알 수 있을 것이다.

의외로 칸야와 같은 저런 아이들이 세상에 많을까 하는 의문이 들었다.

"주군, 이놈은 수인족의 아이이온데 카시리아 노예 시장에 1년에 한 명 나올까 말까 한 진품이라 합니다."

제국 위의 국가들 사이에서 카시리아 노예 시장이 가장 컸다. 투실바는 신성이란 명칭이 흐려지지 않아 국가에서 노예 거래를 금지시켰고 만유나 시니아, 와튼 공국에서 흘러나온 노예들이 카시리아에 모여 제국 아래 지방으로 팔려 나갔다.

"이라?"

"아! 그것이 가끔 불량… 죄송합니다. 가짜가 있어서 말입니다. 다 크기 전까지는 확인할 수가 없는지라… 이 아이는 견인입니다. 수인족 중에서는 충성심이 가장 강한 견인을 최고로 칩니다."

제국 황실에 견인으로 구성된 경비대가 있다는 소문이 있었다. 그러고 보면 아무리 교단에서 마족이니 뭐니 해도 은근히 사회에서 수용하는 면이 있었다. 노예처럼 부린다는 점이 공통점이었지만.

스캇의 말이 이어졌다.

"이 여아는… 직접 보시는 게 낫겠습니다. 애야, 한번 해봐라."

겁에 질린 여아가 소년 뒤로 숨었으나 스캇이 부드럽게 타이르자 엉거주춤 앞으로 나와 팔을 내밀고 손바닥을 위로 향했다. 그러자 밝은 대낮인데도 눈에 확연히 보일 만큼 아이의 손바닥에서 스파크가 일었다.

"하하, 보셨습니까? 저 불꽃이 몸에 닿으면 찌릿한 게 꼭 번개를 멀리서 맞은 듯하다고 합니다. 그리고 마지막 아이는 동물과 대화를 한다고 하는데 확인은 불가능했습니다. 둘이 남매라고 해서 모두 구입했습니다."

'구입'이란 말이 귀에 거슬려 스캇을 한 번 쏘아주고는 1골드가 아이들에게로 눈을 돌렸다. 그러자 처음 보는 거인에 철가면 때문에 공포를 느꼈는지 눈에 보일 정도로 아이들이 벌벌 떨었다.

"혹, 너희들, 마족이라고 쫓겨 다녔니?"

동물과 말을 한다는 아이가 떨리는 목소리로 대답했다.

"…예."

"그랬군. 인간은 참 이상해. 자신들과 다르면 항상 이상하게 몰아붙이고 죽이려 든단 말이야. 부모는?"

"…집에… 많아서요."

"형제가?"

아이가 고개를 끄덕였다. 가족이 먹고살기 힘들어 부모가 팔았다는 말이었다. 수인족 아이는 사냥꾼에게 잡혀왔다 해서 더 이상 묻지 않았다. 칸야의 재판일 것이다.

1골드가 스캇에게 말했다.

"이런 아이들이 있으면 얼마가 들어도 상관없으니 다 데리고 오세요. 아니, 지금부터 나이에 상관없이 모두 찾으세요."

스캇이 대답할 때 1골드의 혼잣말이 흘러나왔다.

"미친놈들, 마족은 개뿔이. 다 똑같은 사람인데, 어딘가에선 마녀사냥도 하고 있겠군. 진짜 마족이 뭔가를 보여줄까 보다……."

1골드에게는 마족이라는 개념 자체가 없었다. 따지고 보면 그도 아드카빌론의 마정을 흡수했으니 아이온의 기준대로라면 마족이다.

그런 말뜻이었으나 스캇의 얼굴은 시커멓게 변했다.

"켈리, 수인족 아이는 칸야에게 맡기고 두 남매는 수진… 아냐, 우탕가로 보내 갈리나에게 보살피라 해라."

"예에?"

"허허, 주군. 그게 무슨 말씀이십니까?"

재촉하는 칸야와 그라노프를 보며 1골드가 느긋하게 입을 열었다.

"뭘 그리 놀라? 내가 원래 용병 출신이잖아. 송충이가 솔잎을 먹겠다는 말이야."

"하. 하. 주군, 그건 예전의 일이고 지금은 위치가……."

"다르지. 그때는 일개 용병이었고 지금은 용병단장이 될 것이니."

스캇을 내보내고 1골드는 측근을 불러 용병단을 만들겠다는 계획을 말했다. 반응은 부정적이었다. 위렌이 1골드가 원하기만 하면 스왈츠 가에 제국의 백작 작위를 받게 해주겠다는 제안도 예전에 한 상태였다.

1골드가 몸을 일으켜 창가로 갔다. 부산하게 떠나는 스캇 일행이 보였다. 이 저택은 샤오스에서 하룻길 정도 떨어진 위렌 공작 령의 한 저택이었다. 중앙 귀족들의 영지는 대체적으로 지역의 중심에 몰려 있었다.

"전에 누가 그랬지, 용병은 자유를 쫓는 사람들이라고. 자유는 저 에티우스 강처럼 유유히 흘러가는 거야. 내가 지금 필요한 게 그것이고."

그가 몸을 돌려 칸야와 얼굴을 마주했다.

"이 얼굴로 나서기도 힘들고……."

"형님."

"네가 있잖아. 빛을 봐야 하는 유진 스왈츠는 너다. 나는 그림자인 유진 스왈츠야."

"형님……."

그가 칸야의 어깨를 두드렸다.

"왜? 자신없어."

"아닙니다. 제가 유진이 되겠습니다."

"그래야지. 그래야 하늘에 계신 아버지도 웃으실 것이고, 그란델도 행복해할 거야."

자리의 중심에 앉은 1골드가 빠르게 말을 붙였다.

"용병이란 개념은 상인들이 자구 수단으로 상단을 보호하기 위해 무사들을 고용하면서 시작한 거다. 상단에서 쓸 만한 자유 용병을 고용하고 후에 용병단으로 받아들인다. 우탕가와 반일족 일부를 모으면 꽤 수가 나올 거다. 거기에 군소 용병단을 흡수한다. 그라노프!"

"예! 주군."

"반년이다. 최소 2천 명 규모의 용병단을 조직하라."

"명을 받듭니다."

"칸야!"

"예! 형님."

"위렌의 제안을 받아들여 넌 시네르아 정계에 스왈츠란 이름을 알려라."

1골드가 한쪽 벽면을 쳐다보았다. 그러자 벽이 갈라지면서 한 사내가 몸을 드러냈다. 그라노프가 선별한 반일족의 호위다. 그가 무릎을 꿇을 때였다.

"루슬란에게 전하라. 친다."

뾰족한 귀는 엘프에겐 자존심이다.

인간의 세력에 밀려 쥐새끼처럼 숨어 있지만 개개인은 우월하다는 종족의 고고한 자존심을 잃은 루슬란은 자바신에게 얼굴을 들 수 없어 어둠이 와도 밖으로 나서지 않았다.

그런 그가 오늘은 벌건 대낮에 사람들이 북적이는 대로를 활보하고 있었다. 그것도 인간이 만든 이기 갑옷을 착용한 채로 말이다. 절대 있을 수 없는 일이었지만 그 명령이 지고한 1골드에게서 떨어졌다면 이야기가 다르다.

그래도 입이 튀어나오는 건 어쩔 수 없었다.

"더워 죽겠는데 이런 걸 뭐 하러 입으라는 건지… 이 그림도 맘에 안 들어."

가슴 한편에 양각된 백악어 문장을 보고 한 말이다.

"큭큭, 루슬란님, 바꿔 입으시겠습니까?"

부하인 듯한 사내도 갑옷을 입고 있었는데 거기에는 멋지게 갈귀를 휘날리는 흑사자의 문장이 새겨져 있었다. 흑사자는 스왈츠 가를 나타낸다.

"됐어. 주군은 다 좋은데, 악어를 고르신 걸 보면 미적 감각은 영 아니란 말이야."

말은 그렇게 했으나 기분은 한결 풀려 있었다. 딱 한눈에 봐도 '나 기사요' 라는 복장에 엘프 특유의 축복받은 외모 덕에 청년들의 선망의 눈초리와 아녀자들의 추파가 담긴 뜨거운 시선이 모여들었기 때문이다.

주목받는 건 인간이든 엘프든 다르지 않아 약간은 어깨에 힘이 들어가고 기분도 조금은 붕 뜬 듯했다.

매일 조각 같은 엘프녀들을 보면서 자라서 인간의 미모가 눈에 차지는 않았지만 그 나름대로 매력이 있었다. 또한 엘프의 외모는 좀 일률적이었다. 살찐 엘프를 찾아볼 수 없을 정도로 말이다.

너무 완벽해도 반발이 생기는 건지 루슬란은 인간 사회에서 살아갈수록 인간 여자들에게서 엘프에겐 찾지 못한 매력을 느끼고 있었다.

어깨를 세우고 턱을 치켜든 그가 발길을 멈추고 힐끗힐끗 그에게 눈길을 보내는 아가씨들에게 윙크를 보냈다. 그러자 기다리기라도 했다는 듯이 꺅꺅거리며 자지러지기라도 할 것처럼 난리가 났다.

"큭큭."

"지금 뭐 하십니까? 왜 눈을 감고 그러세요. 먼지라도 들어갔나요? 쟤네들은 또 왜 저러고요?"

"너도 한번 해봐. 이게 인간들 사이에선 친하게 지내자는 표시거든."

"그래요?"

그도 여인들을 향해 눈을 깜박이자 예의 똑같은 반응이 나왔다.

"허, 거참, 신기하네요. 남자가 눈을 감으면 여자는 꺅하고 대답을 하는 건가 보지요?"

루슬란은 그저 웃기만 했다. 그도 마을에서 처음 나왔을 때 이 신참과 다르지 않았다. 1골드가 샤오스로 나오면서 마을은 거의 텅 비다시피 했다.

"어, 저, 아가씨가 오는데요?"

제 딴에는 용기를 내서 다가온 아가씨가 우물쭈물 말을 건

냈다.

"아, 안녕하세요."

루슬란이 부드러운 미소를 띠었다.

"안녕하십니까? 레이디."

"저, 혹시 아즈빌 분이세요?"

다크 엘프의 외양을 보면 대부분 그렇게 생각한다.

"그렇습니다만, 레이디는 아름다운 금발로 보아 크나르 분 같군요. 무척 잘 어울리십니다, 눈이 부실 정도로요."

"어머! 감사해요."

루슬란이 막 마을에서 나온 신참을 쓰윽 쳐다보았다, 인간 세상에서는 이렇게 살아야 한다는 듯이.

"저기요, 실례가 되지 않는다면 어느 가문의 기사 분들이신지 물어봐도 될까요? 그 문장은 처음 보는 것 같아서요."

"아! 저희는 스왈츠 가의 기사들입니다. 남부 대륙에 있다가 얼마 전에 샤오스로 왔습니다. 저는 잠시 백악어 용병단에 파견을 나가 있기에 두 문장이 다른 겁니다. 스왈츠 가문은……."

루슬란은 묻지도 않았는데 스왈츠 가에 대해서 길게 늘어놓았다. 전통있고 유서 깊은 가문이란 점을 강조하면서 뛰어난 무가란 점을 빼놓지 않았다.

그가 쓸데없이 윙크를 보낸 이유였다. 여인네들의 입소문은 빠르다. 게다가 초절정 미남 기사의 소문은 순식간에 퍼진

다. 도시 아가씨들이 신분 상승하는 길은 전도유망한 기사와
의 결혼이었다.

"가문의 막중한 일이 있어서 샤오스에 왔기에 정착을 할지
는 잘 모르겠습니다. 저는 레이디를 본 게 무척 후회가 됩니
다."

"왜요?"

"하하하! 이곳을 떠나기 싫어지는군요. 하지만! 가문의 일
이 우선이라… 언제 인연이 있으면 다시 뵙기를……."

깔끔하게 마무리를 짓고 루슬란은 전혀 아쉬운 기색 없이
몸을 돌렸다.

1골드는 딱 스물 명의 다크 엘프를 샤오스에 풀었다. 그 파
급 효과는 대단했다. 하루도 지나지 않아 스왈츠란 이름을 모
르는 사람이 없을 정도였다. 전부가 미를 추구하는 신관 이상
가는 미남, 미녀들이었으니 도시 젊은이들의 마음을 설레게
하기에 충분했다.

기사 차림의 다크 엘프들이 샤오스를 활보한 지 삼 일이 지
났다. 유람하듯 거리를 걷던 그들이 싹 변했다. 완전 무장을
한 채 말을 몰고 무섭게 거리를 질주했다. 그들이 향하는 방
향은 총 다섯 군데로 모두 번화가의 중심에 있었다.

백악어와 흑사자의 문장은 이미 유명해졌기에 도시민들의
시선이 쏠렸다. 어떤 목적을 가지고 샤오스에 왔다는 소문을

들었다. 무언가 벌어질 것이고 무가라 했으니 분명 말로 하지는 않을 것이다. 싸움 구경을 싫어하는 사람은 없다.

"우와! 저, 저, 저게 사람이야?"

한 사람의 감탄에 이어 다른 이의 놀람이 이어졌다.

"난 말이 불쌍하다는 걸 오늘에서야 알았어. 어떻게 말보다 탄 사람이 더 클까?"

"저 사람도 스왈츠 가의 기사일까?"

"망토에 백악어가 그려져 있잖아. 용병이라고 하던데."

"스왈츠 가가 용병단을 사들인 거구나. 어쨌든 저 거인은 정말 살벌하다. 웬만한 가문은 도심에서 저렇게 말을 몰지도 못하는데, 스왈츠 가가 생각보다 상당한 귀족가인가 보다. 근데 무슨 일이래?"

대답을 하는 대신 사내는 입을 쩍 벌렸다.

"어어어! 우와아! 저 거인이 하늘을 날았다!"

"엇! 저기는 막씨네 정육점 아냐? 저기를 왜 기사들이 쳐들어가지? 야! 어서 가보자!"

1골드는 체내의 마나를 빠르게 휘돌렸다. 경락을 무섭게 휘도는 마나가 세포 단위 하나하나에 힘을 전달해 주었다. 그러자 곧 쓰러질 듯 헐떡이던 말도 안정을 찾았다.

그가 안력을 높였다. 진열대에 걸린 시뻘건 고깃덩어리에 붙은 파리 다리까지 다 보였다. 이미 인간의 오감을 극대화한

지 오래다. 아직 정수리가 열리지 않아 육체를 완성하지 못했을 뿐이었다.

육체의 완성은 정수리, 백회혈이 열려 체외의 기체와 육체가 자연스럽게 소통되는 것이라 했다. 잡힐 듯 잡히지 않는 경지였다. 뜻이 있고 의지가 있다면 언젠가 도달할 터.

1골드의 눈이 번쩍였다. 한순간 진열대에 걸린 고기가 인육처럼 보였다. 저 정육점은 뱀파이어가 운영하는 쉐도우 지부 중 한 곳이다. 사회 연결망으로 분석하고 확률이 높은 곳을 찾아 면밀히 살폈다. 드러난 다섯 곳은 확실하다. 그가 살기를 발했다.

히이이잉!

주인의 살기에 반응해 말이 길게 울었다. 그사이 1골드가 육중한 몸을 깃털처럼 날렸다. 가볍게 말안장에서 도약해 정점에 섰을 때는 대검이 휘황찬란한 빛을 발하면 무려 검신이 두 배의 길이, 4미터나 늘어나 있었다.

본신의 내력도 있지만 여기에 효과를 극대화하기 위해 마법도 사용했다. 할 일이 없이 허장성세를 부릴 그가 아니었고 다 목적이 있었다.

쉭쉭쉭쉭쉭!

그가 검을 내려치려는 찰나, 건물 벽면에서 반짝이는 빛이 토해졌다. 새끼손가락보다 더 얇은 수십 발의 비침(飛針)이었다.

역시 보통의 정육점에서 비침을 날릴 일은 없다. 분석은 정확했다. 이곳은 쉐도우들의 거점이었다.

"흥!"

코웃음을 친 1골드는 비침 따위는 볼 것도 없다는 듯 힘껏 뒤로 젖힌 검으로 건물을 양단이라도 하려는 듯이 내려쳤다.

후와앙!

일순 환한 빛이 터지더니 막대한 기운이 대검에서 뿜어져 나왔다. 빛에 이어 몰아친 검풍에 비침이 휘말려 사라져 버리고 이어 굉음과 지축을 흔드는 충격이 터졌다.

콰콰쾅!

건물 한 면이 모래성처럼 무너지면서 자욱한 먼지가 피어오를 때 그 사이를 뚫고 세 인영이 날아올랐다. 쉐도우다.

"어딜!"

뛰어올랐으면 내려가야 할 텐데 1골드는 허공에서 재차 도약했다. 플라이 마법을 발현한 거지만 구경꾼들에겐 허공을 밟는 것처럼 보였다.

소리도 없었다. 기세도 없었다. 다만 무언가 몸통을 꿰뚫고 지나가는 느낌이었다. 쉐도우는 고통도 느끼지 못한 채 양단되어 허공에서 피비를 뿌렸다.

"꺄아아아악!"

구경 온 여인들의 자지러지는 비명 따위가 1골드의 검을 막을 수는 없었다. 그가 허리춤을 훑음과 동시에 소검이 빛살처럼 날아 옆 건물 벽을 차고 뛰어오르는 다른 쉐도우의 뒤통수를 정확히 관통했다.

나머지 한 명을 부하들이 처리하는 것을 보고 소리쳤다.

"벽면을 모두 부숴라!"

쩌렁쩌렁 울리는 목소리에 군중들은 귀를 막기도 했다.

돌로 지어진 건물이 여인들의 비명 소리가 가라앉았을 때쯤엔 구멍이 쑹쑹 뚫린 폐가로 변해 있었다.

"기사들이 앞에 선다. 작살을 든 병사는 뒤를 따르라!"

"존명! 병사들은 뒤를 따르라!"

1골드와 함께 십여 명의 반일족이 거침없이 정육점 안으로 돌입했다.

지상은 인간으로 구성된 쉐도우라 그가 손쓸 필요도 없이 정리가 되었다. 지하로 내려가자 뱀파이어들이 기생하는 곳답게 칠흑 같은 어둠이 앞을 가렸다. 땅속으로 뚫린 긴 복도는 잠자리를 보호하는 온갖 암기가 설치되어 있었다. 도심 한복판에 이런 구조물을 만들어놓다니, 그라노프가 고전한 이유를 알 것 같았다.

1골드는 날아오는 암기를 모조리 쳐냈다.

"으악!"

"컥!"

뒤에서 터지는 비명, 그가 급히 뒤를 돌아봤다. 앞이 전부는 아니었다.

"누구냐?!"

"주군, 저희는 아닙니다. 병사들이……."

하긴 다크 엘프가 암기 따위에 당하기는커녕 비명을 지를 일은 더 더욱 없었다.

"셋은 후방에서 병사들을 보호해!"

1골드의 목에 핏대가 섰다. 인간의 피를 빨아 먹고사는 기생충 따위에게 애써 키운 아즈빌 병사를 잃었다.

지하의 탁한 공기보다 더욱 숨이 턱턱 막히는 살기가 뿜어져 나왔다. 이에 반응이라도 하듯이 어둠을 삼키는 심연의 어둠이 눈을 통해 뻗어 나왔다.

"내게서 떨어져! 어둠을 정화하는 심연의 불꽃이여! 나에게 모여 지옥의 생명을 불살라라! 파이어 링 스톰(Fire Ring Storm)!"

시동어가 언령의 힘을 받아 명령을 내리자 순간 주변이 진공 상태로 만들어지면서 그를 중심으로 불의 폭풍이 일었다. 무엇이든 집어삼킬 듯 이글거리는 시퍼런 불꽃이 고리 형태를 이루어 무섭게 회전했다. 반일족 전사들이 주춤 물러날 만큼 대단한 기세였다.

뚜벅! 뚜벅!

접근하는 모든 적을 태워 버릴 듯 주변을 고리 모양으로 통제한 불꽃으로 감싼 1골드가 발에 힘을 주어 걸었다. 그러자

일정한 형태를 유지해야 하는 마법이 상식에서 벗어나 고리
가 점차 커지면서 복도 벽면을 태우기 시작했다.

찌지지직……!

쇠도 녹여 버리는 불꽃이었다. 닿는 무엇이든 녹이고 태워
버렸다. 암기를 발사했던 기관은 그 속에서 흔적도 없이 사라
졌다.

불길이 기세를 더하자 1골드는 속도를 내었다. 저 이십여
보 거리 앞에 놓인 철문 안이 뱀파이어들의 안식처일 것이다.
한 발 두 발 거침없이 달려 폭주하는 코뿔소처럼 어깨로 견고
한 철문을 들이받았다.

콰앙!

휴지 조각처럼 철문이 구겨져 날아가고 그 사이로 뾰족한
음성이 고막을 찔러 들어왔다.

"끼아아아악!"

"사라져라! 흡혈귀 놈들!"

밖의 소란에 잠에서 깬 뱀파이어들이었다. 불에 휩싸여 접
근할 엄두를 못 내던 놈들이 불이 사라지자 천장에서, 바닥에
서 솟구쳐 부나방처럼 달려들었다.

삐죽한 쇠꼬챙이가 기척도 없이 1골드의 목을 향해 파고들
었다. 살수의 검이다. 1골드는 피하지 않았다. 방패같이 커다
란 손을 뻗어 검을 잡아채고는 확 끌어당겼다. 갈고리 같은
손아귀에 잡힌 검이 벗어나려고 움찔하는 듯했지만 그의 손

아귀 힘을 당해내지 못했다.

옆구리에 뱀파이어의 목을 끼고 가볍게 들자 우두둑 소리가 나며 목뼈가 수수깡처럼 부러졌다.

"한 놈!"

홱 뒤로 집어 던진 그가 바닥을 뚫고 올라오는 놈의 머리통을 그대로 밟아버렸다. 머리통이 깨지고 썩은 듯한 고약한 냄새가 풍겼다.

"두 놈!"

"키아아아!"

"좋다! 한두 놈은 귀찮아, 다 와라!"

전후방, 위아래 할 것 없이 일제히 그를 향해 달려들었다. 목숨은 전혀 신경 쓰지 않는, 인간이라면 생각도 할 수 없는 공격이었다.

크리링!

검이 바닥을 끄는 소리가 들렸다. 왼발을 축으로 휙 도는가 싶더니 어둠을 가르는 선명한 오러가 수십 줄기의 빛무리를 만들어냈다.

사사사사삭!

쿵쿵쿵! 통통통… 또르르르륵!

탁!

1골드가 발아래로 굴러온 잘린 머리통을 발로 잡았다.

"키아아아… 켁!"

"이 새끼가 어디서 더러운 이를 드러내."

발끝에 힘을 주자 속이 상한 과일처럼 터지면서 악취가 풍겼다. 그가 무심한 눈길로 사지가 잘린 뱀파이어들을 보았다. 머리통이 없는 놈은 몸을 일으켜 세웠고 잘린 팔다리는 꿈틀꿈틀하고 몸통은 뒤척이며 머리통은 입을 쩍 벌렸다.

"여긴… 아이온이 확실하군."

영화 속에서만 가능한 장면이 눈앞에 펼쳐져 있었고, 그리 만든 게 자신이었다.

"응?!"

순간 관들이 늘어선 저 끝 선에서 한 인영이 하늘로 솟구치는 모습이 보였다. 미풍이 1골드의 옆을 스쳐 가자 그가 저지했다.

"놔둬라! 소식을 알릴 놈이 있는 게 낫다. 그보다… 저놈은 햇빛을 받고도 멀쩡하네."

놈이 뚫고 올라간 곳은 굴뚝처럼 생겼는데 박쥐로 변해 오가는 통로인 듯했다. 그놈이 뚫고 올라가자 강력한 빛이 들어왔다.

"이봐, 도대체 무슨 일이래?"

가득 궁금증이 담긴 물음이었으나 대답을 해주는 이가 없었다. 그들도 질문한 자와 같이 아는 게 없었으니까.

그때 정육점 밖에서 경계를 서던 병사가 구경 온 사람들 중에 장정들에게 소리쳤다.

"이보시오! 좀 도와주시오! 사례는 후하게 하겠소!"

서로 눈치만 보던 사람들이 한두 명씩 나서자 우르르 몰려들었다.

"아아! 거기 열 분만 이리 오셔서 내가 신호를 하면 이 밧줄을 당겨주시면 됩니다."

정육점 안으로 들어가 밧줄 뭉치를 잡고 있던 병사들 중 한 명이 손을 번쩍 들었다. 신호가 온 것이다.

"이리 오시오. 이 줄을 잡아당기시면 됩니다."

덥수룩한 수염을 기른 사내가 선뜻 줄을 잡았다.

"사례는 잊지 마시오."

"하하, 대스왈츠 가가 하는 행사입니다. 걱정하지 마시오. 자아! 당기시오. 여엉차!"

"여엉차!"

댓 명이 달라붙어 밧줄을 당기자 그 끝에 무엇이 있는지는 모르지만 수월하게 당겨졌다.

우당탕!

무언가 부딪치는 소리가 가까이서 들리는가 싶더니 밧줄 끝이 드러났다.

"히익!"

"시체다!"

"으악!"

[끼이이이이이이악!]

너무나 순식간에 일어난 일이라 수많은 군중들은 그 누구도 먼저 입을 열지 못했다. 시체라 생각한 게 대로에 몸을 드러내어 햇빛을 받자마자 불이 확 붙어서는 재로 변해 버렸다.

"저, 저게?"

"뱀파이어입니다."

"으악!"

"오!"

군중들의 관심이 쏠린 이런 자리엔 기사가, 그것도 호감이 듬뿍 가는 잘생긴 기사가 나서서 친절히 설명을 하면 효과는 배가된다.

"여러분들도 보셨다시피 뱀파이어입니다. 저희 스왈츠 가는……."

"우와아아!"

"꺄아아악!"

그가 말을 하는 와중에 또다시 뱀파이어 한 마리가 끌려 나와 흔적도 없이 사라졌다.

"험험! 저희 스왈츠 가는 피를 빨아 먹고 인간을 죽이는 뱀파이어를 잡기 위해 샤오스에 왔습니다. 여기 이 정육점은 그 괴물들의 소굴입니다. 시민 여러분께 폐를 끼쳐 죄송하지만, 워낙 사안이 다급한지라 이렇게 일을 벌였습니다. 많은 양해

부탁드립니다.”

“양해라니요! 저희가 오히려 감사를 드려야지요. 저런 마물들과 이웃하고 살았다니……”

“그러게, 얼마 전 오넬 씨네 아들이 사라졌다고 하던데 혹시 저 괴물들이? 어머나! 무서워……”

말을 하면서도 오한이 돋는지 몸을 부르르 떨었다. 그러자 여기저기서 호응하는 소리와 스왈츠 가를 칭송하는 목소리들이 터져 나왔다.

군중심리다. 경쟁하듯이 서로서로 목소리를 높이면 칭송은 두 배, 세 배가 되는 것이다.

기사는 휘파람 소리까지 내며 환호하는 군중들을 보며 희미한 미소를 짓고는 몸을 돌렸다. 다섯 군데 모두서 이런 반응일 것이다.

푹신한 의자에 깊이 몸을 파묻은 사내는 아무런 말도 없었다. 조금은 창백한 듯한 피부에 유난히 붉으면서도 얇은 입술을 가진 그가 한순간 입꼬리를 말아 올렸다.

“다크 엘프… 소드 마스터……”

샤오스에 다크 엘프들이 들어왔다는 보고는 이미 받았다. 그사이 몇 번의 충돌도 있었고 서로 약간의 손해를 본 정도였다.

갑작스런 기습, 자신들만큼이나 야행성인 다크 엘프가 대낮에, 그것도 그 누구도 알아채지 못한 거점 중에서 단 하나만을 남겨놓고 모두 쑥대밭으로 만들었다.

그 광경을 지켜본 인간 추종자들의 보고에 의하면 두 기사가 하늘을 날고 검에서 빛이 뿜어져 나와 너울너울 춤을 췄다고 했다. 소드 마스터란 소리. 겨우 살아 도망쳐 온 놈의 보고로는 마법사도 있다고 하니 상대의 전력이 만만치 않았다. 단편적인 정보만 조합해도 다크 엘프 일 개 부족 모두가 나선 것이다. 그렇다면 적의 인원이 백 단위가 넘어간다는 소리였다.

전력은 그렇다 치고 지부를 파악당했다는 것이 뼈아팠다. 대부분의 중요 문서는 이곳에 있지만 개중에는 인간 추종자들의 명단뿐만 아니라 갓 들어온 의뢰를 기재해 놓은 것도 있었다.

"강해, 치밀해… 하루 이틀 준비한 게 아니다. 나와 벨제르 님밖에 모르는 지부 위치를 어떻게 알았을까? 누가 다크 엘프를 움직인 거지? 도대체 누굴까?"

그들이 인간 세상에 나와 활보를 하면서 뱀파이어 일족을 공격할 만한 이유가 전혀 없었다. 그들과 자신들은 모두 인간들에게 마족으로 치부를 받고 있었다. 서로 힘을 합하지는 않지만 소 닭 보듯 하는 관계였다.

"어떤 멍청한 놈이 부족원을 건드렸나?"

오러를 봤다는 곳이 두 곳이다. 한 놈이 착각을 했다 쳐도

적어도 한 명 이상은 소드 마스터일 터. 아주 작정을 하고 나섰다는 말이다.

엘프가 부족 단위로 움직이는 일은 몇 되지 않는다. 인간 사냥꾼이 엘프를 납치해 갔다거나 부족원이 죽임을 당해 복수를 위해서 나왔을 경우다.

또다시 의문이 들었다. 숲에 틀어박혀 인간 세상을 잘 알지 못하는 그들이 어떻게 이런 치밀한 계획을 세웠냐는 것이다.

"스왈츠라… 아는 이름이군."

중간중간 휴식을 취하긴 했어도 천 년의 세월을 살아온 크로키는 무가 스왈츠를 알고 있었다. 멸가한 줄 알았는데 남부 대륙에 있다 올라왔다 했다. 그런데 그들은 왜 앞장서서 공격을 했을까?

"설마, 둘이 손을 잡았나? 인간의 밑에 들어갈 엘프들이 아닌데… 엘프가 인간을 부려?"

얼토당토않은 소리다. 머리에 쥐가 나려 할 때 시종장이 한 장의 서찰을 들고 들어왔다.

"주인님, 스왈츠 가에서 보냈습니다."

"……!"

크로키는 불멸의 삶을 부여받은 이후로 이렇게 놀라본 적이 없는 듯했다. 공교롭게 거점이 공격을 받은 날 그에게 서찰을 보내지는 않았을 터, 그마저 파악하고 있었다.

"크크크……!"

살기가 물씬 풍기는 웃음이었다. 입술을 비집고 시퍼런 송곳니가 모습을 드러냈다.

"카카카! 그냥 넘길 일이 아니야. 끝을 보자고 하는구나! 좋다, 좋아! 무료한 시간, 피가 당기는구나!"

냉큼 서찰을 들어 한눈에 쭉 읽다가 더 볼 것도 없다는 듯이 집어 던졌다.

"뭐? 가문의 원수? 큭큭큭, 어디 잡아먹은 놈이 한둘이어야지. 그 안에 있었나 보군. 이것들은 알겠는데 다크 엘프는 도대체 뭐야! 젠장할! 궁에 들어간다. 입궐 준비를 서둘러라!"

스왈츠 가의 행보는 샤오스민들에게 충격과 환희를 안겨 주었다. 저 높은 궁궐 옆에 턱하니 서 있는 프라이스 교 교전은 도시 어디에서든 볼 수 있었다.

너무 높은 곳에 자리해서인가? 밑바닥은 잘 보이지 않았나 보다. 대도시에 뱀파이어가 버젓이 터전을 마련하고 인간과 같은 하늘 아래에서 피를 빨아 먹으며 살고 있었다.

여러 사람의 입을 거쳐 했다더라라고 듣는 것보다 직접 뱀파이어가 햇빛 아래 산화하는 모습을 본 사람들이 쏟아내는 이야기는 박진감이 넘치고 귀에 쏙쏙 들어오며 저도 모르게 그 안에 있었던 것처럼 흥분하게 마련이다.

과장에 과장이 붙어 스왈츠 가의 기사들이 저 높은 프라이스 교의 성기사들보다 더 성스럽고 멋진 천상의 기사들이 되어버렸다.

골목길에서 병정놀이를 하는 아이들에게 제후의 기사보다 이제는 스왈츠 가의 기사가 더 인기가 높을 정도였다.

귀족가의 빛에 가려 있었지만 백악어의 문장을 사용하는 용병단도 덩달아 이름을 높였다. 특히 거대한 석상을 보는 듯한 철가면의 거인은 강한 인상을 남겨주었다. 이후 그가 S급 용병이란 말이 돌기 시작하자 검을 든 자들의 관심이 집중되었다.

S급은 소드 마스터다. 대륙 전체 용병들 중에서 알려진 S급은 열 명이 채 되지 않았다. 새로운 강자의 등장이었고 검을 쫓는 사람들은 강자를 찾아 모여들게 마련이었다.

"하하, 오해이십니다. 저희 용병단의 단장님이 S급이시긴 합니다만 철가면을 쓰신 분은 그분의 아래이시죠. 제1대를 맡고 계신 대장님입니다."

"아아! 그렇습니까? 용병단에 소드 마스터가 계신 것도 대단한 일인데, 설마 했습니다. 두 분이나 있다 하니… 소문이 와전된 모양이군요."

"하하, 워낙 풍채가 대단하신 분이라… 솔직히 말씀드려 S급이신 단장님도 제1대장님한테만은 버거워하십니다. 들어서 아시겠지만, 앞에서 대장님을 보면 숨이 턱 막힙니다. 웬만큼 수련을 쌓지 않으면 검을 들 생각조차 하지 못하지요. 저희 용병단에서는 그분도 곧 지고한 경지에 오를 거라 생각합니다. 시간문제지요, 시간요.”

상인으로 보이는 사내가 마른침을 삼켰다. 이야기를 들을수록 이 용병은 맘에 드는 말만 골라서 한다.

“아아! 죄송한 말씀인데 당분간은 의뢰를 받지 않습니다. 스왈츠 가와 아직 계약 기간이 남아 있고, 마물을 없애는 일이 아닙니까? 이 아름다운 도시 샤오스에 단 한 마리의 뱀파이어도 없을 때까지 저흰 모든 힘을 다해 퇴치할 겁니다. 지금 용병을 모집하는 것은 일손이 부족해서…….”

용병단의 이름으로 통째로 빌린 여관의 문턱이 닳도록 사람들이 드나들었다. 의뢰를 하고자 하는 손님부터 명성을 듣고 용병이 되려고 찾아온 자들까지 끊이지 않았다.

아직 손님을 내보내지도 않았는데 문이 열리며 일단의 무리들이 들어왔다. 접수를 받는 사내는 우탕가에서 스왈츠의 병사로 훈련을 받았다. 전혀 위축되지 않았다.

“너희들 뭐냐?! 여기가 어디라고 함부로…….”

“우린 용병 길드에서 나왔다.”

“그래서?”

“이곳에서 영업을 하려면 우리에게 신고를 해야 하는데 너희… 크로커다일 용병단은…….”

“하하하!”

크게 웃어 젖히고는 접수원이 매섭게 쏘아보았다.

“우리가 남부에서 깃발을 올릴 때 그따위 소리를 지껄인 놈들은 하나도 없었다. 길드? 홍! 우리가 뱀파이어를 때려잡을 때 너흰 뭐 했는데 이제 와서 그따위 소릴 지껄여?”

“그게 그러니까…….”

“알았다. 내 단장님한테 말씀은 드려보마. 우리 단장님 성깔이 장난이 아니거든. 열받으시면 너희 길드를 박살 내버릴지도 몰라. 아니지, 철혈님이 나서도 너희는 다 죽어. 까불지 말고 돌아가 있어.”

“철혈?”

“철가면 쓰신 분. 피도 눈물도 없으신 분이거든.”

그 시각, 스왈츠 가 기사들이 있는 곳도 비슷한 상황이 전개되고 있었다. 길드가 아니라 성내 치안대에서 기사들이 왔다는 점이 달랐지만.

“궁실에 어떤 보고도 없이 외지에서 흘러온 기사들이 도심에서 격전을 치른 점은 심히 유감입니다. 마족을 섬멸했다는 이유는 존경받아 마땅하나, 법이란 게 있습니다. 제후님이 계신 곳에서 함부로 검을 뽑을 수는 없습니다. 가주님께서는 치안대로 가주셔야겠습니다.”

칸야가 느긋하게 물었다.

“잠시, 자네 이름이 뭐라고?”

“치안대의 기사 빅첩입니다.”

가장 먼저 움직이는 곳이 뱀파어들의 입김이 가장 강한 곳이라 생각했는데 우습게도 그곳이 치안대였다.

자치대의 성격이 강한 치안대는 제후 궁의 소속이 아니라 시장의 휘하다. 뱀파이어는 제후 궁뿐만 아니라 도시 전체에 깊숙이 뿌리를 내리고 있었다.

"그래, 빅첩, 자네 말이야. 우리 가문을 우습게보는군. 나 유진 그란델 콥⋯ 스왈츠가 그 정도 법도 몰랐겠나?"

당황한 빅첩이 급히 물었다.

"그 말씀은?"

"무적 제2군단을 맡고 계시는 위렌 공작 전하로부터 허락을 받았네. 그리고 이 전공은 그분의 덕이라고 봐도 무방하네. 내가 듣기론 치안대는 백작이 맡고 있다던데, 그 백작이 공작 전하를 능멸하려 들다니 우스운 일이군. 내 그냥 넘어가지는 않을 것이야."

위렌이라는 이름에 질겁한 기사들이 물러나자 칸야가 1골드를 찾았다.

"형님, 공작 이름을 써도 됩니까?"

"권력자 중에 백성들의 칭송을 싫어할 사람은 없어. 이 일로 위렌의 위상은 한층 높아진 거지. 네가 이곳에서 백작 위를 받기도 한결 수월해질 거고. 자자, 일을 벌였으니 이젠 공작을 찾아가 봐야겠지."

1골드가 나서자 칸야가 뒤따르면서 물었다.

"형님은 어떻게 그렇게 잘 아세요?"

둘이 거의 매일 붙어 있다시피 했는데 1골드가 경험이 많은 사람처럼 앞을 예견하고 척척 일을 풀어가자 의문이 들었다.

"응? 많이 알긴, 뭘. 그저 어깨너머로 보고 배운 거지."

아이온보다 수십 배는 복잡하고 인간들 간의 이해관계가 얽히고설킨 현대 사회에 살다 보면 알기 싫어도 알게 된다. 수많은 매스미디어에서 연일 정치, 경제, 사회 이야기를 쏟아내고 강대국들의 틈바구니에서 꿋꿋하게 버틴 모국의 역사도 있었고.

"칸야야, 사람이 살아봤자 얼마나 살겠니? 한 백 년 산다 쳐도 직접 경험하는 일은 미천하지. 그래서 책을 많이 읽으라는 거야. 책 속에는 선대의 경험과 지혜가 녹아 있잖아. 뭐, 역사는 반복된다는 말도 있고, 인간은 일정한 환경이 주어지면 비슷하게 행동하는 구석이 있거든."

칸야가 1골드를 아는 것은 정신을 차리고부터니 지금처럼 칼을 벗 삼아 살듯이 정우 때는 칼이 아니라 책이었다는 걸 모른다. 그런 의문이 든 건 당연한 일이었다.

칸야가 그라노프를 대동하고 공작가를 방문했을 때는 위렌 일파 최측근이 모여 있었다. 뜻밖에 일이 터져 그네들의 발걸음이 자연히 수장에게로 모인 것이다.

위렌은 과시라도 하려는 양 일파를 물리지 않고 칸야를 맞왔다.

"신 유진 스왈츠, 공작 전하의 명을 받아 샤오스를 종횡하던 악적 뱀파이어 일족을 섬멸했습니다."

예상치 못한 칸야의 발언에 위렌이 조금 눈을 치켜떴다가 커다랗게 고개를 끄덕였다. 스왈츠 가에서 공을 자신에게 밀어준다 여긴 것이다.

"오오! 수고하셨소. 내 그대의 전과를 방금 들었소이다, 유진 공. 그래, 피해는 입지 않으셨소?"

"전하의 은덕으로 큰 피해는 없었습니다. 다만 치안대에서 저를 소환하러 왔었습니다."

"치안대에서? 큭큭, 웃기는 작자들이로군. 신경 쓰지 마시오, 내 처리할 테니."

위렌이 그라노프에게 눈길을 돌리자 칸야가 나섰다.

"가문의 검술 스승님이신 그라노프님입니다."

"그라노프입니다."

"아시다시피 제가 검보다는 마법에 흥미가 있는지라 가문의 검술은 스승님께로 이어져 있습니다."

"오! 그렇소?"

위렌은 그라노프에게서 눈을 떼지 못했다. 그가 파악할 수 없는 인물이었다. 이는 자신보다 더한 강자거나 아예 검을 익히지 않았다는 말인데 검술 스승이라 했으니 소드 마스터란 이야기였다.

빙긋 웃은 위렌이 칸야에게 축하의 말을 전했다.

"드디어 스왈츠 가문의 숙원이 이루어진 것 같소이다. 축하하오. 저 그라노프 스승은 소드 마스터시구려. 이 위렌이 복이 있나 보오. 5써클의 젊은 마법사에 소드 마스터까지 얻게 되었소이다. 하하하!"

칸야의 존재를 몰랐던 측근들은 서로의 눈치만 봐야 했다. 시내에서 벌어진 일을 위렌 공작이 주도를 했고 한눈에 봐도 20대 초반 정도로 보이는 귀공자가 5써클의 고위 마법사인데다 그의 가문의 검술 스승이란 자는 소드 마스터라니.

"자자, 인사들 하시오. 여기 유진 공은 그 이름 높은 스왈츠 가의 가주시오. 저분은 가문의 검술 스승님이시고."

측근들과의 인사가 오가고 칸야가 말했다.

"앞으로 자주 뵐 듯합니다. 전하께서 유랑하는 우리 가문을 이곳에 정착해도 좋다고 허락을 해주셨습니다."

"하하하! 내가 고맙지. 요즘 불순한 놈들이 잔뜩 늘었는데 말이야. 천군만마를 얻었어. 그라노프 경, 언제 한번 가르침을 내려주시오."

"그러지요, 전하."

위렌은 도시민들이 이구동성으로 스왈츠 가를 칭송하는 것을 안다. 프라이스 교 교전을 내주어야 한다는 소리가 나올 정도로 대단했다. 번화가의 중심에 뱀파이어 소굴이 있었으니 백성들이 치가 떨릴 만도 했다.

그는 군부 출신이다. 무력이 있고 권력이 있었지만 단 하나, 백성들에게 신망을 얻지 못하고 있었다. 그런데 단숨에 역전시킬 만한 사건이 터진 것이다. 소드 마스터까지 동원해 도시에 기생하는 뱀파이어를 몰살하는데 그 배후에 위렌 공작가가 있었다. 생각만 해도 절로 기분이 좋아지는 일이었다.

측근을 물리고 칸야와 독대를 하는 자리였다.

"그 그라노프라는 친구?"

"전하의 생각이 맞으십니다. 다크 엘프의 수장입니다."

다 알게 할 필요는 없다. 드러난 것만 보여주면 된다.

"역시… 뱀파이어들은 완전히 몰아낸 것인가?"

"그 일 때문에 독대를 청한 것입니다. 원래 전하의 정적을 조사하다가 뱀파이어 일족이 끼어 있다는 사실을 알았습니다."

이미 경악할 만한 정보를 전해 받은 후였다.

"그런데 생각보다 뿌리가 깊습니다."

"얼마나?"

"그라노프님의 의견을 빌리면 제후 궁까지 이어진 듯 보입니다."

"허! 궁까지? 이거 상상 이상이군. 그래, 어찌할 생각인가?"

칸야가 속으로 웃었다. 주도권이 넘어온 것이다.

"제가 궁에 들어가 봐야 다음을 계획할 수 있을 것 같습니다."

"궁에?"

언젠가 제후에게 소개시켜 주어야 하지만 아직은 안심이 되지 않았다. 아직 확실히 자신의 편이라고 여길 만한 신뢰 관계를 쌓지 못했다. 제후가 채간다면 손해가 막심하다. 그의 마음을 알기라도 하듯 칸야가 말했다.

"다크 엘프도 그렇고 스왈츠 가도 한 번 입은 은혜는 절대 잊지 않습니다. 성이 바뀌지 않는 한."

믿음직한 소리에 머쓱한 미소를 지은 위렌이 호탕하게 웃었다.

샤오스에서 스왈츠 가의 등장은 충격적이면서 화려했다. 등장과 동시에 정계의 주목을 받았고 백성들의 호감을 얻었다. 이보다 좋은 시작은 없었다.

Chapter 6

제후 궁의 암운

제법 가파른 언덕길에 잘 닦여진 왕도(폭 24보)를 팔두마차가 천천히 오르고 있었다.

만유 왕국에서는 왕가만이 사용하는 팔두마차를 제국에서는 공작이 사용할 수 있었다. 단편적으로 양국의 국력 차이를 알 수 있었다.

"대단하군요. 멀리서 볼 때와는 차이가 많이 납니다."

칸야의 감탄에 위렌이 빙긋 웃었다.

"밀림에만 있었으니 궁전은 처음이겠군."

"예, 그렇습니다."

위렌은 스왈츠 가가 절치부심 가문의 부흥을 위해 에티우스에서 검을 닦은 것으로 알고 있었다. 그 와중에 다크 엘프와 인연을 맺은 것으로 말이다.

"제후 궁이라 해도 일 개 왕궁보다는 훨씬 크다네. 아마 제후님이 계시는 시네르아 대전(大殿) 하나만 하더라도 왕궁에 버금갈걸. 그 뒤에 중앙에 위치한 대전을 중심으로 열다섯 개의 별궁이 있다네. 다섯 명의 왕비님과 왕자 전하들이 머물고 계시지. 이 정도로 놀라지 말게, 황제궁은 이 두 배에 달한다네."

눈으로 보는 것만으로 그 크기가 다가오지 않았다. 제후 궁은 샤오스 중심에 서 있는 작은 산꼭대기를 깎아 성채를 올린 형태였다.

도시가 팽창함에 따라 궁전도 자연스레 커진 형태로 내성 전체가 궁전이 되어 있어 적어도 5천 명 이상의 인원이 상주할 규모는 되는 듯했다. 이 정도면 샤벨 시 전체 시민이 살고도 남을 것이다.

1골드가 뱀파이어 일족과 전면전을 벌인 후부터 가문의 기사들과 용병들은 대놓고 밤거리를 활보했다. 아직 그들과의 전쟁이 끝나지 않았다 여긴 도시민들은 숨을 죽였고, 그 시기가 길어지자 민심이 흉흉해졌다.

일 개 가문이 나서 도시의 밤을 지켜주는데 제후는 뭐 하나는 식이었으니 제후의 귀에 들어가지 않을 수가 없었다.

위렌이 망설이는 사이 제후에게서 먼저 스왈츠 가를 대동하고 입궐하라는 연락이 와서 유진의 이름으로 칸야가 제후를 만나러 가는 것이다.

궁전 안까지 마차를 타고 갈 수 없어 성문 앞에서 내려야 했다. 시네르아 지역의 핵심답게 병사 한 명 한 명의 몸가짐이 달랐다. 자신감이 넘치는 눈빛에 절도있는 동작이었다.

궁내 시종의 긴 호명 소리에 두 길은 넘는 거대한 대전 문이 열렸다.

위렌은 내심 대전의 규모에 칸야가 상당히 놀랄 거라 생각했지만 칸야는 그의 기대에 부흥하지 않았다. 인간의 건축물로는 대단히 크고 화려했으나 에티우스에서 머물던 레어에 비하면 한참 미치지 못했다.

대전은 양옆으로 여덟 개의 거대한 기둥이 높다란 천장을 받치는 형태였고 레어는 기둥 없이 둥근 형태를 유지했다. 건축술 수준이 다른 것이다.

말로만 듣던 헤르반 제후는 만무백관을 굽어보는 위치에 좌정하고 있었다. 얼굴이 잘 보이지 않을 정도로 높은 단상, 대충 계단이 오십여 개는 되는 듯했고 그 정점에 다섯 개의 태사의가 놓여 있었는데 중심에 왜소한 몸집의 사내가 제후다. 왼편으로는 왕후로 보이는 젊은 여인이, 오른편은 눈에 확 띄는 아름다움을 뽐내는 중년 여인이 있었다. 제후의 어머니인 대비인 듯했다.

제후가 막 성년이 되었다고 알고 있었는데 외모는 그보다 한참은 어리고 연약해 보였다.

전해져 오는 이야기에 따르면 역대 제후들은 기골이 장대하고 천생 무골들이라고 하였는데 지금의 모습으로는 전혀 그렇게 생각할 수 없었다.

그 이유는 전전전대 제후, 약 육십여 년 전부터 헤르반 가에 남자들에게만 전해지는 유전병이 생겼다. 사십을 넘기지 못하고 단명하는 것이다.

병이 생겨난 당시 제후가 워낙 색을 좋아해 정실만 열 명이 넘었고, 50명에 달하는 후궁을 두었다. 일각에서는 이 유전병이 성병의 일종이라 생각했으나 정확히 밝혀진 바는 없었다.

그래서 제후에게 몰려 있던 권력이 제후와 그의 여인들에게로 흘러들어 가 현재는 양분하고 있었다. 궁실 여인들의 수장인 왕의 증조할머니 대왕대비의 권력이 상상 이상이었다.

외적으로 제후를 만날 신분이 되지 못하는 1골드와 그라노프, 그리고 다크 엘프 프리스트 이반은 위렌의 수행원들과 함께 대전에 들지 못하고 대기실에 있었다.

'어떤가?'

듣는 귀가 있어 1골드가 이반에게 심언을 보냈다. 머릿속에 울리는 텔레파시의 일종이다. 이반은 마신 자바를 섬기는 신관으로 1골드가 특별히 궁궐로 데리고 들어왔다.

'죄송합니다, 주군. 아무런 기운도 감지하지 못했습니다.

제후를 좀 더 가까이서 본다면 모르겠으나 여기서는 도저히……'

1골드가 수긍을 표했다. 궁전을 제집 드나들 듯하는 프라이스 대주교구장도 있다. 그도 감지하지 못한 암운이다. 이반에게 큰 기대를 하지 않았지만 어떤 느낌이라도 받기를 원했었다.

1골드는 혹 제후가 뱀파이어가 아닐까 하는 의심을 하고 있었다. 그도 아니라면 분명 최측근 중에 하나일 것이다.

기습으로 샤오스의 밤을 지배하려는 의도는 성과를 일궜다. 하지만 그는 더 많은 것을 바랐다. 아버지의 염원인 스왈츠 가의 재건과 의도하지 않았지만 인연을 맺은 다크 엘프들의 생활 터전을 마련하는 것이다.

진출부터 부딪친 뱀파이어들을 놓아두고서는 뜻을 이룰 수 없다. 그들을 몰아내야지만 다크 엘프들이 치고 들어갈 자리가 생긴다. 사회 통념상 다크 엘프들은 태양 아래서 살기는 힘들기 때문이었다.

눈속임으로 귀를 가리고 있다 하더라도 무리수가 늘어나면 알아보는 자가 나타날 것이다. 뱀파이어처럼 그들도 어쩔 수 없이 인간 세상의 그림자로 숨어들어야 한다.

'뱀파이어라는 것들 상당히 귀찮군, 존재감을 찾을 수 없으니.'

'자연의 법칙을 따르지 않는 것들이라 그렇습니다.'

'그건 나도 알고. 혹, 십자가 같은 건 있나?'

'예? 십자가라니요?'

쓴웃음을 짓자 철가면 때문에 얼굴이 당겼지만 면역이 된 지도 한참이 지났다.

'신물(神物) 같은 거, 신의 힘이 담겨 뱀파이어들이 무서워하는 그런 물건.'

'신성력이 담긴 물품이 그런 효과를 내긴 합니다만 하찮은 것들이나 두려워하지, 뱀파이어 로드 정도 되면 주교와 대면하고 대화를 나눌 정도입니다.'

삐이꺽!

기다리기가 지루한지 1골드가 몸을 의자에 묻자 푹신한 소파가 비명 소리를 냈다. 입맛을 다신 그가 몸을 세웠다. 몸이 커도 불편한 게 한두 가지가 아니었다. 당장 육중한 무게를 견딜 만한 말도 찾기 힘들었다.

"에휴……!"

'이보게, 그라노프.'

'예, 주군.'

'자네라면 이 궁궐을 잠입할 수 있겠나?'

그라노프가 조금 궁리를 하는 듯하다 대답했다.

'가능할 것 같습니다만 목표가 어디인지…….'

'제후 침실.'

'불가능합니다. 저와 비교해도 뒤지지 않는 강자들이 적어

도 세 명은 있는 듯합니다.'

시네르아에 알려진 소드 마스터만 여섯이 있었다. 그중 둘은 항상 궁궐에 있다. 그중 하나는 근위 기사 대장과 부대장이다. 둘이 번갈아 가며 번을 서기에 적어도 한 명은 남아 있었다.

다른 한 명은 존재는 알려졌지만 누구인지는 모르는 로얄 가드, 제후 직속 경호대장이다. 위치상 소드 마스터 급이라 여길 뿐, 이름조차 알려지지 않았다.

나머지 한 명은 대마법사인 궁실 마법사다. 공식 석상에 얼굴을 내민 건 현 헤르반 제후의 즉위식이 있던 날이었다. 하지만 별궁 중 하나가 그의 거처란 건 잘 알려진 사실이었다.

이렇듯 강자들 속에서 뱀파이어가 숨어 있다면 그도 이들에 비해 뒤처지지 않는 강자던가, 알면서도 모른 척해주고 있는 것이다. 전자보다는 후자일 경우 일이 더 복잡해진다.

'아무리 생각해도 제후를 만날 방법이 없어. 칸야가 급속도로 제후와 가까워질 수 있을까?'

제후의 의중을 파악해야 하기에 그냥 만나는 것이 아니라 독대를 해야 한다.

'후후, 세상에 나오길 잘했어. 강자들이 바글바글하군. 아주 좋아!'

"흐음……!"

갑자기 침음성이 들리자 1골드가 이반을 돌아봤다.

'주군, 좀 전에는 마력만을 찾아서 느끼지 못했는데 미약하나마 정령의 냄새가 납니다.'

'정령? 어떤?'

'어둠 계열인데… 너무 미약해서. 혼돈? 공포? 죄송합니다. 확실하진 않습니다.'

'정령이 확실한가? 혹 몽마(夢魔)나 그 비슷한 놈들 아니야? 그것들은 령이면서도 몬스터라고 하던데.'

잠시 뜸을 들인 이반이 대답했다.

'흐음… 순수한 마가 아닙니다. 사가 느껴집니다. 주군의 말씀이 맞습니다. 뱀파이어 중에 사령(邪靈)을 다루는 놈이 있는 듯합니다. 사령을 다룬다면 로드 급입니다.'

'당연한 소릴. 정점에 있는 놈이 제후일지도 모르고 그에 준하는 권력자인데 하찮은 놈이겠나? 하아… 일족의 어른이라는 사람이… 반일족의 문제가 뭔지 아나? 숲에 틀어박혀서 외부와 벽을 쌓고 지내다 보니 사고가 너무 단순해. 생각의 폭을 넓히란 말이야. 세상은 너희들이 아는 것보다 훨씬 넓고 복잡하니까.'

이반은 얼굴을 붉혔다. 1골드보다 적어도 20배는 더 살아왔지만 손자뻘도 안 되는 그에게 훈계를 들어야 하는 처지였다. 하지만 틀린 말은 아니다.

사회 구성원이 천 명도 안 되는 작은 반일족 사회와 수억에 달하는 인간 세상은 엄청난 차이가 있다. 너무 단순한 사회에서만 지내다 보니 사고가 획일적인 면이 있었다.

'명심하겠습니다.'

1골드가 한숨을 쉬었다. 언제까지나 반일족과 함께할 수는 없다. 이상한 족쇄 때문에 그들의 자유를 억압할 수는 없는 일이다. 독립을 시켜야 하는데 가끔 보이는 면이 힘만 무식하게 센 1골드와 다를 바가 없었다.

그래서 더욱 친근하게 느껴지기도 했지만 말이다.

궁전에 든 첫날은 안면을 익히는 정도로 만족해야만 했다. 스왈츠 가의 가주가 제후를 대면했다는 의미는 있었다. 가문이 제후에게 인정을 받은 것으로, 샤오스 상류층에 편입함을 뜻한다.

위렌이 스왈츠 가문의 명성도 있고 공과도 있어 작위를 내리자는 안건을 상정했지만 좀 더 두고 보자는 의견이 미세한 차이로 앞서 보류가 되었다.

뱀파이어의 일만 없었으면 작위를 받았을 것이라는 게 위렌의 생각이었다. 그 일로 중립자적 입장을 표명하던 몇몇 귀족이 반대표를 던졌다. 변화를 싫어하는 기득권 층의 행태였다.

스왈츠 가가 위렌과 가깝다는 것을 모르는 귀족이 없었기에 위렌의 힘이 더 강해지기를 원치 않았기 때문이다. 물론 그 안에는 뱀파이어의 힘도 가세를 했을 것이다.

보이지 않는 뱀파이어와 반일족 간의 암투는 계속되었지

만 표면적으론 화끈한 등장과는 달리 스왈츠 가는 그 후로는
잠잠했다.

　달이 휘황청 밝은 날이었다.
　얇은 언덕에서 한 중년인이 원형으로 형성된 샤오스를 초
점없는 눈으로 바라보고 있었다.
　광대뼈가 드러난 마른 얼굴의 중년인은 전혀 감정이 담기
지 않은 표정으로 하염없이 그렇게 서 있었다. 한순간 감은
듯 떴던 실눈이 조금 커졌다.
　샤오스의 중심, 궁성에서부터 비상하는 야조를 보았기 때
문이다. 수직으로 튀어 오른다 싶더니 허공의 한 점에서 마치
약속이라도 한 듯이 정확히 일직선으로 중년인을 향해 쏘아
왔다.
　평범한 인간이었으면 보이지도 않을 먼 거리를 중년인은
코앞의 일처럼 한순간도 놓치지 않고 지켜봤다.
　"역시 대단하다. 같은 대마법사도 차이는 있구나. 아직도
멀었어."
　유성의 꼬리 같은 잔영이 순식간에 사라지고 사람의 형체
를 잡아갔다. 많이 봐줘야 40대 초반 정도로 보이는 사내가
봄멜과 열 보 정도의 거리를 두고 내려섰다.
　그 둘은 말없이 탐색하듯 서로를 훑어보았다. 먼저 봄멜이
허리를 숙였다.

"처음 뵙겠습니다. 아트랄의 마나를 따르는 엘 카 보몬트 메른이라 합니다. 봄멜이라 불러주십시오. 초면에 실례를 범한 것 같아 죄송합니다."

"별말씀을. 실례라니요? 무료하던 참이었습니다. 불러주셔서 영광입니다. 키바브리카의 레티아입니다. 그런데… 제가 보기엔 경지에 다다르신 것 같습니다만, 목숨을 걸어야 한다는 걸 알고 계십니까?"

봄멜은 레티아를 부르기 위해 마나를 움직였다. 일정한 형식의 응집으로 신호를 보낸 것으로 마법사 간의 결투를 신청하는 방식이었다.

레티아는 대마법사에 오른 지 한 세대에 가까운 인물이었다. 결투 신호를 받아본 지도 거의 반백 년이나 흘렀다. 처음엔 웃어넘겼는데 점차 신호를 보내는 마나의 크기와 속도가 무시하지 못할 정도로 변해 호기심 반 진심 반을 담아 부리나케 달려온 것이다.

역시나 예상은 틀리지 않았다. 상대는 같은 대마법사에 오른 강자였다. 둘이 진심을 담아 싸우면 한쪽은 죽을 수밖에 없다, 봐주다간 그의 목숨을 보장할 수 없는 상대이므로.

"알고 있습니다."

대답과 동시에 레티아의 주위에서 무섭게 마나가 휘몰아쳤다. 그의 감정이 영향을 미친 것이다.

"하하하! 경지에 오른 일은 감축드려야 되지만, 7써클의 벽이 전부는 아닙니다.”

“각오하고 있습니다. 그전에 한 가지 드릴 말씀이 있고, 또한 긴히 여쭈어볼 말씀도 있습니다.”

“말해보십시오.”

“궁성에 뱀파이어가 기생하고 있다는 사실을 알고 계십니까?”

한참을 질문의 의도를 파악하려 봄멜을 뚫어지게 쳐다보다 레티아가 기세를 풀었다. 폭풍을 만난 듯 미친 듯이 요동치던 마나들이 언제 그랬냐는 듯 잠잠해졌다.

“그 때문입니까?”

“알고… 계셨습니까?”

“드릴 말씀이 없습니다. 제가 오해를 한 것 같군요. 전 이만 물러가겠습니다.”

레티아가 침통한 표정으로 몸을 돌려 사라지려고 하자 눈 깜짝할 사이에 봄멜이 그의 앞을 막아섰다.

“…블랙 위저드였나요?”

“드릴 말씀이 그것이었습니다. 예, 저는 블랙 위저드 출신입니다.”

레티아의 눈빛이 무겁게 가라앉았다. 기사보다 더 전투를 잘 아는 블랙 위저드다. 만약 둘이 싸운다면 승패는 7대 3에서 5대 5가 된다. 그만큼 블랙 위저드는 무서웠다.

“그대의 노고에 존경을 표합니다, 블랙 위저드 출신으로 대마법사의 경지에 오르시다니."

마법의 역사를 통틀어 봐도 몇 명되지 않았다. 일생을 마법만 파도 오르지 못하는 경지를 앞의 인물은 전투 마법사로서 엄청난 일을 해낸 것이다.

"레티아님, 제후가 뱀파이어가 되었습니까? 그래서 참고 계신 겁니까?"

"……"

"성내에 다크 엘프가 들어온 건 알고 계십니까?"

"…마력이 강성해진 건 느꼈습니다. 그게 다크 엘프 때문이었군요."

"뱀파이어와 다크 엘프는 좋은 상대입니다. 제 사견으론 다크 엘프가 낫지 않나 싶습니다."

레티아가 눈을 부릅떴다.

"그대… 아닌데, 마신의 힘은 느껴지지 않는데? 어떻게 백마법사가 다크 엘프를 움직이는 겁니까?"

짧은 순간 봄멜이 흑마법사가 아닐까 하는 의심이 들었다.

"레티아님, 그보다 제후가 뱀파이어입니까?"

"그건 아닙니다."

"그럼 누가?"

"한 가지씩."

고개를 끄덕인 봄멜이 손을 휘젓자 널찍한 바위가 두 개와 날아왔다. 둘이 바위에 걸터앉았다. 대화가 길어질 것 같았다.

봄멜이 먼저 입을 떼었다.

"다크 엘프는 반일족으로 제 제자의 수하들입니다. 아아! 제자는 인간입니다."

"현재 궁의 절반을 뱀파이어가 장악하고 있습니다. 제후는 뱀파이어가 아닙니다."

"저희는 뱀파이어를 없애려 합니다."

"…그렇게 되면 제가 나설 수밖에 없습니다. 게다가 상당 수의 근위 기사들과도 격전을 치러야 할 겁니다."

"이제는 알고 계시죠? 저희와 맞서신다면 레티아님은 이곳에서 살아나가실 수 없다는 것을."

레티아가 고개를 끄덕였다. 적대한다는 말을 하자 소드 마스터 급의 기세가 두 군데서 피어올랐다. 자신을 눈을 속였으니 다크 엘프일 것이다.

이 정도 전력일 거라고는 생각지도 못했다. 제국의 공작도 이들에게 미치지 못한다.

기세를 피웠으니 더 이상 숨어 있을 필요가 없다는 듯이 두 인영이 허깨비처럼 나타났다. 1골드와 그라노프였다.

"마검사?"

1골드가 정중히 허리를 숙였다.

"아트랄의 마나를 따르는 1골드입니다. 불쾌하셨다면 사죄드립니다. 다만 저희는 뱀파이어 일족과 같은 하늘 아래 살

수 없는 처지라 무례를 범했습니다."

"그대들, 스왈츠 가와······."

"같은 목적으로 손을 잡았을 뿐입니다. 저는 뱀파이어만 정리하면 샤오스를 떠날 겁니다."

뱀파이어를 정리하고 이후를 생각한 답변이었다. 한 가문이 너무 큰 세력을 형성하면 견제를 받게 마련이다.

"스왈츠 가의 가주도 마법사라 하던데?"

그러자 봄멜이 대답했다.

"타룰이라는 마법사가 스승입니다."

"아! 타룰, 알라모의. 훌륭한 제자를 키웠구려."

봄멜의 임기응변이었다. 그도 1골드가 떠난다는 말을 꺼낼 줄은 몰랐다.

1골드가 용병단을 만든 게 스왈츠 가와 분리하기 위한 과정이었다. 그가 말했다.

"도심에 숨겨진 세력은 이미 제거했습니다. 또한 크로키 백작이 뱀파이어로 손발 노릇을 한 것도 압니다. 제후 궁과 이어진 배후만 모르고 있습니다. 말씀해 주실 수 있겠습니까?"

대마법사와 소드 마스터 둘이면, 레티아가 저울질을 하고 있는데 1골드의 말이 이어졌다.

"궁전에서 사령(邪靈)의 기운을 읽었습니다. 제 생각엔 헤르반 제후들이 단명하는 것과 분명 연관이 있습니다. 실례되는 말씀이지만 일설에 의하면 헤르반 제후들이 성병과 관련 된 것 같다는 말이 돕니다."

"크흥… 성병은 아니네만, 정력이 고갈되어 죽긴 하네."

"다크 엘프들의 말에 의하면 사령 중에 남자의 정액을 훔 치는 놈들이 있다 합니다."

"…서큐버스(Succubus)?"

"그렇습니다. 인간들은 몬스터라 하는데 다크 엘프들은 악 마 아포피스의 추종자인 악신이자 물질계에서는 사령이라 합 니다. 호칭이야 상관이 없고, 뱀파이어가 서큐버스를 조종해 제후의 정을 빨아들일 가능성이 있습니다."

레티아가 고개를 끄덕였다. 여태 들어본 이유 중에서 가장 타당성이 높았다. 눈에 보이지 않는 령의 일종이니 신관들도 그의 눈도 피한 것이다.

또한 서큐버스는 꿈을 통해 잠입한다고 전해진다. 아무리 대마법사라도 꿈까지는 통제할 수 없다. 그가 제후를 지키지 못한 이유를 알 것 같았다, 정령과 친화력이 높은 엘프니 발 견했을 테고.

마음이 급격히 기울어졌다. 저들이라면…….

"나도 한 가지만 묻겠네."

"말씀하십시오."

"다른 사심은 없는 것인가?"

"있습니다."

레티아의 눈썹이 역팔자로 휘어졌다. 역시 다크 엘프였다.

"반일족을, 다크 엘프를 암묵적으로 인정해 주십시오. 뱀파이어가 해왔던 일들을 그대로 수행할 수도 있습니다. 제후께 반하는 자를 제거하는 일을 말입니다."

"후후, 제후님은 모르시는 일이네. 그건 그렇고, 정말 그것밖에 없나?"

"엘프는 권력욕이 없습니다. 전장의 선봉에 세워주면 만세를 부를 위인들입니다. 파괴니 공포니 따위를 생각지 마시고 천생 무인이라 여겨주십시오. 물론 뱀파이어처럼 인간의 피를 마시지도 않습니다."

다크 엘프라 하면 살육과 파괴를 떠올린다. 이는 전장의 모습이다. 1골드의 그런 뜻을 레티아는 이해했다. 평화 시에 좀이 쑤시는 무인들과 다르지 않다고 말을 하고 있는 것이다.

"좋네. 뱀파이어 로드는 제후의 증조할머니라네, 대왕대비."

"흐음……!"

좌중이 쥐 죽은 듯 조용해졌다. 대왕대비라니……. 뱀파이어가 자식을 낳을 수는 없으니 친증조할머니는 아닐 테니지만 그래도 충격이었다.

"전전전대 제후님의 비가 모두 60명이 넘었지. 그중에 로드가 끼어들었던 거야. 후후, 아무도 몰랐다네. 인간과 조금도 다르지 않았거든. 신관들도 눈치를 못 챘는데 누가 알았겠나? 나도 이십 년 전쯤인가 이상하다 생각만 했지, 뱀파이어라고는 상상도 못했다네.”

“그럼 언제 아셨습니까?”

레티아가 긴 한숨을 쉬었다.

“전대 제후께서 또 마흔을 넘기지 못하고 돌아가셨네. 그때부터 난 제후님 옆에서 살기로 맹세를 했다네. 어떻게 하든 지키려고 말이야. 그랬는데, 즉위식 날 날 찾아와 떠나라고 하더군. 그때야 알았다네. 그년이 뭔가 수작을 부리고 있는 거라고. 두 눈 딱 감고 공격을 했는데 웬걸? 내가 죽을 뻔했다네. 이후에 제후를 보호하고 세력을 모으려 했으나 실패했지. 본신 실력도 대단한데 반백 년이 넘는 시기에 요소요소에 제 사람을 심어놨어. 내가 은거에 들어갔다고들 하는데 실제는 더 이상의 세력 확장을 막고 있었던 거야.”

권력이 제후와 대왕대비로 양분된 이유였다.

“그년이 제후와 후계자들을 볼모로 잡고 있어 외부 세력을 끌어들일 수도 없었다네. 그리고 지금 자네들이 나타난 거야. 원하는 대답이 되었나?”

1골드가 깊숙이 허리를 숙였다.

“고생하셨습니다.”

“후후, 고생은 뭘. 자, 이제 알았으니 어떻게 할 텐가? 대왕대비를 칠 텐가? 십만 대군이 와도 샤오스 성을 함락하기가 쉽지 않아.”

"머리만 치면 됩니다."

"풋! 몰라서 이런 소리를 하겠나? 그년을 치려 생각만 해도 반역이네."

"그럼 마법사님께서 반역자가 되어주십시오."

"뭐라?! 으하하하하!"

무엇이 그리 통쾌한지 한참을 목이 터져라 웃은 레티아가 봄멜을 쳐다보았다.

"그대 봄멜이라 하셨소?"

"그렇습니다."

"당신은 복이 많은 사람이오. 이 거래는 성사되었소. 내 생각도 뱀파이어보다는 다크 엘프가 나은 것 같소. 게다가 인간이 수장이라 더 마음이 놓이고. 의미없는 살육은 벌이지 않을 것 같으니."

그들이 정식으로 인사를 나누었다. 한 배를 탄 동지로서의 예의다.

"아참, 그리고 거절을 했어도 난 여기서 살아 나갈 수 있소이다. 소개시켜 드리지요. 로얄가드의 대장이십니다."

그들의 시선이 일제히 언덕 아래로 향했다. 수풀이 흔들리며 야행복을 입은 중키의 사내가 천천히 걸어나왔다. 얼굴은 가려 있었으나 보이는 눈빛만은 날카로웠다.

"이름을 밝히지 못하는 점 이해해 주시오. 나조차도 모르니 말이오. 헤르반 제후의 수호 가신 정도로만 알아두시오."

레티아는 제후를 보호하기 위해 로얄가드와 손은 잡은 상태였다. 로얄가드라는 사내, 외적으로 드러나 기세가 1골드보다는 우위에 있는 듯했고, 그라노프와 비교해도 손색이 없었다.

"자, 이제 서로 다 모인 듯하니, 이야기를 해봅시다."

같은 시각, 샤오스 외곽의 장원이었다.

장원은 일종의 집단 농장으로 지방에서는 농노를 선호하는 반면 대도시 근방은 도시의 빈민을 고용해 운영한다.

경작물의 순환이 빠른 야채류를 경작하기에 인부의 수가 탄력적으로 움직이기 때문이기도 했고, 도시는 평민이 압도적인 수를 차지한다. 하지만 빚에 쪼들려 농노로 팔려 가는 도시민도 많았다.

장원에 귀속된 농노들은 남녀로 분리해 놓은 합숙소에서 지친 육신을 눕히고 시내에 집에 있는 빈민들은 출퇴근을 한다.

농노와 관리자만 있는 평범하기 그지없는 이 장원에 그림자가 드리워졌다.

십여 개의 신형이 삐쭉한 이를 드러내고 담조차 없는 장원을 급습한 것이다. 경비병이 있어도 무용지물이니 잠에 취한 장원이 피로 물든 건 순식간이었다.

"크르르……!"

"이빨 집어넣어! 시간이 없다, 빨리!"

아쉬운 듯 입맛을 다시는 놈들을 재촉한 후 피바람이 장원을 벗어났다.

채소밭을 지나 반 시간 정도 가자 무인도처럼 떠 있는 또 다른 장원이 모습을 드러냈다.

"이빨 박아 넣는 놈은 내 손에 죽는다! 칼로 목을 베. 이 일만 끝나면 싱싱한 피를 마음껏 마시게 해주겠다."

코끝을 실룩한 뱀파이어들이 아쉬움을 달래며 장원으로 스며들어 갔다.

칠 곳은 단 세 곳이다. 남녀 합숙사와 관리자들이 머무는 숙소. 첫 번째는 남자 농노들의 숙소다. 긴 침상에 일렬로 쭉 누워 있는 먹잇감들이 세상모르고 잠에 취해 있었다.

그냥 살짝 목을 틀어 정맥에 이를 박아 넣으면 마약과도 같은 신선한 피를 원하는 만큼 마실 수 있는데…….

본능이 명령을 무시하라고 보챈다. 하지만 주인의 명을 거역할 수는 없다. 그에게 불멸의 삶을 불어 넣어준 주인이니까.

벌렁거리는 코를 막고 빠질 듯 솟아나는 송곳니를 밀어 넣었다. 저런 인간을 죽이는 것은 일도 아니다. 그냥 칼을 목에 대고 쭉 밀고 올라가면 끝나는 아주 간단한 일이었다.

첫 번째 놈.

서걱!

짙은 피 향이 코를 간질였다. 아! 저 아까운 피를 버려야 하다니. 피 냄새를 맡자 머리가 어지러웠다. 바닥에 달라붙은 다리를 억지로 떼내고 한없이 연약해 보이는 목을 또다시 그었다.

쾅!
"도대체 교단에서는 무엇을 하시는 거죠!"
날카로운 고음이 공기를 베는 듯했다. 태사의만큼이나 화려한 의자에 앉은 중년 미부다. 그녀보다 한참이나 나이가 많은 듯한 노인이 쩔쩔맸다.
"대왕대비 마마, 저희도 노력을……."
"홍! 전 백성을 공포에 몰아넣은 뱀파이어 사건도 아직 수습이 되지 않았는데 이번에 다크 엘프라니, 이게 말이 된다고 생각하시나요?"
"아니, 그게 아직 저희도 조사를……."
"시끄러워요! 당신들이 시원치 않아 내가 직접 알아본 바요. 내가 틀렸다고 말을 하는 건가요? 감히 나한테!"
대왕대비의 서슬 퍼런 기세에 샤오스의 대주교구장 지노는 목을 움츠릴 뿐 아무런 대꾸도 하지 못했다. 마의 종자들이 설치면 당연히 비난은 교단에게 쏟아진다.
도심에서 뱀파이어 소굴이 발견되더니 이제는 도시 외곽 장원들에서 농노들이 떼죽음을 당했다. 근자에 들어 시네르아 지역 일대에 다크 엘프들이 출몰한다는 비공식 보고가 있었다.

저 늙지도 않는 대왕대비는 그 정보를 알고 있는 것이다. 이유없이 장원을 습격해 농노만 죽이고 갈 인간은 없다. 이런 일은 대부분 마족의 소행이다. 아니, 교단에서 그렇게 여기고 일 처리를 했다. 백성들이 공포에 떨면 교단을 더욱 찾게 되니까.

"만약 이번 일을 그냥 넘어가면 교에 대한 지원을 모두 끊겠어요. 마족이 설치도록 방관하는 교를 누가 따르겠어요. 근위대와 함께 전 신관을 풀어 도시를 샅샅이 수색하세요. 그래도 색출하지 못하면 내 직접 주교께 당신의 무능을 고하겠어요."

어깨를 축 늘어뜨린 지노가 나자가 대왕대비가 한편을 돌아보았다.

"교단에 다크 엘프에 대한 정보를 넘기도록 해."

"이미 넘겼습니다, 벨제르님."

벽이 갈라지며 창백한 안색의 크로키가 몸을 드러냈다.

벨제르의 뒤에 시립한 그가 물었다.

"신관들을 끌어들이면 우리도 타격을 입을 텐데, 괜찮습니까?"

"잡것들이 너무 많아. 한 번은 정리가 필요하기도 했어. 그리고 우리 일족이 되고 싶다는 추종자들이 넘쳐 나기도 하고,

이 기회에 물량도 확보해 놓고 나쁘지 않아."

"아! 그런 생각을 하셨군요. 그런데 애쉬(Ash) 공급은 순수 혈통이 달리는데……."

애쉬는 뱀파이어의 재로 만든 일종의 마약으로 인간 추종자를 만드는 수단으로 사용한다. 약재로 쓰이는 양귀비(The Poppy)보다 중독성이 최소 두 배는 강한데, 원료가 되는 뱀파이어의 혈통에 따라 약효에 많은 차이가 있다.

벨제르가 매혹적인 미소를 흘리며 쳐다보자 크로키가 흠칫했다. 그는 미소 속의 잔인함을 누구보다 더 잘 알고 있었다.

"왜? 사는 게 지겨워졌어? 네놈이 솔선수범하겠다면 나도 아쉬울 건 없어. 죽여주리?"

"아, 아닙니다, 퀸이시여. 제가 실언을 했습니다. 한 번만 용서해 주십시오."

"훗! 네놈은 플루드 공작 부인한테 고맙다고 해라."

크로키가 공작 부인과 밀월 관계를 맺고 있어 살려준다는 의미였다.

"그년 작업은 어느 정도 진행했어?"

"후후후, 제 말이라면 백주 대낮에 알몸으로 뛰어다닐 정도입니다. 요즘 들어 피를 갈구하는 모습도 나타나기 시작했습니다."

쾌락을 찾아 애쉬에 빠져들면 마약 중독 현상과 비슷한 단계를 밟게 되지만 몇 가지 차이점이 있다. 원재료의 영향으로 밤을 좋아한다든지, 생고기가 입맛에 맞게 되고 더 나아가 원초적으로 피를 갈망하는 뱀파이어적 성향을 보인다.

이 단계에 근접하면 뱀파이어들은 선택을 한다. 일족에 도움이 되면 불사의 생명을 부여하고 아니면 먹잇감으로 전락을 하는 것이다.

"좀 더 속도로 내도록 해."

"예, 퀸님. 투입량을 늘리라고 하겠습니다."

크로키는 공작 부인을 유혹하고 마약의 노예로 만들었다. 이후 그녀를 시켜 플루드 공작에게 마수를 펼치고 있었다. 플루드가 모르게 음식물 등에 소량의 애쉬를 투여하고 있는 중이었다.

"너무 신중을 기했어. 벌써 시네르아를 장악했어야 했는데… 레티아 그놈만 아니었으면, 뼈를 갈아 마셔도 시원치 않을 마법사 놈."

레티아를 떠올리자 절로 이가 갈렸다. 반백 년에 걸친 완벽한 계획이었다. 여자라면 눈이 뒤집히는 제후에게 선택받는 일은 쉬웠다. 뱀파이어 퀸 벨제르의 육감적인 몸매와 미모는 엘프라고 해도 믿을 정도였으니까.

궁에 들어온 벨제르는 서두르지 않았다. 제후의 총애를 받는 비였지만 전혀 권력을 남용하는 등의 눈에 띄는 행동을 하지 않았다. 오히려 다소곳한 현모양처였다.

그 당시 궁에 60명이 넘는 비가 있었다. 제후와 단 한 번 잠자리를 가진 비도 있어 제후의 관심이 멀어진 그녀들은 궁에 있는지 없는지조차 모르는 존재가 되어 있었다.

벨제르는 그녀들을 노렸다. 포섭 아니면 제거였다. 제후를 성의 노예로 만들어 버린 상태라 벨제르의 말이라면 하늘이 땅이라고 해도 믿었다.

비를 상대로 음탕한 소문이 나도는 것은 어느 궁실이라도 마찬가지다. 제후가 잊어버린 외로운 비와 건장한 기사라면 조건이 충분히 갖추어졌다. 이때 백성들은 성벽에 걸린 비와 기사의 머리를 볼 수 있었다.

그렇게 10년이 지나자 폐위된 비가 반수가 넘을 정도였고, 벨제르에게 반기를 들 여인은 별궁에 없었다. 제후의 총애를 받는 무소불위의 권력을 가진 상태였으나 겉보기에 그녀는 더욱 조신하게 행동했다.

신하들 또한 비의 수가 대폭 감소하자 오히려 환영했다. 그만큼 재정적 부담을 덜었고 색에 빠진 제후라는 소문이 주춤했기 때문이었다.

왕비가 알 수 없는 병에 걸려 1년여간의 투병 세월 끝에 서거를 하자 당연하다는 듯이 벨제르가 그 자리를 차지했다.

별궁은 이미 장악한 상태였다. 이제는 제후 궁이다. 그녀가 자식을 낳을 수 있었다면 훨씬 손쉬운 일이었으나 자연의 법칙에 따르면 존재하지 말아야 하는 뱀파이어였다.

제후의 권력을 감소시키는 방법은 힘없는 군주를 만드는 것이다. 잦은 권력자의 교체, 이때부터 제후들에게 유전병이 생겨났다. 나이 마흔을 못 넘기고 제후가 죽자 권력이 모일 틈 없이 흩어지고 그 틈을 파고든 것이다.

계획대로 잘나가다 벽에 부딪쳤다. 레티아라는 큰 벽이었다. 그녀가 권력을 독점하기 위한 수순이 끝나려는 시점에 레티아가 인간을 초월한 대마법사의 경지에 올랐다. 대마법사의 탄생, 변수가 생긴 것이다.

다 차려놓은 밥상에 레티아가 재를 뿌렸다. 화가 치밀어 오른 그녀는 강수를 두었다. 떠나지 않으면 죽이기로. 뱀파이어 퀸, 자신의 힘을 믿었다. 하지만 과신이었다. 죽일 순 있으나 도망치면 잡기도 힘들었다. 결국 레티아는 도망을 쳤고 다음 날 아무 일도 없었다는 듯이 나타났다.

이후로 레티아를 죽일 기회를 노렸으나 역시 대마법사, 기회를 잡지 못하고 암투 속에서 신경전만 벌이며 덧없이 시간이 흘렀다.

"어머니, 근위 기사단에 명령을 전달했어요."

벨제르와 비슷한 연배로 보이는 왕의 할머니, 왕대비가 들어섰다.

"딸아, 왔느냐. 그래, 수고했다."

크로키가 고개를 숙였는데 왕대비라서가 아니었다. 혈통상 벨제르에게 종속된 왕대비가 그보다 더한 순혈이었는데,

로드나 로드 퀸들에게 직접 불사를 부여받았기 때문이다.

혈관을 휘도는 뱀파이어의 피가 순혈일수록 햇빛도, 신성력도 두려워하지 않게 된다. 여기에 세월이 더해져 인간의 피를 먹은 양이 많아질수록 더한 힘을 얻게 되는 것이다.

영원한 젊음은 여인들의 소망, 벨제르는 별궁을 젊음을 바라는 탐욕으로 비교적 손쉽게 장악했다.

차착!

"못 들어간다."

아이온 골렘을 연상시키는 거한 둘이서 언월도와 같은 대도를 교차시켜 앞을 막아섰다.

반월형의 곡도로 검 폭이 한 뼘은 되고 그 길이가 투 핸드 소드에 버금간다. 마상용 대도, 시커먼 피부, 거한, 아즈빌 인을 나타내 주는 증표였다.

먼지 하나 묻지 않은 백의 망토를 걸친 미청년의 얼굴이 구겨졌다.

"감히! 문지기 따위가 누굴 막아서는 거냐? 네 눈엔 이 브론즈가 보이지 않느냐? 죽고 싶은 게로구나."

브론즈는 프라이스 교를 나타내는 성물로 소용돌이치는 구름을 형상화한 듯한 모양이었다. 다신교인 프라이스에서 신 중의 신 천제 아레스가 세상을 만들어냈다는 생명의 바다를 나타내는 문장이었다.

"난 위대한 전사의 피를 잇는 아즈빌이다. 브론즈로 따위로 굽히지 않는다."

"뭣이! 이노오옴! 신벌이 두렵지도 않느냐!"

"신벌? 홍! 난 프라이스 교도도 아니다. 너희 신을 두려워할 이유가 없다. 들어가고 싶으면 무기를 풀고 안에서 기별이 올 때까지 기다려."

스왈츠 가가 위렌 공작으로부터 편의를 제공받아 묵고 있는 저택 정문이었다. 일단의 성기사와 근위대가 몰려들어 들어가려 했으나 완강한 저지를 받고 있었다.

아무리 성기사라도 위렌 공작 령에서, 그것도 아즈빌 인에게 함부로 칼을 휘두를 순 없었다. 위렌은 모든 아즈빌 인을 수족처럼 부릴 수 있는 위치에 있었고 2만에 달하는 정예 제2군단의 군수 통수권자였다.

"난 근위 기사단의 마샤다. 스왈츠 가의 가주님을 뵙고 물어볼 일이 있어 왔다. 길을 비켜라!"

"누구의 명입니까? 제후님의 명이라면 길을 열겠습니다. 아니면 무기를 해제하고 기다리십시오."

마샤의 미간이 꿈틀했다. 제후 궁과 별궁과의 권력 구도를 모르지 않는다. 스왈츠 가를 제쳐 두고 위렌이 제후 편에 섰다는 말이다.

마샤의 눈에 붉은 기가 감돌았다. 그는 뱀파이어의 추종자다. 앞의 놈들은 적이다. 순간 망설임이 일었으나 치솟는 살기에 저도 모르게 검병을 잡아갔다.

"갈!"

호통에 이어 그와는 비교도 안 되는 살기가 뻗어왔다. 검병을 잡아가는 손이 딱 멈추었다. 잡으면 죽을 것 같았기 때문이다.

고르고 골라 세워놓은 수문장들에 버금가는 덩치가 저택에서 걸어왔다. 살기의 근원지였다.

"그라노프님을 뵈옵니다!"

마샤의 몽롱한 정신을 일깨워 주는 소리였다. 그라노프라면 새로 등장한 소드 마스터다. 바짝 긴장한 마샤의 등에 식은땀이 흘렀다.

그라노프가 턱을 치켜들고 신관들을 위협적으로 내려다보았다. 다크 엘프와 신관의 대면이다.

"뭔가?"

얼굴에 분이라도 바른 듯 허연 피부에 말끔한 인상의 신관이 나섰는데, 제법 풍기는 신성력이 상당했다. 고위직에 오른 신관인 듯했다.

"아! 그대가 소드 마스터라는 그분이구려. 나는 프라이스교 샤오스 대교구의 교구장 중의 한 명인 다나니요."

교단은 교역의 크기에 따라 대주교구, 주교구, 교구로 나눈다. 프라이스의 경우 3대 지역에 대주교구장을 한 명씩 두었고 그들의 위로는 수도에 있는 주교인 교황이 있었다.

교구장급 이상이면 고위 신관이다.

고위 신관을 앞에 두고도 그라노프는 귀찮다는 듯이 물었다.

"무슨 일이오? 지금 기사들 훈련 시간이라 시간을 지체할 수 없소."

"크흠… 장원들이 다크 엘프들에게 습격받았다는 것을 알고 계실 거요."

"그런데?"

"별궁에 투서가 들어왔소. 다크 엘프 일부가 이쪽으로 숨어들었다 하오. 우리가 나서서 조사를……."

"별 시답잖은… 쯧쯧쯧, 할 일들이 없으신가 보오. 여기서 이럴 시간 있으면 성내나 한 번 더 돌아보시오. 저택엔 개미 새끼 한 마리 들어온 적이 없으니."

다나니는 물러설 수가 없었다. 단단히 주의를 듣고 온 것이다.

"확실한 정보요. 우린 엄명을 받고 왔소. 저택을 조사해 봐야겠소이다."

피식 웃은 그라노프가 그들을 훑어보았다.

"그대들… 나를 넘고 들어갈 자가 있는가?"

순간 주변 공기가 마치 진득한 젤처럼 변했다. 마샤를 비롯한 근위 기사는 물론 고위 신관이라 머리를 빳빳이 들고 있던 다나니까지 숨이 턱 막혔다.

“이, 이게… 무, 무슨… 커헉!”

소드 마스터, 소드 마스터 했다. 직접 만나본 적도 많았다. 하지만 다나니는 이런 기세를 맞대어보기는 처음이었다. 이는 기사들도 마찬가지였다. 살의를 담은 기세만으로도 사람을 죽일 수 있다더니 허언이 아니었다.

털썩!

마샤가 의지와는 상관없이 한쪽 무릎을 꿇었다. 소드 마스터 간에도 차이가 있다더니 이 그라노프라는 사내는 그의 상관인 근위대 부단장보다 한 수 이상의 강자였다.

“죄… 송… 허억!”

마샤가 사죄를 표하자마자 언제 그랬냐는 식으로 옥죄어오던 기운이 순식간에 사라졌다.

그라노프가 뒷짐을 지고는 몸을 반쯤 틀어 의미없이 한곳을 주시했다.

“내 말뜻을 이해했나? 내가 있는 곳에 침입자는 있을 수 없다. 돌아가라. 정 이곳을 수색하고 싶다면 제후의 인장을 받아 와야 할 거다.”

말을 잠시 멈춘 그라노프가 다나니를 매섭게 쏘아보았다.

“기껏 뱀파이어 소굴을 토벌해 주었더니 교단에서 우리에게 이렇게 나온단 말이오? 심히 섭하오. 가는 길은 배웅하지 않겠소. 잘들 가시오.”

휑하니 몸을 돌려 그라노프가 사라지자 그들은 망연한 시선으로 뒤를 좇을 뿐이었다.

"뭐였나?"

"살의가 담긴 투기였습니다."

1골드가 고개를 작게 끄덕였다. 천성이 피를 보기 좋아하는 다크 엘프가 소드 마스터 급의 기세까지 실어 보냈으니 웬만한 인간은 오금을 펴지도 못할 것이다.

"뭐 하러 직접 나갔어?"

"고위 신관이 직접 온 듯하여 실험도 해볼 겸 해서."

실험은 성공적이었다. 다나니는 그의 정체를 전혀 알아채지 못했다. 신관은 행동하는 데 항상 걸림돌이었다.

"큭큭, 스승님께서 들으셨으면 자네 한 달은 침상에 누워 있어야 했을 거야. 운이 좋은 줄 알게."

"예."

별로 수긍하는 것 같지는 않은 말투였다. 심적으로 그라노프는 대마법사라도 자신이 있었다.

"그리고 활동하는 데 별 지장은 없을 거야. 마법 아이템이 지천에 널렸는데 자네들 몸에서 마력이 풍긴다고 해도 이상한 일이 아니지."

통설적으로 어둠의 일족과 신관은 상극 관계라고 알려져 있었는데, 현실적으론 과장된 면도 많았다. 또한 마법이 은연중에 일상생활에 파고들어 있어 곳곳에서 마력이 풍기기도

했다. 기사들만 봐도 갑옷과 검 등에 마법이 걸려 있는 무구를 많이 사용했다.

눈에 확 띄는 귀만 가리면 다크 엘프들의 몸에서 은근한 마력이 풍긴다고 해도 이상하게 볼 일은 없었다. 그렇다고 홀라당 벗기길 수도 없는 일이니 말이다.

"자, 시끄러운 놈들도 물러갔으니 가볼까? 대낮에 시내를 걸어다니는 뱀파이어 놈을 잡아왔다고?"

"예, 저희들도 알아채지 못했는데 수진님께서 단번에 알아보셨답니다."

"어떻게?"

1골드는 뱀파이어를 상대해 본 적이 있었다. 전혀 존재감이 없는 놈들이라 군중에 숨으면 그조차도 도저히 찾을 수 없을 것 같았다.

"그게, 좀 황당한 말씀인데, 척 보시더니 '저놈 인간이 아니야' 라고 하셨답니다. 어떻게 구별했냐고 물었더니 그냥이라고만 말씀을 하셔서……."

수진다운 대답이라고 1골드는 생각했다.

"뭐, 가보면 알겠지."

"너, 인간 아니지?"

결박당해 무릎 꿇려진 사내에게 수진이 물었다.

"난 인간이다."

주위를 병풍처럼 두른 거구의 아즈빌 인에 비해 왜소한 체격으로 보였으나 인간들 사이에선 평범한 체구의 사내가 흔들림없이 말했다.

저택 지하다. 대부분 귀족가의 지하실은 가문의 법도를 어긴 친인척이나 기사들을 잡아 심문하는 장소로 감옥처럼 사용했다.

"풋! 척 봐도 아닌데 뭘. 얘들아, 이 새끼 입술 좀 까뒤집어 봐. 아니다. 아니, 너!"

지목당한 기사가 한 발 나섰다.

"옛! 주모님."

"피 좀 빼."

"옛!"

망설임도 없었다. 바로 단검을 들더니 팔뚝을 쭉 그었다.

"이리로."

기사가 다가오자 사내가 고개를 돌리고는 두 눈을 질끈 감았다. 킥킥거리며 웃은 수진이 붉은 피가 뚝뚝 떨어지는 팔뚝을 사내의 코앞에 대었다.

"땡기지? 봐봐. 코가 벌렁벌렁 피 냄새를 맡잖아. 이 빌어먹을 자식이 누굴 속이려고. 확!"

"확? 어쩌려고."

"어머! 자기야!"

부하들이 보든 말든 수진은 날듯이 달려 1골드의 품에 안겨들었다.

"훗! 어리광은. 시내는 어땠어?"

"쳇! 저 자식 때문에 다 망쳤죠. 막 옷 좀 사려고 하는데 저 놈이 눈에 띄어서요. 저거 잡으려고 미친년처럼 뛰어다녔다니까요."

"쯧쯧, 말버릇하곤."

"내가 뭐어? 아버지는 귀엽다고만 하던데, 괜히 씨이."

10년이 지나도 수진은 레어에서 만난 그 모습 그대로였다. 한술 더 떠 타룰까지 싸고도니 알게 모르게 유교 사상이 녹아 있는 1골드의 눈에 차지 않았다.

"어떻게 뱀파이어인지 알았어?"

이 질문에는 사내까지 눈을 치켜뜨고 수진을 보았다.

"그냥, 저놈은 인간 냄새가 나질 않던데요."

"…그게 다야?"

"응!"

한숨을 지은 1골드가 사내를 바라보았다. 날카롭게 째진 눈이 인상적일 뿐 평범한 인간과 전혀 다른 점을 찾을 수 없었다. 이질적인 뱀파이어의 느낌, 거울에 비추이지 않는 특성인 무존재감. 하지만 이 사내는 약하지만 존재감이 있었다.

"거참, 도통 알 수가 없군. 뱀파이어가 아니라고 떠들던데 넌 뭐냐?"

1골드와 사내의 눈길이 허공에서 마주쳤다. 탐색을 마친 듯 사내가 먼저 눈을 돌렸다.

"당신이 그 사람이군. 철면철혈이라는 용병."

"그런 소리가 돌긴 하더라. 그래서?"

"나도 당신들과 같은 목적으로 이곳에 왔다."

"같은 목적? 뱀파이어를 잡으러? 그럼 헌터?"

끄덕끄덕.

긍정의 표시다. 1골드가 지그시 사내의 진심을 꿰뚫어 보려는 듯이 노려보았다.

뱀파이어 헌터는 뱀파이어다. 또한 저주받은 인간이기도 하다.

'저놈이 영화 속 주인공이군.'

명절날만 되면 수십 번이나 방영되었던 영화라 관심있게 본 기억이 있었다.

담피르(Dampire)라 불리는 반인 반뱀파이어다. 임신을 한 여인이 뱀파이어로 변하게 되면 뱃속에 든 태아는 인간과 뱀파이어의 성질을 다 가진 담피르가 되어 태어난다.

'흑인이었으면 딱인데.'

1골드가 수진에게 눈길을 돌렸다. 담피르까지 알아볼 수 있는 그녀가 신기했기 때문이다. 그러자 수진이 방긋 웃었다. 고개를 저으며 다시 사내를 바라보았다.

"담피르인가?"

"담피르?"

“반인 반뱀파이어.”

“헉! 어떻게?”

1골드가 부하들에게 눈짓을 보냈다.

반 시간 후 1골드가 깔끔해진 사내와 응접실에서 마주하고 있었다.

“이름이 뭔가?”

“호시오입니다.”

“그래, 호시오. 뱀파이어를 알아볼 수 있나?”

호시오가 커다랗게 고개를 끄덕였다.

“물론입니다. 저를 알아보신 레이디처럼 저도 한눈에 알 수 있습니다.”

“퀸도?”

“퀸? 로드 퀸! 흐음… 그런 강력한 놈은 아직 직접 대면한 적이 없어서… 확실한 대답을 드리지 못합니다.”

고위 신관이 그라노프를 코앞에 두고도 다크 엘프인지 모르는 것과 비슷한 경우일 것이다.

“좋군. 우리와 함께하겠나?”

호시오가 선뜻 대답하지 못하자 1골드가 덧붙였다.

“샤오스에서만. 나는 너처럼 전문적인 헌터가 아니야. 우연찮게 이곳에서 부딪친 거지, 그것도 뱀파이어 퀸과.”

“퀸이… 확실합니까?”

"어디에 있는지 말해주면 기절하겠군. 너 혼자의 힘으로는 어림도 없어."

1골드가 몸을 일으켰다.

"살고 싶으면 그냥 여길 떠나. 이곳은 내가 알아서 할 테니. 아! 그리고 신관들이 도시를 설치고 다니니 조심하게. 그들은 우리와는 달라. 네 정체를 알면 가만두지 않을 테니까."

1골드가 등을 돌리자 호시오가 다급히 불렀다.

"철면님."

"철면님? 거 듣기 좋은 호칭은 아닌데, 골드라고 불러."

"골드님, 어디에 있는지 말씀해 주실 수 있습니까?"

"별로 어려울 것도 없지. 궁전."

더없이 크게 눈을 치켜뜬 호시오가 그만큼이나 빠르게 눈을 가늘게 했다.

"역시 퀸답군요."

"그래서 조금 머리가 아프지. 이봐! 괜히 궁전 근처에서 얼쩡거리지 말고 이 길로 사라져."

"저를 써주시겠습니까? 뱀파이어에 관해서는 제가 골드님의 부하들보다 경험이 많습니다."

고개를 끄덕인 1골드가 말했다.

"보수는 일반 용병과 똑같이 지급한다."

"돈은 필요없습니다."

"내 밑에서 일을 하면 다 보수를 받아. 너라고 예외는 아니지. 어찌 되었든 계약을 맺은 거니까. 그리고 너 같은 헌터들은 더 없나? 별의별 길드도 다 있던데, 혹 헌터 길드 같은 거 말이야."

잠시 뜸을 들인 후 호시오가 물었다.

"저는 반인 뱀파이어입니다. 꺼리지 않으십니까?"

"네놈들 인간 피를 먹나?"

"절대 먹지 않습니다. 우릴 이렇게 만든 놈들과 똑같은 짓은 하지 않습니다."

"됐어, 그러면. 나한테 피해준 것도 없는데 내가 너희들을 꺼릴 이유가 없지. 안 그래?"

"하지만 저희는 마족으로……."

"거참 새끼, 말 많네. 아니라면 아닌 줄 알 것이지."

몸을 휙 돌린 1골드가 지나는 투로 말을 던졌다.

"있으면 데려와, 보수는 A급 용병으로 쳐주지. 아, 이놈의 문은 왜 이리 작아."

높이가 2m가 넘는 문을 고개를 숙이며 지나는 1골드의 모습에 호시오가 실소를 흘렸다. 문이 작은 게 아니라 그가 너무 큰 것이다.

하긴 이 저택에 있는 모든 사람들이 다 거구였다. 그를 잡아온 수진까지 여자치고는 큰 편에 속했다.

"아차! 그녀의 정체가 뭔지 묻지를 않았네."

뱀파이어의 힘을 고스란히 물려받은 그를 뛰어넘는 힘을 가진 여자였다. 오러를 사용하는 기사들조차 잡을 수 없는 그를 말이다.

"동료들을 모두 불러 모아야겠어. 이곳에서 일대 격전이 벌어질 거야. 헌터 역사상 최대의 격전이 말이야. 로드 퀸이라니. 허허, 여태 그림자조차 찾지 못했는데… 죽을지도 모르겠군."

벌떡 일어선 호시오가 천장으로 고개를 들었다.

"나 도망가는 거 아니오. 수고들 하시오."

뱀파이어의 능력 중 하나로 먹잇감을 찾기 위해 건물 등을 꿰뚫어 볼 수 있는 능력인 투시다. 그는 벽 속에 몸을 숨기고 있는 다크 엘프를 볼 수 있었다.

"흐음……."

호시오가 창문을 통해 바람처럼 사라지자 그 자리를 침음성이 대신했다.

Chapter 7

악령(惡靈) 서큐버스

대마법사.

마법사들의 정점에 올라선 자를 칭하는 말이며 범인의 입장에선 인간의 한계를 넘어선 초월자를 뜻한다.

7써클의 대마법사. 일곱 개의 고리, 보통 마나 홀에 고리처럼 둥근 모양으로 마나가 쌓인다 하여 붙은 이름이지만 마나 홀이 아니라 마법적 깨달음을 나타내는 네오코어가 그런 형태가 된다.

단순히 마나량으로만 비교를 하면 대마법사가 소드 마스터보다 우위를 점한다. 한 단계 높은 경지인 것이다. 하지만 둘을 동등한 위치로 놓는 것은 대체적으로 마법사가 기사보다 대인 전투 능력이 떨어지는 특성 때문이었다.

그러나 그들 간의 관계에선 소드 마스터가 대마법사에게 양보를 한다. 자연의 법칙을 조금이나마 깨달아 경지에 오른 대마법사이기에 현자와 같이 우러러보기 때문이었다.

그런 섬김을 받는 레티아가 은거를 깨고 몸소 성문에서 누군가를 기다리는 모습은 궁금증을 자아내기에 충분했다.

그것도 직전 제자와 그 사손들까지 모두 대동하고 마중을 나와 있었다. 이런 그의 행동은 근위 기사단장 위슬리까지 움직이게 만들었다.

"아니, 얼마나 대단한 분이 오시기에 어르신이 성문 밖까지 나오셨습니까? 제가 그렇게 찾아뵈도 차 한 잔을 대접해주시지 않더니, 이 위슬리는 섭섭합니다."

"하하하! 단장, 날이 참 좋습니다."

동문서답. 그러나 기사답게 넓은 어깨를 으쓱한 위슬리가 작은 입을 한껏 벌리며 웃었다. 레티나의 웃음소리를 언제 들었나 싶었기 때문이다.

"기분 좋은 손님이 찾아오시나 보군요."

"죽은 줄 알았던 사제 녀석이라오. 근 60년 만에 보는 것 같구려. 녀석이 갑자기 한 달 전에 기쁜 소식을 전하더니 이 우형이 보고 싶어 온다 하여 그리하라 했소. 괜찮겠소?"

"아이쿠, 어르신도. 별말씀을 다 하십니다. 어르신의 손님은 곧 궁의 손님과 같습니다. 전혀 문제될 것이 없습니다."

선대 제후가 별궁 하나를 통째로 레티아에게 내주었다고 해도 방문자를 들이려면 근위단의 허락이 있어야 한다. 레티아의 경우, 궁에서 80년을 보내 제일 큰 어른과 다름없기에 통보 정도면 충분하지만 말이다.

위슬리가 슬쩍 레티아를 훔쳐보았다. 작년에 보았을 때보다 오히려 더 젊어진 듯했다. 늙지 않고 젊어지는 모습만 봐도 절로 경외심이 든다. 소드 마스터도 세월을 잊은 듯한 모습이지만 그건 단순히 노화가 더디게 진행되는 것뿐이다. 다시 젊음을 되찾으려면 소드 마스터를 뛰어넘어야 한다.

막 인사를 전하고 입궁하려던 위슬리가 언덕진 대로로 고개를 돌렸다. 조금의 시간이 지나자 사두마차를 필두로 십여 명의 로브를 쓴 일행이 나타났다.

그의 신경을 자극한 건 마차였다. 그곳에서 방대한 마력이 풀풀 풍기고 있었다.

"껄껄. 녀석, 전혀 변하지 않았어. 단장, 신경 쓰지 마시오. 저 녀석은 특이하게도 남에게 보이는 것을 좋아한다오. 쯧쯧, 기연을 얻어 7써클에 올라 성품이 변했나 했더니 그대로구만. 녀석도 참."

풍기는 마력이 보통이 아니어서 혹시나 했는데 레티아의 사제 또한 대마법사라 한다. 전 대륙에 열 명이 넘을까 말까 한 대마법사를 지적에서 두 명이나 보게 된 것이다. 레티아 이전까지 제국에도 단 두 명밖에 없었다. 레티아가 대마법사

가 되었다는 소식에 황제가 직접 축하 사절단을 보내기도 했
었다.

"어디에 계시는 분입니까?"

"남대륙으로 행각 수련을 가면서 연락이 끊어져 나도 잘
모르겠는데, 국가에 소속되어 있는지 이제 물어봐야지요. 잡
아두면 도움이 되겠지요?"

"그야 당연히. 그렇게만 된다면 시네르아에 공작이 한 분
더 탄생할 겁니다."

그사이 마차가 당도했다. 호위하듯 말을 몬 로브인들이 길
게 도열하고 마차가 열리고 강퍅한 인상의 중년인이 몸을 드
러냈다. 봄멜이었다.

정말 이산가족이라도 만난 듯 반갑게 해후를 한 그들은 한
덩이가 되어 검은 물결처럼 성문을 통과했다. 근위 기사단장
위슬리까지 잠자코 있었으니 앞을 막아서서 로브를 벗고 신
분을 밝히라는 말을 할 강심장을 가진 기사는 그 어디에도 없
었다.

"흠… 저 구부정한 덩치, 어디선가 본 듯한데……."

괜한 생각이라는 듯이 잡생각을 털어낸 위슬리가 발을 떼
었다. 그의 머릿속엔 한 명의 대마법사를 더 보유할 수도 있
다는 희망이 차 올랐다. 황제 주변에도 한 명밖에 없는 대마
법사를 말이다.

“저희들보다는 아드카빌론님의 정화를 부여 받으신 주군
께서 훨씬 나으십니다.”

“나는 령을 다뤄본 적이 없어서… 그리고 내가 신이랑은
별로 친하지가 않아.”

봄멜의 제자로 따라온 인원 중에 하워드와 1골드만 빼고는
다크 엘프 샤먼 마법사와 마신관들이었다. 1골드의 호위들은
로얄가드들의 허락을 받아 이미 들어온 상태였다.

안드레이가 안심하라는 듯이 말했다.

“세르자 스승님께서 말씀하시길, 주군께서 찾으려 애를 쓰
지 않으셔도 느낄 수 있다고 하셨습니다. 제가 미처 알아뵙지
못하고 주군께 무려를 범했던 순간을 떠올리시면 됩니다.”

“사령으로 정신을 지배하고 영혼을 빼가려던 그 순간 말인
가?”

얼굴이 붉어진 안드레이가 고개를 숙였다.

“그렇습니다. 영혼을 빼가는 그 다크니스 령과 이 서큐버
스란 놈도 비슷한 특성이 있어 주군께서는 느끼고 잡을 수 있
으십니다. 조물주께 반기를 든 아포피스도 결국은 조물주께
서 만들어낸 존재입니다. 신관들은 마력에만 민감할 뿐 정신
체인 악령은 우리만도 못합니다.”

정령을 다루는 인종 간의 차이였다.

“그렇다면 내가 옆에 있으면 오지 않을 텐데?”

“주군께서 몸을 숨기시면 저희도 찾기 힘듭니다. 뱀파이어

에 조종당하는 악령쯤은 걱정하지 않으셔도 될 거라 사료됩니다. 저희가 밖에서 도망치지 못하게 결계를 치겠습니다.”

1골드가 고개를 끄덕였다. 밀림에서는 급작스럽게 아드카빌론의 마성이 발동해 사령을 베어버렸다. 두 번째라면 다르다. 마성을 완전히 받아들인 지금 오히려 그때보다 더욱 손쉬울지도 모른다.

인기척이 들리자 모두 로브를 쓰고 얼굴을 가렸다. 레티아의 별궁이라 함부로 들어올 수 없지만 혹시 모르는 일이었다.

레티아와 봄멜이 들어오자 1골드가 시립해 그들을 맞았다. 상석에 앉으면서 레티아가 입을 열었다.

“잘되었네.”

“언제부터 가능합니까?”

1골드의 물음에 레티아가 미소를 지었다.

“내일부터. 여기 있는 봄멜님의 힘이 아주 컸다네.”

“하하, 무슨 말씀을. 다 레티아님의 힘이시지요.”

“하하하, 저는 봄멜님처럼 제후의 면전에서 불을 일으키지는 못합니다. 반대를 표하던 놈들이 모두 놀라서 도망을 치려 하더군요. 통쾌했습니다.”

1골드가 내심 미소 지었다. 불도 그냥 불이 아닐 것이다.

“스승님께서 대전 바닥을 녹이지는 않으셨습니까?”

“껄껄, 어찌 알았누? 대전 바닥을 부글부글 끓게 만들었지. 감히 제후를 치료하겠다는 데 반대를 하다니. 뭐, 남부에서 자라 출신 성분을 알 수가 없어? 웃기지도 않는 놈들."

가명을 사용했으니 당연히 마법 길드에 봄멜의 이름이 올라 있지 않았다. 하늘에서 뚝 떨어진 대마법사가 제후를 치료하겠다고 나선 상황이었다.

레티아가 보증을 선다고 하지만 대왕대비 파들은 손을 들어 환영할 일이 아니었다. 그 상황에 짜증이 난 봄멜이 힘을 보인 것이다. 막대한 마나가 대전을 휘감았고 시퍼런 불길이 모든 걸 태워 버릴 듯이 요동을 쳤다.

레티아가 손을 써 제후를 비롯해 그쪽 일파는 보호를 했으나 남겨진 반대파들은 죽을 맛이었다. 성격이 괴팍하기로 유명한 마법사 중에서도 성격 더러운 대마법사가 등장한 것이다. 막아야 하는 레티아나 근위대장도 방관했다.

대왕대비는 대전에 나온 적이 없으니 별궁 방향으로 슬쩍 눈길을 보내곤 손을 들 수밖에 없었다.

"수고하셨습니다. 이제부터는 제가 맡겠습니다."

레티아가 철면을 뚫어져라 바라보았다.

"전에도 말했지만 제후님의 안전이 최우선이네."

"기억하고 있습니다. 만약, 왕비님을 보호해야 할 상황이 벌어지면……."

"최우선은 변함없이 제후님이야. 왕비에게도 그년의 마수가 뻗쳤는지 모르는 상황이고. 그걸 가릴 시간조차 없어. 자네에게 신호가 오면 내 제자들이 움직일 걸세."

"명심하겠습니다."

허리를 세운 레티아가 봄멜에게 눈길을 돌리며 강한 빛을 발했다.

"나는 아직도 그대들을 믿지 않습니다."

"당연하신 말씀."

"수상한 수작을 부리면… 좋은 인연이기를 바랍니다."

"그렇게 될 겁니다. 마력의 근원인 제니트님의 이름으로 맹세합니다."

"이! 늙은 여우 놈이!"

제후의 핏줄을 이어준 이유가 희미해지는 순간이었다. 제후는 외부 세력을 끌어들이게 하지 못하는 볼모 역할이었다.

"제후를 확 죽여 버려."

화가 난 김에 뱉은 말이다. 벨제르는 그 또한 쉽지 않다는 걸 잘 안다. 무려 30년의 세월을 투자해 제후가의 수호 가문 로얄가드들을 알아내었다. 놀랍게도 요리사, 광대, 시종들 속에 제후를 최후까지 지킨다는 그들이 숨어 있었다.

뱀파이어에게 부여된 권능, 마안(魔眼)이 없었다면 이만큼도 알아내지 못했을 것이다.

하나 완벽하지 않았다. 아직까지도 심증만 갈 뿐 수장이 누구인지 정확히 알아내지 못했다. 욕망덩어리인 인간이 한 사람의 그림자 속에서 평생을 산다는 건 쉬운 일이 아니다. 그만큼 로얄가드들은 대단한 족속들이다.

그들을 뚫고 제후를 죽이고자 하면 그리 어려운 일은 아니다. 여태 그렇게 해왔으니까. 하지만 그 이후가 문제였고 한편으론 살려두는 편이 나은 면도 있었다. 그래서 사령(邪靈)을 사용했다.

"레티아 이 늙은이… 으드득!"

제후 궁을 뒤엎을 만한 세력을 형성했었다. 이미 전대 제후가 죽는 순간에 새로운 벨제르 여제후가 탄생했어야 했다.

"소렌!"

대기하고 있던 왕대비가 나섰다.

"옛! 어머니, 보고드리겠습니다. 메른이라는 레티아의 사제는 전혀 알려진 바가 없어요. 급히 남대륙 트리아 가문에 연락을 취했습니다만 그쪽에서도 처음 듣는 이름이라고 답신이 왔어요."

트리아는 남대륙에 산재한 뱀파이어 일족 중에 벨제르와 선이 닿는 뱀파이어 가문이었다.

"끄응… 대마법사나 되는 존재가 땅에서 불쑥 솟아나다니 믿을 수가 없어. 그 제자들이란 것들도 상당하다고 하던데."

"그렇습니다. 한 명 한 명이 저와 필적할 수준에 도달한 자들이었습니다. 그런데 어떻게 제후를 치료하겠다는 건지 저는 이해가 가지 않습니다. 대전에서 한 번 봤을 뿐인데……."

크로키의 물음에 벨제르가 싸늘히 답했다.

"제후를 레티아의 품에 안으려는 수작이겠지. 치료를 빙자해 그 메른이란 놈을 옆에 붙여놓고 나를 제거하려 할 테지. 흥! 늙은 여우, 머리는 제법 굴렸다만 네놈은 스스로 무덤을 파는 꼴이 될 것이다."

"어머니, 좋은 생각이 있으신가요?"

"조금만 생각하면 어려운 일도 아니다. 위기는 곧 기회. 치료를 한다고 데려갔으니 그 과정에서 제후가 죽어버리면 만사가 끝이 아니겠느냐? 이후에 레티아를 궁에서 축출할 명분도 생기는 거고. 오호호호호호!"

미친 듯이 웃어 젖힌 벨제르가 한순간 뚝 멈췄다. 그리곤 차가운 눈으로 소렌을 주시했다.

"근위단의 우리 기사들에게 명을 내려라. 모두 어떻게든 근무 시간을 조정해서 내일부터 야간 근무를 서라고 말이다. 차츰차츰 말라 죽여 일주일 후가 제후의 제삿날이 될 것이다. 레티아 이노옴! 그때 어떤 낯짝일지가 심히 궁금하구나."

레티아는 치료를 이유로 들어 제후를 보호하고 그 와중에 벨제르 일파를 제거하려 하는 것으로, 벨제르는 역으로 치료 과정 중에 제후를 죽이고 그 이유를 들어 눈엣가시인 레티아를 궁에서 쫓아내려는 계획이었다.

"크로키, 플루드는?"

"거의……."

"거의? 무슨 일이 있어도 그놈을 움직여. 제후가 죽는 즉시

제1군단을 샤오스로 진군시키라 명해라. 제후가 서거했으니 도시를 안정시키기 위해서라 하고 그놈이 정예병을 이끌고 직접 궁전을 포위하라 해라. 가능한 한 그날 적대 세력을 모두 숙청한다.”

크로키는 격동에 차 올랐다. 드디어 벨제르가 검을 뽑아 든 것이다. 간간이 귀족 행세를 하는 뱀파이어는 있었어도 제후는 처음이다. 그녀가 제후가 된다면 시네르아 일대는 뱀파이어의 영토나 다름없다. 어렵긴 하겠으나 욕심을 부리면 제국까지도… 뱀파이어의 세상이다.

“히이야! 그대 정말 사람이오?”

조금 과장하면 1골드의 팔뚝이 삐쩍 마른 헤르반의 몸통만 했으니 놀랄 만도 했다.

3m에 육박하는 트롤과 같이 서도 머리 두 개 정도만 작을 뿐 덩치는 비등할 정도였다. 1골드를 처음 보는 사람이면 모두 다 똑같은 질문을 한다.

“그렇습니다, 전하. 타인에 비해 조금 클 뿐입니다. 똑같이 먹고 자고 같은 생활을 합니다.”

병색이 완연한 창백한 안색에 호기심이 가득한 맑은 눈빛이 이질적으로 느껴졌다.

“하하, 천상의 장군 같은 풍모요. 그대가 마법사라는 게 믿겨지지가 않는구려.”

"저는 검사입니다. 마법은 약간 익혔을 뿐 내세울 정도는 아닙니다."

1골드는 내심 측은한 생각이 들었다. 막 스물을 넘긴 나이라는데 열댓 살이라고 해도 믿을 얼굴이었고 몸은 불면 날아갈 듯 삐쩍 말라 앙상하기까지 했다. 잠을 잘 때마다 고난이라 제대로 자질 못하니 살이 찔 틈이 없었을 것이다.

"검사에 마법도 익혔고 의술도 알다니, 대단하구려. 그래, 나를 치료한다고 했는데, 어떻게 치료를 할 것이며 병명은 무엇이오?"

1골드는 이미 준비해 놓은 것이 있는지라 술술 풀어놓았다.

"저의 일행들은 모두 남대륙에서 레티아 사백님을 뵈러 왔습니다."

"들었소. 먼 길 오시느라 수고가 많았어요."

"감사합니다. 제가 살던 곳에 한 형제에 대해 전해져 내려오는 이야기가 있습니다. 그들의 아버지가 막대한 재산을 장남에게만 남기고 죽었습니다. 그곳도 북대륙처럼 장자가 모든 걸 계승합니다. 그러자 욕심 많은 영악한 동생이 궁리를 하다 한 가지를 떠올립니다. 형이 여자를 무척이나 밝힌다는 것이죠. 그래서 미약을 써서 형의 성욕을 계속 자극하고 아름다운 미녀들을 빚까지 내어 구해옵니다. 결국 형은 나이 삼십에 자리에서 일어나지도 못하고 앉은뱅이가 되어버립니다.

그러다 2년 못 넘기고 죽었습니다.”

헤르반의 얼굴이 싸늘하게 굳었다. 장자를 그와 빗대어 얘기하는 것을 모를 정도로 어리석지 않았다.

“당신! 지금……!”

“끝까지 들어주십시오.”

“이이… 흥! 말하라.”

“감사합니다. 좋은 것도 과하면 독이 됩니다. 그러나 몸은 스스로를 해할 만큼 어리석지 않습니다. 동생이 미약을 쓴 것처럼 이성을 마비시킬 무언가가 필요합니다.”

“나는 전혀 색을 밝히지 않는다!”

“매일 밤 꿈속에서 정을 통하시지 않습니까?”

헤르반의 눈이 급격히 커졌다. 아무도 모르는 일이었다.

“그, 그걸…….”

“아침에 일어나도 몸에 철근을 매단 것같이 무겁고, 쉬고 일어난 아침보다 오히려 저녁이 더 활기차실 겁니다.”

“맞다. 그렇다. 어찌 그걸?”

“전하께서는 색을 밝히지 않으시지만 그 결과는 장자와 똑같습니다. 전하를 해하려는 세력이 밤마다 꿈속에 침입해 전하의 정(精)을 취해가는 것입니다.”

“꾸, 꿈속에서? 도, 도대체 그게 무엇이냐?”

“악귀(惡鬼)입니다. 남자의 정을 취해가는 서큐버스라고 불리는 악귀가 있습니다.”

“악귀, 악귀라니! 그, 그게 정말이오? 어찌 신관들은 그걸 몰랐단 말이오?”

누구를 찾는 듯이 침실 안을 둘러보았으나 그가 찾는 신관들은 보이지 않았다.

“이 악귀는 일반 잡귀가 아닙니다. 조물주에게 내쳐진 악신이 스스로 물질계에 내려온 것입니다. 그래서 본래의 힘을 사용하지 못하고 악령처럼 행동하고 있는 것입니다. 그래서 신관들이 알아채기는 힘듭니다. 저처럼 특수하게 영에 민감한 사람들만 알 수 있는 존재입니다.”

“오오! 그대, 정령술사요? 아니, 검사에 마법사라 했는데…….”

“정령을 다룰 수 있는 것은 아니오라 민감하게 느낄 수 있습니다. 저는 놈의 존재를 알아채고 처리는 여기 계신 사형들께서 하실 겁니다.”

1골드가 다크 엘프 샤먼 마법사를 소개하고는 말을 이었다.

“오늘은 억지로 잠을 쫓지 마시고 푹 주무십시오. 뒤에 저희들이 있습니다.”

놀란 헤르반은 그 후로도 한참 동안을 1골드를 붙잡고 대화를 나누었다.

1골드는 칸야를 대하는 것처럼 친절히 따뜻하게 대답을 해주면서 안심을 시켰다. 그는 정우였을 때 천형(天刑)으로 말

라 죽어갔는데 헤르반은 뱀파이어의 악독한 술수로 죽어가고
있었다.

헤르반은 두 시간여가 지난 후에나 잠이 들었다.

주변을 한 번 쓰윽 둘러본 1골드가 벽이 맞닿은 곳을 향해
말했다.

"오늘은 우리가 전하를 지킵니다. 자리를 양보해 주시오."

'…자리는 양보하리다. 하지만 한발만 물러서겠소.'

충(忠) 하나로 평생을 사는 사람들이었다. 1골드는 이 정도
도 대단한 양보를 한 것이라 여겼다. 문득 이런 충성을 받는
헤르반이 부럽다는 생각이 들었다.

'후후, 나는 반일족이 있구나.'

사내들의 진심 어린 충성을 받을 수 있는 사내, 멋지다.

"괜한 생각을……."

'시작한다.'

그는 영의 맹약자 반일족 샤먼 마법사들에게 심언을 날리
고 훌쩍 뛰어올랐다. 천장에 머리를 부딪칠 것같이 솟구치더
니 솜이 물을 빨아들이듯 천장에 흡수되어 사라졌다. 잘 단련
된 반일족의 은신술이 그를 통해 나온 것이다. 이내 샤먼 마
법사들 또한 점찍어둔 곳으로 안개처럼 스며들었다.

변함없이 은은한 달빛이 잠식하는 침실엔 곤히 잠든 헤르
반밖에 보이지 않았다.

"으음… 이이! 피를 쪽쪽 빨아 말려 죽일 놈! 대체 어떤 것들을 불러온 거야?"

눈을 번쩍 뜬 벨제르의 눈에서 짙은 혈광이 빠르게 갈무리되었다.

"안이 보이질 않아……."

그녀는 보고자 하는 곳을 떠올리는 것만으로 볼 수 있는 능력이 있었다. 이는 뱀파이어 로드 급만이 가지는 능력으로 투시안이 확대된 것이다. 그런데 오늘은 제후의 침실을 엿볼 수가 없었다. 방 전체가 짙은 장막이 쳐져 있어 뚫고 들어갈 수가 없었다.

변신 능력과 불사, 흡혈을 제외하고는 뱀파이어의 능력은 대부분 눈을 통해 발현된다. 인간의 기억을 조종하는 능력, 환상에 빠뜨려 자살하던가 상대의 기술을 미리 예시할 수 있는 능력 등으로 통칭 매직아이라고 한다.

부하들을 쥐 따위로 변신하게 해 접근시켰으나 로얄가드들조차 넘을 수 없었다.

"어떻게 하지?"

안을 볼 수 없으니 불안감이 들었다.

"이것들이… 혹 다크 엘프와 손잡은 것 아냐? 인간이? 설마 아니겠지. 아니야, 그럴 수도 있어. 샤먼 놈들이라면 악령 냄새를 맡을 텐데… 흥! 알아도 상관없어. 오늘 끝내 버리면 되지."

서큐버스를 조종하는 그녀는 로드 퀸이다. 아무리 샤먼이라도 대마법사 급은 되어야 그녀를 막을 수 있었다. 레티아가 데려온 일행 중에 그런 강자는 인간이었고 샤먼 다크 엘프는 보이지 않았다.

"좋아! 해보자고. 먹잇감밖에 안 되는 것들이 감히 로드 퀸 앞에서 반항을 해."

눈이 희번덕하게 변한 그녀가 넓은 침대 가에서 바들바들 떨고 있는 소년에게로 손을 뻗었다. 귀족가의 노부인들이 들여놓는 색동이다.

"귀여운 녀석, 이리 오너라."

그녀의 흰 눈동자와 마주친 소년은 번개에 맞은 것처럼 경직이 되더니 고분고분하게 품으로 안겨들었다.

"며칠 더 가지고 놀려 했더니 날 자극하는 놈들이 있구나. 오늘은 네 녀석의 손길보다는 피가 더 필요하다. 아픔은 잠시, 너는 평생 느껴보지 못한 쾌락에 취할 것이다."

스슥…….

길고 유난히 붉은 혀를 내밀어 소년의 목가를 핥았다. 한순간 눈빛이 정상으로 돌아오는가 싶더니 입을 쩌억 벌리고 날카로운 송곳니를 연한 목에 밀어 넣었다.

"아얏!"

짧은 비명을 토한 소년이 눈가를 찡그리는 것도 잠시 금세 몽롱하게 풀렸다. 이어 입이 살짝 벌어지면서 혀로 입술을 축였다.

꿀꺽꿀꺽.

귓가에서 피가 넘어가는 소리가 들리고 체내의 피가 빨려 나가는 섬뜩한 느낌이 들 텐데, 소년은 오히려 시간이 지날수록 아픔을 느끼지 못하는 듯 몸을 부르르 떨면서 쾌락의 몸짓을 보냈다.

툭!

축 처진 소년을 떨쳐 내고 벨제르가 허리를 세워 앉았다. 신선한 피를 흡혈한 다음에 느껴지는 힘의 충만함이 그녀에게 만족한 미소를 짓게 만들었다.

"호호호호, 시작해 볼까?"

칼날 같은 손톱을 세워 손가락 끝에 상처를 냈다. 검붉은 피가 손끝에 맺히자 빠르게 수인을 짚고는 낮게 읊조렸다.

"아포피스의 대리자, 나 피의 여왕 뱀파이어 로드 퀸 벨제르가 명한다. 어둠보다 어두운 자여! 신들조차 미몽의 덫에 빠뜨리는 악몽의 그림자여! 영의 계약자, 나 벨제르가 그대를 원한다. 혼계에서 일어나 나와 함께 파멸의 길을 걸을지어다!"

영창의 끝에 팔을 뻗었다. 손끝에 방울진 검붉은 피가 푸확 퍼져 나가서는 소환 마법진을 형성했다. 피로 만들어진 마법진이 짙은 혈광을 뿜어내는가 싶더니 그 중심에서부터 점차 심연의 어둠이 물들기 시작했다.

땅이 푹 꺼진 듯 마법진 중심이 사라지면서 스파크가 일고 곧 뭉클 검은 연기가 피어올랐다.

그때 벨제르의 중성적인 음성이 흘러나왔다.

"그대의 이름은 서큐버스."

[…서큐… 버스… 나의 이름은 서큐버스…….]

혼계에서 소환된 령에게 이름을 부여해 존재를 인식하게 해주는 과정이다. 물질계에선 갓 태어난 상태. 네크로맨서처럼 악신에게 영을 재물로 바치고 장기 계약을 맺은 것이 아니라 피를 재물로 바치고 필요에 따라 소환하는 것이기에 이 과정이 필요하다.

"그대에게 달콤한 재물을 준비했다. 너의 권능을 마음껏 발휘하라."

[…죽여?]

"죽여, 원하는 만큼 정을 쭉 들이마셔서."

구름 같은 영 덩어리가 웃는 듯했다.

"가라! 차원의 벽을 넘은 피곤을 달래라!"

피의 마법진이 허공 속으로 흔적도 없이 사라진 것처럼 서큐버스도 그렇게 사라졌다.

은신의 첫 번째는 주변 환경과의 동화다. 숲에서는 나무가, 풀이 되어야 하고, 인파 속에서는 그저 흘러가는 파도가 되어야 한다.

가장 기본인 외양을 숨겼으면 두 번째는 내적인 면이다. 무생물 속에서는 무생물이 되며 냉온 환경 속에서는 온도마저 맞춘다. 이 과정에서는 심박 수는 물론, 호흡 또한 조절한다.

마지막으론 그 자체가 환경이 되는 것이다. 코앞에 있어도 전혀 인지하지 못하고 무심결에 스쳐 가게 만드는 상태로, 마치 그게 없으면 더 이상할 것 같은, 억지로 환경과 맞추는 게 아니라 오히려 환경이 그와 맞추려고 하는 듯한 자연스러운 경지다.

다크 엘프들은 숲이라는 환경이 주어졌으면 마지막 단계에 들어 있을 테지만 궁성은 인위적으로 만들어진 생소한 환경이라 두 번째 단계에 있었다.

그래도 로얄가드들이 혀를 내두를 만큼 완벽에 가까운 은신이었다.

'대단하다. 그 제자라는 철가면은 도저히 찾을 수가 없구나.'

로얄가드의 수장이자 궁내에서는 종치는 노인이라 불리는 짐머는 혀를 내둘렀다.

'만약 이자가 제후님을 노린다면… 위험하다.'

창틀 아래 그늘에 몸을 숨긴 채 감각을 최고조로 올린 그는 스치고 지나가는 미풍에 정신을 차렸다.

'이자… 그냥 넘길 수는 없다. 하지만 지금은 발등에 떨어

진 불부터.'

1골드 또한 대체적으로 로얄가드들의 위치를 포착했지만 시 외곽에서 보았던 그 수장의 기운은 파악하지 못했다.

'후후, 정말 나오길 잘했어. 대단해, 정말 대단해.'

그가 만들어낸 검사를 보곤 그라노프는 감탄을 했었다. 검을 든 지 11년 만에 소드 마스터에 올랐다는 건 기적이란 말까지 했었다. 어렴풋이 검강이니 심검이니 하는 그 위 단계를 알고 있어 시큰둥했지만 내심 기쁘기도 했었다.

'역시 굴속에서 검만 휘두르는 우물 안 개구리였어.'

혼자의 수련은 한계가 있다. 면벽수련이란 말이 있지만 이는 어느 정도 경지에 오른 자들에게나 필요할 것이다. 일가를 이룰 만한 능력이 되어 자신을 되돌아볼 필요가 있는 자들, 그는 그 정도는 아니라고 생각했다.

더 많은 강자를 만나 손을 섞고 승리와 패배를 경험해야 한다. 그게 부족한 것이리라.

'여기 일을 빨리 정리하고 떠나야지. 스승님 품속에 있으면 의지하려는 마음이… 음! 이… 건가?

눅눅하면서도 칙칙한, 도저히 형언할 수 없는 기분 나쁜 느낌이다. 한편으론 피하고 싶은, 어릴 때 어두운 밤에 혼자서 화장실을 가기 싫은 그런 기분이라고나 할까.

1골드는 눈을 뜨지 않았다. 떠봤자 보이지도 않을뿐더러 강도 높은 수련을 쌓은 자들은 맹수와 같은 안광을 토하기 때문이었다.

　'자, 왔다. 이걸 어떻게 잡는다?'

　생각은 그렇게 했어도 이미 정신을 상단전에 집중하고 있었다. 물질적인 육체가 없는 영이니, 성수나 마늘을 던진다고 도망치지도 않을 것이고 영체로 상대할 수밖에 없었다.

　'신관들 중에도 영력자들이 있었을 텐데 왜 못 잡았을까?'

　무엇보다도 벨제르가 방해를 했을 테고 꿈에서만 왔다 가니 악령이 씌었다는 흔적을 찾을 수 없었다.

　'익숙하지 않아서 놓쳤을 수도 있겠군.'

　다크 엘프들은 정령 마법에 신령, 정령, 사령(死靈)을 다루는 샤먼 마법을 쓰니 서큐버스의 기운이 익숙해 단번에 알아챘을 것이다.

　'자, 어디. 잡으러 가보실까.'

　서큐버스의 묘한 기운에 정신을 집중하고 마음을 먹는 순간 방 안의 풍경이 머릿속에 그려졌다. 창을 통해 들어온 미풍이 헤르반을 감싸고 돌다 스르륵 모공을 통해 스며들었다.

　'저놈이다! 잡는다!'

　정지한 듯 미세하게 펌프질을 하던 심장이 아예 멎은 것 같았다. 그와 동시에 육체의 모든 대사 활동이 정지에 들어가고 몸이 차가워졌다. 그러자 서서히 이마에서 희끄무레한 연기가 피어나며 서큐버스를 따라서 헤르반에게 옮겨갔다.

영이 육체를 이탈한 것, 유체 이탈이다. 꿈속에서만 하던 유체 이탈이 의지로 발현되었다.

1골드는 그런 사실을 모르는 듯 놀란 기색도 없이 서큐버스의 느낌을 쫓았다.

'이거 이계로 온 건가?'

무작정 쫓다 보니 온통 흰 세상 속에 있었다.

'허! 별일이군. 정말 웃기지도 않는 세상이야. 이게 혹 서큐버스란 놈이 만들어놓은 세상인가? 헤르반의 정신세계야?'

잠을 자는 것은 육체만이라는 소리가 있었다. 그럼 그동안 영혼, 정신은 어디로 가는 걸까? 정우처럼 영계에 드는 영은 희박하고 자신의 정신세계 안에 있을 확률이 높았다. 그럼 이곳은 헤르반의 영혼이 휴식을 취하는 자아의 공간이란 말이었다.

'이곳을 서큐버스가 침범하는 거구나. 몽마라더니 역시… 영력이 뛰어난 자가 아니면 신관이라도 막기가 힘들겠어. 뱀파이어, 마족, 무서운 놈들이구나. 이번 일을 끝내면 영력자들을 모아야겠다.'

다크 엘프들도 어둠의 정신계 정령을 이용해 상대의 감정을 조종하는 걸 그는 잠시 잊었다. 식구로 생각하다 보니 그런 것이다.

1골드는 이런 상황이 왠지 익숙했다. 영체로 화해 정우로,

1골드로 영계까지 돌아다닌 그였으니 이런 상황쯤은 아무것
도 아니었다.

'큭큭, 곤님이 되어볼까?'

팔이 있음직한 곳을 내려다보았다.

'하하하, 이거 지느러미 아냐? 이 모양은 조금 아니다. 서
큐버스란 놈이 우습게볼 거 아냐. 아드카빌론이 낫겠다.'

생각을 하자마자 그가 기억하는 윤기나는 검은 비늘로 뒤
덮인 블랙 드래곤 아드카빌론의 모습으로 변하였다. 덩치에
비해 앙증맞은 손으로 뿔을 한 번 쓸고는 웃는 것처럼 주둥이
를 길게 늘이고 거대한 날개를 펄럭이며 훌쩍 뛰어올랐다.

정신세계는 영계처럼 무한의 공간이라 드래곤의 거대한
몸집으로도 활동하는 데 전혀 지장이 없었다.

그렇게 날개를 두어 번 펄럭이자 목적한 곳에 당도했다. 순
백의 세상에 영계에서 보았던 거대한 검은 구체 하나가 둥실
떠 있었다.

'이 새끼, 악신 급이라더니 영계를 흉내 내어 저 안에 헤르
반의 영혼을 잡아넣고 입맛대로 요리를 하는 것이구나. 잘 걸
렸다. 안 그래도 신들에게 유감이 많았는데. 이곳은 물질계,
네놈의 세상에서처럼 힘을 쓸 순 없지.'

검은 구는 결계였다. 헤르반이 아무리 영적으로 성숙하지
못했다 하더라도 이 정신세계는 그의 영역이다. 벗어나려 굳
은 마음을 먹으면 도망칠 수도 있기에 아예 서큐버스만의 세

상을 만들어 외부와 차단시켜 놓은 것이다.

1골드가 익숙한 몸짓으로 구에 머리를 들이밀었다.

'호오! 이렇게 하는군.'

주지육림(酒池肉林), 한마디로 그 안을 표현하는 단어다. 무인도에 헤르반 하나만 넣고 세상의 모든 미녀를 모아놓았다고나 할까? 딱 그랬다. 여신의 아름다움에 전혀 손색이 없는 수십, 수백의 각양각색의 미녀들이 반라로 헤르반을 섬기고 있었다.

'쯧쯧, 아주 애를 잡는구나, 잡어. 저러니 말라 죽지.'

한 여인, 한 여인을 주시했다. 모두가 같은 느낌이 든다. 외양만 다를 뿐, 모두 서큐버스다.

'제놈이 손오공인 줄 아나, 분신들을 많이도 만들어놓았네.'

막 방사를 치르고 헤르반이 숨을 헐떡이며 대자로 눕자 탐스러운 가슴을 반쯤 드러낸 여인이 분홍색 액체가 담긴 술잔을 들어 마시고는 입으로 헤르반에게 전해주었다.

그러자 헤르반은 방금 끝냈건만 또다시 성욕이 치미는지 입을 맞댄 여인을 끌어안았다.

1골드가 혀를 찼다. 저러다 곧 죽을 것 같았기 때문이다. 고개를 설레설레 저으며 깊이 숨을 들이마셨다.

후우우웅!

서큐버스가 만든 세상이 태풍을 만난 듯 진동을 했다.

화들짝 놀란 여인들이 일제히 하늘을 올려다보았다. 하늘에 시커먼 두 개의 눈동자가 박혀 있었다.

여인들이 몸을 일으키기가 무섭게 귀청을 찢고 뇌리를 뒤흔드는 강렬한 포효가 울렸다.

쿠오오오오오오오!

포효는 진짜였다. 만물의 머리를 조아리게 만드는 드래곤의 포효, 1골드 안에 녹아 있는 아드카빌론의 마정에 의한 것이다.

[키아아악! 누구냐!]

물질계에선 몽마에 불과하지만 근원은 악신, 서큐버스는 위축된 기색 없이 날카롭게 소리쳤다.

"크와와앙! 사라져!"

1골드가 허리를 돌리자 어마어마한 힘이 담긴 꼬리가 날아들어 구체에 일격을 가했다.

쿠아아아앙!

일격으로 결계를 파괴하고는 당당한 아드카빌론의 육신을 드러냈다.

"카카, 몽마 따위가 내 영역에서 분탕질을 치다니! 소멸되고 싶은 게로구나."

수많은 미녀들이 사라지고 물소 뿔처럼 휜 뿔에 박쥐 날개 밑으로 긴 꼬리를 드러낸 악마가 서 있었다. 이 모습은 1골드가 생각하는 서큐버스의 모습이다. 영체라 형체가 없어 생각하는 모습으로 보이는 것이다.

[블랙 드래곤? 감히 드래곤 따위가 신의 행사에!]

"넋 빠진 놈, 정신 차려, 네놈이 어디에 있는지. 죽이기 전에 한 가지만 묻지. 너를 누가 소환했지? 대왕대비인가? 크로키?"

소환술사를 찾고자 하는 것이다. 뱀파이어라도 모두 소환술을 쓸 수 있는 것은 아니다. 벨제르일 것이라 짐작은 하지만 확신이 필요했다. 뱀파이어가 아닌 네크로맨서도 가능했고. 정확히 정체를 알 필요가 있었다.

[흥! 할 수 있으면 직접 알아봐라! 죽어!]

서큐버스가 손을 내젓자 거대한 사신의 낫이 허공에 생겨나 목을 향해 짓쳐들어왔다.

피식 코웃음을 친 1골드가 날개를 퍼덕이자 강맹한 기운이 담긴 낫이 너무도 허무하게 사라졌다.

"쯧쯧, 이곳은 너도 나도 아닌 저 어리석은 놈의 세상이다. 이노옴! 헤르반! 정신 차려!!"

순식간에 세상이 뒤바뀌고 인간이 감히 범접할 수 없는 거대한 존재가 흉포성을 드러내고 있자 헤르반은 물에 빠진 쥐새끼마냥 벌벌 떨고 있었다.

"예, 옛!"

몸을 곧추세운 헤르반이 칠흑 같은 아드카빌론의 눈과 부딪쳤다. 그는 그때서야 눈이 뜨였다.

"으헉!"

코앞에 있는 서큐버스를 보고 놀란 것이다. 천둥 같은 1골드의 목소리가 이어졌다.

"아무리 꿈속이라지만 사내자식이 여자 가랑이 사이에서 허우적대고 있다니, 네놈은 그냥 뒈지는 게 낫다."

"위대한 드래곤이시여, 죽을죄를… 한 번만 자비를 베푸시어…….."

"안다면 네 손으로 직접 앞에 서 있는 악마를 죽여라!"

드래곤과 악마, 따질 것도 없다. 헤르반은 용기를 짜내었다. 그러자 손에 검이 생겨났다. 한층 더 용기가 북돋아졌다. 그가 드래곤을 쳐다보았는데 검을 만들어준 감사를 전하는 것이다.

"죽어랏! 이 악마!"

한 수로 드래곤인 척하는 놈의 상대가 아닌 것을 안 서큐버스는 도망칠 궁리를 하다가 헤르반이 달려들자 오만상을 찌푸렸다.

[이젠 별게 다… 빌어먹을!]

쳐다보지도 않았다. 헤르반과는 비교도 안 될 정도로 빠르게 손칼이 목을 스쳐 갔다.

삭둑!

검과 함께 헤르반의 목이 날아갔다. 저 멀리 날아간 헤르반의 머리가 바닥을 수십 바퀴나 굴렀다. 1골드가 떨어져 나간 헤르반의 멍해진 눈을 보고 말했다.

"쯧쯧, 멍청한 놈. 안 죽었으니 일어나. 그리고 네놈이 봤던 가장 센 놈을 떠올리고 다시 해봐."

그냥 그가 처리하면 간단한 일이었으나 남의 손에 휘둘려 인생을 망친 헤르반에게 혼자서 일어설 수 있는 새로운 기회를 주고 싶었다.

만물의 최강자인 드래곤에 대한 수많은 전설이 두려움을 넘어 믿음을 주었는지 생기를 잃어가던 눈이 되살아나며 잘린 목 아래로 새로운 몸이 생겨났다.

몸을 지지하고 일어날 수 있는 팔이 생기자 희한한 표정으로 팔을 보다가 헤르반이 벌떡 일어섰다. 무언가 알아챈 듯한 표정이었다.

"생각보다 멍청한 놈은 아니구나. 그래, 여긴 현실이 아니다. 네놈이 만든 세상, 네 멋대로 놀아봐라."

서큐버스가 꿈속에 침입해 정을 갈취할 수 있는 것은 두려움과 공포, 욕망으로 인간의 정신세계를 지배한 이후다. 그래서 성장기의 아이나 정신력이 약한, 탐욕에 눈이 먼 인간들이 그의 먹잇감이다. 강한 정신력, 영력의 소유자에게는 감히 침범할 수 없다.

헤르반은 서큐버스에게 정신세계를 잠식당했으나 믿음직한 존재에 의해 지금 모든 상황이 환상과 다름없고 그걸 움직일 수 있는 주관자가 자신이라는 것을 자각했다.

일이 틀어졌음을 직감한 서큐버스가 이를 드러냈다.

[네놈! 너만은 죽이고 간다!]

바닥이 움푹 꺼질 정도의 도약력이었다. 검은 빛살로 화한 서큐버스가 아드카빌론으로 변화한 1골드에게 벼락같이 쇄도했다.

"넌 안 된다니까. 영계에서 반신과도 어울렸던 나다. 죽음을 두 번이나 경험했고. 게다가 이것도 있지."

사위가 급격히 어둠에 잠식되었다. 공포, 파괴, 살육이 내제된 순수한 마다. 그 속에 어둠의 정화가 담긴 검은 눈동자가 떠올랐다.

[헉! 이, 이럴 수가! 마정(魔精)! 너, 너, 당신은 마신?]

본신의 몸이었다 해도 우열을 가리기 힘든 상대다. 아니, 그는 하급 악신이니 저 정도로 순수한 마에는 도망 다녀야 한다.

게다가 여기는 물질계, 뱀파이어의 피로 소환을 당했다. 상대는 마신에게 영을 제물로 바쳐 힘을 빌려 쓰는 게 아니라, 마정 자체를 가진 영이었다. 상대가 될 수 없었다.

눈동자가 웃는 듯하더니 번쩍이는 섬광이 벼락같이 내리쳐져 서큐버스의 이마를 강타했다.

[크아아악!]

튀어 올랐던 것보다 배는 빠르게 바닥에 내동댕이쳐진 서큐버스는 바닥을 파고들어 가 박혀 버렸다.

1골드가 희열에 몸을 떠는 헤르반에게 이제 네가 처리하라는 듯한 눈길을 보냈다.

격동에 찬 헤르반이 감사를 보내고 검을 세우자 어느새 몸이 서큐버스 앞에 서 있었다.

"사지를 갈기갈기 찢어 죽일 놈. 네놈이 밤마다 나를 괴롭혔던 놈이구나. 아니, 내 아버지의 아버지까지. 죽여 버리겠어, 죽여 버리겠다! 죽어!"

후와앙!

검에서 빛의 기둥이 3m는 솟구쳤다.

"으아악!"

비명과도 같은 기합을 지른 헤르반은 축 늘어진 서큐버스를 향해 마구잡이로 검을 내려쳤다. 잘록한 허리를 자르고 팔과 다리를 토막 내고, 머리통을 밟고 뿔을 잘랐다. 몸을 뒤집어 날개를 회를 뜨듯이 얇게 저밀 정도로 그의 분노는 대단했다.

그 모습을 보던 1골드가 조금 놀랐다.

'저 정도로 오러를 쓰는 자가 이곳에 있었구나.'

헤르반의 모습은 자신이 본 최강자의 모습이었다.

1골드는 내심 레티아를 그렸으나 헤르반은 기사를 떠올렸다. 1골드는 오러를 2m 정도 뿜어낼 수 있었다. 마나 량으로만 보면 그를 넘어서는 강자다.

'누굴까? 근위단 단장 아니면 로얄가드? 더 노력해야 해.

제후 휘하가 저 정도니 황제는 상상하기도 싫군.'

1골드는 혈인을 조종하는 세력을 내심 브리언 교로 놓고 그 전력이 한 개 왕국에 해당한다고 가정하고 있었다.

간접 비교해 제국의 제후들은 중견 왕국의 전력 정도를 갖추고 있다. 시네르아의 힘만으로도 만유 왕국은 한 달도 안 돼 점령할 수 있었다.

팍! 팍! 팍!

그사이 헤르반은 난도질당해 육회가 되어버린 서큐버스를 분이 풀리지 않는지 살덩이를 짓밟고 있었다.

'저놈도 성깔이 장난 아닌데? 녀석, 남자가 그 정도는 되어야지, 그럼.'

1골드는 영력을 외부로 개방해 익숙한 기운을 가진 자를 찾았다. 다크 엘프가 느껴지자 심언을 전했다.

─결계를 풀어라.

약속된 수순이었다. 서큐버스가 헤르반에게 침입을 하면 1골드가 쫓아가고 샤먼들은 도망치지 못하게 결계를 형성한다. 그런데 도망칠 엄두를 내지 못할 정도로 1골드가 강했다. 그보다는 서큐버스가 정신계 정령 만큼의 힘밖에 쓰지 못했다. 이 정도였다면 샤먼들이라도 충분했을 것이다.

'로드 퀸의 힘을 과신했었나? 아니, 서큐버스에게 나누어 줄 힘이 아까워서 제 년 몸을 사린 거겠지. 후후, 우리를 너무 우습게봤군. 어디 수천 년을 살아왔다는 늙은 박쥐를 만나러

가볼까.'

검은 눈동자가 사라졌다. 그러자 미친 듯이 육질을 밟던 헤르반도 동작을 멈췄다. 고약한 냄새를 풍기던 살덩이들이 먼지가 되어 사라졌다.

결계에 의해 돌아가지도 못하던 서큐버스가 속박하던 결계가 풀리자 혼계로 강제 귀환당한 것이다.

급히 하늘을 올려다본 헤르반은 망연자실했다. 없었다. 그러다 무슨 생각이 들었는지 무릎을 꿇고 머리를 조아렸다.

뿌우우우우!

히이이이잉!

긴 뿔 나팔 소리가 밤하늘에 울려 퍼졌다. 그 소리에 맞추어 전의를 불태우는 듯 전마 또한 힘찬 울음소리를 내었다.

둥둥둥둥둥!

달빛을 받아 시퍼런 빛을 발하는 수천의 창날 사이로 흐르는 규칙적인 북소리가 병사들의 힘찬 발걸음을 재촉했다.

"대열을 흐트러뜨리지 마라! 앞 사람의 발만 보고 걸어. 이 자식들아, 어깨를 펴란 말이다. 우린 반역자가 아니다. 오늘만큼은 마족에게 농락당하는 궁을 정화하기 위한 신의 전사다!"

"옛!"

"목소리가 작다! 나보다 작은 놈은 먹을 따버리겠다. 우리가 누구라고?"

"신의 전사!"

"더 크게!"

"신의 전사아!!"

병사들의 힘찬 목소리에 위렌이 흐뭇한 미소를 지었다. 시간이 촉박하고 병력의 움직임을 감추기 위해 경갑 기마병 위주로 5천의 병사만 차출했지만 태반이 아즈빌 인인 정예병이다. 이 병력으로 제1군단을 습격해도 승리를 거둘 자신이 있었다.

"장군님, 저 능선만 넘으면 샤오스입니다. 정말 제후 궁을 향해 진군할 생각이십니까? 이 병력으론 성문을 넘지도 못합니다."

부관의 물음에 위렌이 가볍게 대답했다.

"전군이 성내까지 들어갈 필요는 없다. 작전실에서도 말을 했지만 안에는 레티아님이 이끄시는 내부 병력들이 있다. 우린 외부로부터 들어오는 반군을 막으면 된다. 성에서 도망치는 놈들도 목을 쳐야 하고. 나와 호위대만 진입한다."

"저는 도저히 믿을 수가 없습니다, 뱀파이어들이 어떻게 그리 깊이 잠입해 있었는지. 더욱 놀라운 건 근위 기사들에까지 추종자들이 있다는 사실입니다."

말을 하면서도 부관은 혀를 내둘렀다.

"직접 보지 않았나? 우리 군단에도 있었잖아. 뱀파이어 헌터라는 자들이 아니었으면 큰일날 뻔했어. 치가 떨려. 그 애쉬라는 마약도 기가 막히고, 피만 빨아 먹는 놈들인 줄 알았더니 마약으로 인간을 노예처럼 부리기까지 하다니."

막강한 국력에 의해 평화로운 나날을 보내는 줄 알았던 제국이 속에서부터 썩고 있었다. 어쩌면 풍요로움이 가져다준 폐단이었다. 등 따시고 배부르니 제 몸 망가지는 줄 모르고 쾌락을 찾아 마약에 손을 대는 얼빠진 놈들이 있었다.

더욱 기가 막힌 것은 평생 수련을 해도 모자란 기사들이 힘을 키우기 위해 사용했다는 점이다. 애쉬에 취하면 초인적인 힘을 발휘한다. 그 점이 떨치기 힘든 유혹으로 다가왔다.

"북과 함성을 더욱 크게 울려라. 온 도시민이 깨어나도록 말이다. 이 일은 시궁창에서 뒹구는 부랑자 놈들까지 알아야 한다."

그래야 치솟는 위렌의 위상이 더욱 올라갈 테니 말이다.

"연락이 왔습니다!"

"드디어!"

레타아가 의자를 박차고 일어섰다. 어서 더 말해보라는 듯이 그의 눈이 이글거렸다.

"성공입니다. 제후님의 안전을 확보했습니다. 그들의 말에 의하면 다시는 악령이 침범하지 못할 거라 합니다."

이유는 묻지 않았다. 일종의 면역성을 키워준 거라 얼핏 생각하곤 레티아가 빠르게 명령을 내렸다.

"궁전 대방어 마법진을 가동한다. 범위는 내성 내 궁전만이다. 빅!"

"옛, 스승님!"

"내가 일러준 수식을 마법진에 더해라. 어서! 시간이 없다."

샤먼들이 일러준 정령계 엘프 마법이다. 뱀파이어의 투시를 방해하는 효과가 있었다. 거기에 물질 방어막을 더하면 박쥐 따위로 변해 도시에서 날아오는 지원군을 차단할 수 있었다.

레티아가 보고를 한 마법사에게 시선을 고정했다.

"제후님은 일어나셨느냐? 그들은?"

"제후님은 아직 기침을 안 하셨고, 그들은 별궁으로 향했다고 합니다. 대왕대비 궁으로."

봄멜이 몸을 일으켰다.

"가시죠. 괜한 피를 흘리지 않으려면 레티아님이 필요합니다. 그리고 끝장은 직접 보시는 게 낫지 않겠습니까?"

"고마우신 말씀. 암, 그래야지요. 방어막이 발동하면 근위기사단장도 저를 찾을 겁니다. 그도 만나봐야지요."

"호시오!"

“아닙니다!”

막 앞을 막는 근위 기사의 목을 베어가던 대검이 목울대 바로 앞에서 멈추었다.

“빌어먹을!”

욕을 내뱉은 1골드가 유연한 동작으로 몸을 빙글 돌리더니 뒷발차기로 기사를 날려 버렸다.

“커어헉!”

흉갑에 우그러진 커다란 발자국이 생겨난 기사가 훌훌 날아가고 1골드는 그 자리에 우뚝 멈추었다.

“정지!”

이대로 담피르 호시오에게 의지해 인간을 판별하면서 가기에는 시간이 너무 걸린다.

“씨발!”

막는 병사들을 닥치는 대로 다 죽일 수도 없는 노릇이고. 결단이 필요했다.

“다 죽여 버려! 앞을 막는 놈들은 다 죽인다. 이놈들은 뱀파이어의 추종자다!”

발끝에 힘을 줄 때 문득 유진이 떠올랐다. 피의 길을 걷는 건 검을 든 자의 숙명이라고, 혈로를 걸으면서도 미치지 않기 위해서는 살인에 대한 정당화를 해야 한다고 한. 지금 1골드가 그랬다. 앞을 막는 자들 전부를 추종자라 간주하고 살인을 명한 것이다.

'죽일 만하니까 죽이는 거야. 다 죽어버려, 멍청한 놈들. 새롭게 태어나서는 인간답게 살아라, 박쥐새끼들한테 휘둘리지 말고.'

삑! 삑! 삐이익!

긴 휘파람 소리가 궁성 하늘을 찢고 올라가자 여기저기서 고함 소리가 난무했다.

"침입자다! 별궁이다! 적을 막아라!"

"비상종을 울려!"

뎅뎅뎅뎅뎅!

요란한 종소리가 궁전을 깨웠다. 절로 감탄이 나올 만큼 빠른 대처였다.

암중호굴(暗中虎窟)인 대왕대비 궁에 은밀히 잠입할 수 있을 거라고는 기대도 안 했다.

하지만 너무 빨랐다. 제후 궁을 나와 후원을 겨우 지났다. 1골드는 대왕대비 궁을 코앞에 둔 소로에서 막 50여 개의 계단 높이 위에 지어진 궁을 안타까운 시선으로 바라보았다.

"물러서!"

척척척척!

계단 꼭대기에 궁수들이 질서정연하게 도열하고 있었다. 그쪽도 대비를 한 것이다.

웅웅웅!

1골드를 호위하듯 둘러싼 샤먼들의 손에서 엷은 빛이 흘러나왔다. 캐스팅을 마치고 명령만 기다리고 있었다. 계단 위를 새까맣게 덮은 병사들, 수적으로 보면 상대도 안 되지만 다크 엘프들은 물러설 생각이 전혀 없었다. 등을 보이느니 죽는다는 그들이다.

또각또각!

마른침이 넘어가는 일촉즉발의 순간에 한 여인의 발걸음 소리가 주위를 끌었다. 알려진 나이가 팔십 가까이 먹었는데도 30대 중반처럼 보이는 대왕대비 벨제르였다.

그녀가 천사같이 아름다운 얼굴에 요사스러움을 더했다.

"다크 엘프들이구나. 네티아가 마족과 손을 잡다니, 믿기 힘든 일이다."

"마족? 누가 누구를 그렇게 부르는가?"

1골드를 뚫어지게 쳐다보던 벨제르가 고개를 갸웃했다.

"인간?"

그녀가 안력을 높였다. 마법사들의 스캔과 같은 효과가 있었다. 세포의 활동량에 따라 1골드의 몸이 색깔별로 보여졌다. 이어 몸을 두른 몇 겹의 투명한 오러(Aura:여기서는 기체)까지 나타났다.

"쯧쯧, 불쌍타. 다크 엘프에게 혼이 팔린 인간이구나."

―호오! 꽤나 수련을 쌓은 놈이군. 맛깔스럽게 보이는구나. 오호호호호호.

입 밖으로 내는 소리와 머릿속에 울리는 말이 달랐다.

"냄새나는 모기 따위가 감히."

"이놈! 감히 어느 안전이라고. 구족을 멸할 반역자 놈이. 기사들은 무얼 하고 있는 게냐! 이건 역모다! 가증스러운 마법사 레티아가 외부 세력을 궁에 끌어들여 반역을 획책한 것이다! 근위 기사들은 저 반역도당을 처리하고 근위 기사단에 이 일을 알려 반역자들의 수괴 레티아를 체포하라!"

―끌끌, 이것들은 인간이야. 아무것도 모르지. 할 수 있다면 죽이든 살리든 네 마음대로 해.

벨제르의 말이 끝나기가 무섭게 화려한 차림의 기사가 검을 빼 들었다.

"활을 쏴라!"

"쏴라!"

탄착군을 형성한 궁수들이 일제히 크로스 보우의 방아쇠를 당겼다. 100보의 거리에서는 갑옷마저 꿰뚫는 위력이 있었다. 더불어 높은 지역에서 쏘는 화살이라 그 위력이 배가되었다.

"쉴드!"

"배리어!"

타당탕! 땅따따따딱!

화살 비가 뿌려지자 벨제르가 왕대비 소렌을 돌아보았다.

"너는 어서 왕비 궁에 가서 왕자와 공주들을 모두 데려오너라."

“예, 어머니.”

벨제르는 서큐버스가 강제 귀환을 당했다는 걸 알고 있었다. 가장 큰 볼모인 제후는 넘어갔어도 아직 그녀에겐 다음 대를 이을 후계들이 남아 있었다.

궁전 내에서의 세력은 백중세다. 하지만 최후의 보루는 필요하다.

“야! 단장님 비상 호출이다! 일어나!”

한 기사가 숙소 문을 벌컥 열며 소리쳤다.

“일어났어. 무슨 일인데 한밤중에 이 난리야?”

“모르겠다. 별궁 쪽에서 비상종이 울렸는데…….”

잠을 깨운 기사가 몸을 돌리려 하자 동료의 목소리가 그의 발목을 잡았다.

“잠깐만.”

“왜? 바쁜 거 안 보여?”

잰걸음으로 기사에게 다가온 사내가 귓가에 입을 대었다.

“미안하다.”

“응? 크윽!”

단도를 갈비뼈 사이에 찔러 넣고 허파를 헤집자 바람 빠지는 소리가 들리며 기사의 눈에서 급속도로 생명의 빛이 꺼져갔다.

“울컥! 왜… 왜?”

"잘 가, 이제 세상이 바뀐다. 불멸의 여제후가 탄생할 거야. 나는 그분의 영원한 기사가 될 것이고."

단검을 잡은 손에 힘을 주고는 미련없이 비틀었다.

이런 일이 궁전 곳곳에서 벌어졌다. 수십 년을 같이한 친구에게, 전우에게 너무도 어이없이 기습을 당했다.

벨제르가 은밀히 키워놓은 추종자들이다. 어떠한 표식도 없는 인간 추종자들이 뱀파이어보다 더 무서운 면이 많았다. 그나마 다행인 것은 무형의 오러를 다룰 줄 아는 최상급 기사들 중에서는 그 수가 현저히 적다는 것이다.

너무나 높은 벽에 막혀 자포자기 심정으로 애쉬에 손을 댄 자들이 몇몇은 있었으나 이 정도 경지에 오르려면 강한 정신력이 바탕이 되어야 한다.

하지만 레티아의 믿기 힘든 전언을 듣고 반신반의하며 근위 기사를 소집한 위슬러는 큰 충격을 받았다. 평시의 3분의 1수준밖에 되지 않았기 때문이다.

이제는 레티아의 말을 믿었다. 그리고 그사이 제후의 명도 도착했다. 헤르반이 깨어나 레티아에게 힘을 실어주었다.

이를 뿌드득 간 위슬러가 화를 억눌렀다.

"어전 망토를 두른 자는 근위 기사가 아니다. 모두 마상용을 착용하라. 지금은 적아를 구별할 수 없는 상황이다. 이곳에 있는 기사들과 마법사들을 제외한 모두가 적이다. 앞을 막는 병사도 마찬가지. 검에 인정을 두지 마라!"

어전 망토는 화려한 흰색 바탕이었고 마상은 두툼한 전투용으로 피와 먼지 때문에 흑색이었다.

임상방편이란 걸 안다. 하지만 뚜렷한 대책도 없었다. 피해가 크지 않기만을 바랄 뿐이었다.

근위 기사들 모두 자신의 검에 엄한 피가 묻지 않기를 바라면서 무거운 발걸음을 별궁으로 향했다.

"비켜라!"

별궁들 사이의 소로에서 일단의 병사들이 길을 막고 레티아 일행을 저지하고 나섰다.

오만상을 찌푸린 레티아가 마나를 실어 버럭 소리쳤지만 창대를 겨눈 병사들은 요지부동이었다.

"죄송합니다, 마법사님. 비킬 수 없음을 잘 아시지 않습니까? 그리고 이미 반역은 모두 들통났습니다. 순순히 포박을 받으십시오."

"포박? 대체, 이 멍청한 놈들!"

"대왕대비 마마의 궁에 침입하던 반역도당들이 포위를 당했습니다. 모두 마법사님께서 데려온 자들입니다. 이미 근위 기사들이 출동했고 1군단에서도 역모를 모의한 반역자를 색출하러 병력이 출발했다는 연락이 왔습니다. 모두 끝났습니다."

"이, 이, 이, 우아아아아!"

답답한 마음에 악을 썼다. 한 방이면 저런 조잡한 방책과 십여 명의 병력쯤은 날려 버릴 수 있다.

하지만 이후가 문제였다. 구석구석에서 아군끼리의 상잔이 벌어지고 궁전이 공황 상태가 되면 뒤를 추스르기도 전에 시네르아 전체에 대한 통솔력을 잃는다.

내분에 휩싸인 왕국은 외세의 먹잇감으로 전락한다. 같은 제국의 테두리 안에 있어도 황제, 크나르 족, 로이 족은 잠재적인 적이다.

그래서 속전속결로 벨제르의 목을 치려 했는데 뱀파이어들의 대비도 만만치 않았다. 근위병들의 중간 명령자는 기사다. 그들 속에 적이 끼어 있어 명령 체계에 혼란을 초래한 것이다.

"제가 나서겠습니다, 제자가 걱정되어."

레티아가 저지하기도 전에 봄멜의 시동어가 연이어 터졌다.

"파이어 볼!"

1써클의 저급 마법이다. 하지만 시전자가 누구냐에 따라 어마어마한 차이가 있다. 블랙 위저드로 대마법사에 오르기 전에도 마나탄 하나만으로 기사들을 처치한 그였다. 머리통만 한 파이어 볼이 봄멜의 손에서는 주먹만 한 크기의 새파란 불덩이였다. 고열의 고압축이다.

시동어 한 번에 수십 개의 파이어 볼이 봄멜의 전면에 생겨났다.

"아, 아니!"

"길마다 병사들이 진을 치고 있을 텐데 만나실 때마다 자초지종을 설명하실 생각입니까?"

봄멜이 무감각하게 손을 내젓자 빛살처럼 날아간 파이어볼들은 병사들이 인지하고 피할 겨를도 없이 방책을 뚫고 갑옷이며 방패를 가리지 않고 바람구멍을 만들어놓았다.

"크아아아악!"

눈 한 번 깜박일 사이에 온몸에 구멍이 뚫린 시체 더미가 생겨났다.

"저는 먼저."

건조한 눈빛으로 한 지점에 시선을 준 봄멜의 몸이 쑤욱 떠오르더니 혜성처럼 날아갔다.

"지금은 저 행동이 맞다. 먼저 머리를 베고 난 후에 수습한다. 어리석도다! 하늘로 날아가면 병사들과 마주칠 일이 없을 것. 모두 플라이를 시전해… 헤르반 전하?"

로얄가드들의 보호를 받고 있어야 할 헤르반이 지친 육신을 이끌고 나타났다.

제후 궁 후원 너머의 소로에서부터 시작된 점화는 삽시간에 궁전 전체를 아수라장으로 만들어 버렸다. 알 수 없는 고함이 난무를 하고 적아가 식별되지 않아 무기를 든 자라면 누가 다가오든 상대를 가리지 않고 베어버렸다.

친인이 한순간 돌변해 배에 검을 박아버리는 상황이라, 제 한 목숨이 우선인 것이다.

"저놈들이 반역자다! 헤르반 제후 전하께 악독한 사술을 부리고 대왕대비 마마까지 해하려 한다. 병사들은 한 치도 물러서지 마라!"

"무슨 소리! 우린 전하의 어명을 받았다. 대왕대비 일파가 궁을 전복하려는 기도를 하였다. 무기를 버리고 항복하라!"

"적의 세 치 혀에 넘어갔구나! 궁실 마법사 레티아가 반역의 수괴다. 전하께서는 흉악한 마법사에게 잡혀 계신 것이다. 전하를 구해야 한다. 제후 궁으로 돌격하라!"

한솥밥을 먹던 동료였다. 하지만 이 순간만큼은 적이다. 서로의 믿음에서 공통점을 찾지 못한 그들은 같은 복장의 병사를 향해 검을 찔러갈 수밖에 없었다.

흰색 바탕에 번들한 대리석 바닥이 순식간에 붉은 피로 물들었다.

"크아악!"

"크억! 네놈이! 예전부터 맘에 안 들었다. 이 개잡종 놈, 죽어버려!"

피의 마력에 이성이 마비된 병사들은 이미 죽은 시체에까지 난도질을 해댔다.

불과 몇 시간 전만 해도 한 식탁에서 화기(和氣)있게 저녁을 들던 사이다. 이젠 그들 사이에는 여기저기 나뒹구는 도륙당한 처참한 시신만이 남아 있었다.

Chapter 8

가야 하는 길

"후욱……! 후욱……! 훅!"

수분 동안 단 한 번도 눈을 깜박이지 않았다.

쉐에엑! 쉑! 쉑! 쉑!

시퍼런 화살촉이 그의 눈을 꿰뚫을 듯했으나 반투명한 방어막에 막혀 그 힘을 다했다. 수백 발의 화살을 머릿속에 다 담으려는 듯 화살의 궤도를 좇았다.

잠시 화살 비가 주춤했다. 화살을 재야 하는 시간. 2열 횡대로 궁수들이 활을 쏘아도 작은 틈은 벌어지게 마련이다.

"타아앗!"

힘찬 기합 소리와 함께 1골드가 화살의 궤도처럼 일직선으로 뛰어나갔다.

‘하나, 둘, 지금!’

일보에 십여 개의 계단을 날듯이 뛰어오르더니 대검을 앞세웠다. 후웅 하며 검풍이 일기 시작해 재장전한 화살이 매섭게 허공을 가를 때에는 검신은 보이지도 않고 희끄무레한 막이 전방에 형성되었다.

따다다다당!

고슴도치가 되었을 거한을 상상하던 궁수들은 순간 당황했다. 자신들은 제대로 들지도 못할 묵직한 검을 팔랑개비처럼 돌려 백여 대의 화살을 막아낸 것이다.

“거, 거, 검막!”

한 기사의 외침, 궁수들은 검막이 무언가를 떠올리려는 찰나 거한의 몸의 중심에서 칙칙한 회색 빛이 터져 나오는 것을 보았다.

“앞을 막는 자, 다 죽는다!”

1골드의 입에서 쩌렁쩌렁 울리는 일갈이 터지면서 검이 내려쳐졌다. 빛살이 계단을 갈랐다. 아니, 계단을 가르며 치솟아올랐다.

콰콰콰콰콰!

오러가 단단한 돌로 만든 계단을 박살 내며 벨제르를 향했다. 정확히 자신을 두 토막 내려는 듯 닥쳐오는 오러를 보며 벨제르는 여전히 요염한 미소만 짓고 있었다. 그녀까지 오려면 인의 장막을 넘어야 한다.

대신 목숨을 바칠 인간들이 많기에 뱀파이어의 능력 중 하나인 상대의 기술을 읽어낼 수 있는 적안(赤眼)을 뜨고 1골드의 동작 하나하나를 보고 있었다.

적안도 상대방의 능력이 뱀파이어를 뛰어넘으면 발휘할 수 없으나, 1골드는 그녀에게 모자라는 수준이었다.

콰아앙!

"크으윽!"

"크아아악!"

궁수 대열에서 폭탄이 터진 듯 조각난 살덩이가 날고 붉은 피가 뿌려졌다. 벨제르의 긴 혀가 그보다 더 붉은 입술을 핥았다. 오랜만에 경험하는 살육의 현장, 피를 달라고 심장이 고동친다.

1골드 일행을 옴짝달싹 못하게 화살 비를 뿌리던 일각이 무너졌다. 다크 엘프들은 이 짧은 틈을 기다리고 있었다.

그 순간 이질적인 언어의 일갈이 터지는가 싶더니 연이어 들려오는 황급한 비명 소리가 한 폭의 지옥도를 더했다.

우지끈하며 부서지는 소리와 함께 궁수들 발아래 잘 포장된 포석을 뚫고 하늘거리는 듯한 넝쿨식물이 자라났다.

"으악! 피, 피해!"

채찍처럼 날아간 식물 줄기가 도망치는 병사의 등을 뚫고 앞선 병사의 목을 휘감아 들어올렸다. 우두둑 소리가 나며 병사가 힘없이 축 늘어졌다.

"크으으윽!"

"마족! 악마다!"

소환 마법은 흑마법사 계열만 사용한다. 기사들은 검을 잡은 손에 힘을 더했다. 다크 엘프다. 벨제르의 말이 맞았다.

"이야압!"

창처럼 찔러오는 줄기를 잘라내고 병사의 다리를 휘감은 넝쿨을 토막 쳤다.

"당황하지 마라! 기사들은 병사를 보호하라! 적은 소수에 불과하다. 궁수들은 쉬지 말고 마법사들에게 활을 쏴라! 틈을 줘서는 안 된다. 너, 너, 너, 나를 따라 거한을 상대한다."

격전장의 소음을 잠재우는 간결한 명령이었다. 제법 위치가 되는 기사가 우왕좌왕하는 병사들을 통솔해 대열을 재정비했다.

그사이 1골드는 계단 위에 올라와 있었다. 전장을 한눈에 담는 것만으로도 누구를 먼저 노려야 할지를 안다. 소수가 다수를 상대한 방법, 유진에게 몸으로 배운 바가 있다.

그는 오직 한 명만 보고 땅을 박찼다. 좌우후방은 믿는 구석이 있었다.

파파파파팟!

사라졌다. 나타났다. 공기를 가르는 파공음은 변함없었지만 일직선으로 내달리는 그의 신형은 중간중간에 잔영만을 남겼다. 눈으로 좇을 수 없는 속도여서 발끝이 땅을 찍는 찰나만 잔영을 남기는 것이다.

"죽엇!"

좌측방에 무시 못할 예기가 쇄도했다. 1골드는 눈도 깜박하지 않았다.

"하얏!"

창!

온통 새까만 인영이 불쑥 땅에서 솟아나 검을 막았다. 네 명의 호위 중 한 명이었다. 그라노프가 엄선해서 뽑은 전사들이다. 화살 세례를 받을 때만 해도 꿈쩍도 하지 않더니 1골드가 상처를 입을 것 같자 몸을 드러냈다.

희미한 미소를 띤 1골드는 마나를 끌어올리며 발끝에 힘을 배가했다. 기사들의 뒤에 숨어 빨리 오라는 듯 손가락을 까딱이는 벨제르를 향했다.

찔러오는 병사의 창을 허리를 숙여 피하고 지나쳐 갔다. 병사까지 상대할 필요가 없었다.

"크악!"

호위의 검에 의해 지나쳐 간 병사가 지른 비명이었다.

한 길 앞도 살필 수 없는 밀림 속에서 단련된 신법이 병사들의 숲을 무리없이 헤치게 해주었다.

쇄애액!

본능을 자극하는 파공음, 기사의 검이다. 앞발을 쭉 내밀어 몸을 바닥에 붙이면서 2m나 되는 검을 아래에서 위로 그대로 쳐올렸다.

검을 날린 기사는 간격을 잘못 계산했다. 상대의 속도에 맞추어 이때쯤이면 검의 사정거리에 도달했을 거라 생각하고 검을 떨쳤지만 1골드가 급격히 속도를 줄이자 검이 허공을 갈랐다. 그때 대검은 장병의 이점을 활용해 기사의 다리 사이에 있었다.

땅! 사사삭!

본능적으로 방패를 내렸지만 1골드의 힘에 하늘로 치솟으며 사타구니 아래로 다리 한쪽이 썽둥 잘려 나갔다.

1골드는 쭉 벌린 앞발 끝에 힘을 주고 반동으로 인해 몸이 세워지자 다시 땅을 찼다. 정면에 검을 중단세로 잡은 기사를 향해 쏘아져 갔다.

검을 허공에서 빙글 돌려 오른쪽 어깨에 올려놓듯 걸쳤으며 간격이 다섯 보 정도 남았을 때 수평으로 크게 휘둘렀다.

기사는 당황한 듯한 얼굴이었다. 이 거리에서 검이 닿을 리가 없었다. 하지만 보여준 몇 수가 있어 검에 마나를 잔뜩 밀어 넣고 대검의 궤적에 맞추어 막아갔다.

헛 칼질이다 싶어 어이없는 웃음을 흘리던 때 1골드의 검신이 쭉 늘어났다.

"허억!"

이럴 수는 없었다. 근위 기사단의 단장과 부단장이 소드 마스터여서 그들의 대련을 본 적이 있었다.

마나를 검에 실어 대결을 펼칠 때는 일반 기사들의 검과 크게 다르지 않았다. 하지만 유형의 오러를 발할 때는 일정한 거리를 벌리고 마나를 잔뜩 끌어올려 빛의 검으로 만든 다음 대결을 펼친다.

검에서 오러를 일으키기 위해 약간의 시간이 필요하기 때문이었는데, 이 거한은 상식을 뒤집었다. 검술을 펼치는 와중에 순간적으로 오러를 뿜어낸 것이다.

마나를 쌓는 방식의 차이였다. 검무를 통해 체내에 골고루 쌓는 것과 호흡을 통해 단전을 중심으로 경락을 소통해 가는 방식은 마나의 수발에 많은 영향을 미쳤다. 당연 마나의 통로인 경락이 확장되고 마나의 유통이 자유로워지면 그만큼 수발도 빨라진다.

스걱!

급히 고개를 숙였으나 검은 관자놀이 윗부분을 자르고 지나갔다. 통나무처럼 넘어간 기사의 머리에서 허연 뇌수가 흘러내렸다. 마치 뚜껑 없는 주전자가 쓰러져 안의 내용물이 흐르는 것 같았다.

뇌수에 젖은 바닥에 뒷다리가 미끄러지자 1골드는 급히 몸을 틀고는 왼손을 쭉 뻗었다.

따앙!

경쾌한 소리가 들리며 왼손이 하늘로 올려졌다. 비틀거린 그 틈을 노려 검을 내지른 자의 눈이 휘둥그레졌다. 손과 검이 부딪쳤는데 쇳소리가 난다? 곧 그 이유를 알 수 있었다. 치켜 올라간 로브 소맷자락이 너풀거리며 내려오면서 묵빛을 발하는 건틀릿이 모습을 드러냈다.

몸을 숙인 채 작은 원을 그린 1골드는 대검을 역수로 잡은 상태로 오른손을 쭉 뻗었다. 오러를 담은 검을 든 손이다. 손에 든 검에만 별개로 마나를 넣은 게 아니다. 기체가 몸과 검을 하나로 만들어준 것.

빠각!

1골드의 정권이 오른 무릎 안쪽에 작렬했다. 다리가 불가능한 방향으로 꺾이며 허물어지자 기다렸다는 듯이 발길이 얼굴을 차 올렸다.

우두둑!

턱 밑에 정확히 파고든 발길이 얼마나 빠르고 강맹했던지 뒤로 대여섯 보는 홀쩍 날아간 그자의 얼굴이 몸에서 길게 빠져나와 있었는데 몸과 얼굴 사이에 길쭉한 막대기 같은 것이 언뜻 보였다. 척추였다.

발길질 한 번에 척추가 뽑혀·나오다니! 믿지 못할 광경에 벨제르를 호위하는 기사들이 주춤했다.

"후우……!"

무게중심을 뒷다리에 두고 낮게 자세를 잡은 1골드는 잠시 숨을 골랐다. 몸에 무리가 간 것은 아니다. 발이 미끄러져 공격에 맥이 끊긴 것이다.

1골드가 서서히 몸을 세웠다. 장내를 통솔한 그 기사가 다가오고 있었다.

"대단하오. 마법사인 줄 알았는데 검사였구려, 그것도 소드 마스터. 이젠 나와 겨루어봅니다."

"누구?"

"아아! 난 이놈들의 부단장 미루브요."

근육으로 똘똘 뭉친 기사들 사이에서 조금은 마른 듯한 중년의 사내, 근위 기사단 부단장인 미루브가 나섰다.

1골드가 몸을 바로 하고 고개를 세웠다. 그리고는 거추장스런 로브를 벗어 던졌다. 이미 10여 년 전부터 명성을 날리던 자였다. 만만한 상대가 아니다. 그라노프와 대련을 해봤어도 인간 소드 마스터와는 첫 실전이었다.

"흐음!"

어느 기사의 입에선가 흘러나오는 신음성이다. 2m 30cm가 넘을 듯한 장신에 팔의 굵기가 조금 과장을 해서 날씬한 여인네의 몸통의 두께다. 단단하면서도 두툼한 근육을 자랑이라도 하려는 듯 상체는 맨몸이었고 팔과 손, 허벅지 바깥쪽에만 갑옷이 덧대어져 있었다.

"하하! 그대 앞에 서니 내가 어린아이가 된 듯하오."

미루브의 감상이다. 그도 그리 작은 편은 아니었으나 머리 두 개 이상 차이가 났다.

"당신, 저년의 정체를 아나?"

미루브가 잠자코 고개를 끄덕였다.

"그런데 왜?"

소드 마스터가 마약 따위의 유혹을 이겨내지 못했다는 건 말이 안 된다.

"누구나 사정은 있다오. 변명일지도 모르지만 뱀파이어라고 그리 나쁜 것만은 아니라오. 당신이 다크 엘프와 함께하는 것처럼 말이오. 이런! 쯧쯧쯧, 저 친구들은 얼마 못 갈 것 같구랴."

1골드가 시선을 돌렸다. 샤먼들이 병사들의 집중 공격을 받고 있었는데, 여섯 명이 방진을 형성한 그 중심에 부상을 당한 듯한 자들이 세 명 있었고 그중 한 명은 꽤나 부상이 엄중한지 바닥에 쓰러져 있었다.

기사들만으로도 벅찬 상대였다. 거기에 다섯 배가 넘는 병사들까지, 모두 200여 명을 단 열세 명이서 상대를 한 것이다. 지금까지 버틴 것만으로도 저들은 할 일을 다 했다.

1골드는 벨제르를 잡아야 하는데 앞을 막은 미루브조차 쉬이 넘을 수 없을 것 같았다. 이대로 가면 샤먼들의 죽음은 뻔한 결과였다.

그가 사방을 점한 호위들을 보았는데 눈도 마주치려고 하지 않는다. 떠날 수 없다는 표시였다.

"허허, 이거 내 앞에서 눈을 떼시다니 나를 너무 무시하는 것 같소. 그대는 앞으로도 뒤로도 갈 수 없소이다, 여기서 죽을 것이기에.”

후우웅!

미루브가 기세를 올리며 검을 겨누자 1골드도 검을 내밀었다. 미루브의 검이 쭉 늘어나며 오러를 뿜었지만 1골의 검은 그대로였다.

“감히! 나를 무시하는가!”

미루브의 서글서글하던 말투가 확 바뀌었다. 소드 마스터끼리의 대결에서 오러를 뿜지 않는 행동은 있을 수 없다, 죽기로 작정하지 않은 이상.

호통 소리에도 1골드의 검에선 변화가 없었다. 잔뜩 인상을 구긴 미루브가 폭발적인 살기를 뿜었다.

그에 반해 1골드는 한 발 물러나며 벨제르에게 아쉬운 듯한 눈길을 던졌다.

“이, 이놈이!”

미루브는 말을 잇지 못하고 재빨리 고개를 들었다. 세 개의 달 사이에 또 하나의 달이 떠 있었다.

“마법사! 레티아?”

휘몰아치는 강대한 마나의 기운, 대마법사다.

“활을!”

그의 명령 소리가 고막을 찢는 듯한 고음에 묻혀 버렸다.

[병사들은 어명을 받들라!]

"어, 어명? 제후?"

미루브가 어떻게 된 일이냐는 식으로 벨제르를 돌아보았다. 제후가 이 자리에 나타나서는 안 된다. 헤르반은 벌써 죽어 있어야 했다.

벨제르는 어깨만 세울 뿐, 아무런 해명도 없었다.

[나 시네르아의 제후 헤르반은 이 시간부로 대왕대비를 역모죄로 폐위하며, 이 대역죄를 도저히 묵과할 수 없는 바, 그 죄를 물어 그녀에게 사형을 선고하고 대왕대비 궁을 반역자의 소굴로 폐쇄를 명한다.]

정말 청천벽력 같은 고음에, 내용이었다. 일부의 병사들은 어찌 된 일이냐며 그들의 상관을 찾았으며 몇몇 병사들은 주저앉기까지 했다.

병사들 중에는 뱀파이어의 추종자도 있었고 전혀 모른 채 상관의 명령을 따른 자들도 섞여 있었다.

"현혹되지 마라! 제후 전하를 사악한 마법사 레티아가 조종하고 있는 것이다! 이 앞에 증거가 있다. 흉악한 마족 다크엘프들이 대왕대비 마마를 노리고 침입하지 않았느냐!"

곳곳에서 똑같은 외침이 터졌다. 벨제르가 병사들 속에 있는 뱀파이어를 조종한 것이다. 잠시 소란이 가라앉은 듯했지만 이어지는 위슬리의 음성에 그도 잠시였다.

[나는 근위 기사단 단장 위슬리다. 제후 전하를 따르는 자는 대전으로 모여라! 이 말을 들은 후에도 움직이지 않는 자

는 대왕대비와 공모한 자라 여기고 9족까지 멸할 것이다! 이는 외곽 경비는 물론 궁녀들까지 모든 자에게 해당하는 말이다. 이미 궁성은 폐쇄되었다. 아무도 나갈 수 없다.]

병사들의 동요가 커지자 샤먼들에게 퍼부어졌던 공세가 뚝 그쳤고 봄멜까지 나타났다. 걱정을 던 1골드가 미루브에게 말을 건넸다.

"하던 일, 계속할까?"

잠시 당황했던 미루브가 피식 웃었다.

"그러지, 어차피 모든 일은 여기서 결판이 날 테니."

잠시 시간을 달라는 듯 손을 들어 보인 그가 뒤돌아 벨제르에게 말했다.

"이제 그대도 움직여야 할 때요. 제후도 끝까지 그대 정체는 밝히지 않는 것으로 보아 자신이 있나 보오. 후후후, 하긴 당신이 누구인지 백성들이 알면 제후의 명성에 똥칠을 하는 것일 테니."

할 말만 하곤 고개를 돌린 벨제르가 1골드에게 눈짓을 보낸 후에 호흡을 골랐다. 그는 일이 틀어졌다는 걸 직감했다. 권력욕에 눈이 멀어 벨제르와 손을 잡긴 했지만 칼밥을 먹고 사는 무사다.

"자, 기사는 기사답게. 조심하게, 내 칼은 날카로우니."

응답이라도 하듯이 1골드는 검을 내려 뒤로 돌렸다. 수비를 무시한 공격 자세였다.

비록 처음 보는 자세였지만 미루브는 상대가 생각보다 뛰어난 검사라는 것을 느꼈다. 정면이 무방비 상태인 것처럼 보여도 그 또한 상대의 검을 몸에 가려 볼 수가 없었다. 검이 상, 중, 하단 어디에서 나올지 알 수가 없는 것이다.

미루브는 오러를 일으켰고 1골드는 여전히 검에 마나를 불어 넣지 않은 상태였다. 두 번째다. 이제 그는 거한이 무슨 생각이 있을 거라고 생각했다.

남을 걱정해 줄 처지가 아니다. 피식 웃은 그가 움직이려 할 때 1골드가 먼저 뛰어나왔다.

그는 마나를 더욱 검에 주입하며 마주쳐 달려들었다. 먼저 움직인 것은 1골드였으나 그의 검이 빨랐다. 1골드는 몸 뒤로 검을 숨긴 자세였고 그는 가슴을 노리는 중단 자세여서 거리의 이점이 그에게 있었다. 불타는 형상의 오러가 1골드의 허리로 짓쳐 들어갔다.

미루브는 1골드의 대검이 유연한 동작으로 허리를 보호하며 올려쳐지는 것을 보았다. 이대로라면 아무리 두터운 검신을 가진 대검이라도 잘릴 판이었다. 그러나 1골드가 올려친 검에 오러가 빗겨 나갔다.

그의 눈이 조금 커졌다. 오러를 일으킬 정도는 아니었으나 그 짧은 순간 대검에 마나가 실렸고 검을 정면으로 막지 않고 자신의 힘을 역이용해 대검을 기울이는 것만으로 검을 비껴 낸 것이다.

수치심이 치솟았다. 완벽하게 검술에 힘이 제압당한 꼴이었다. 상대적으로 빠른 몸놀림을 이용해 다리를 노리려 했으나 뒤로 튕기듯 물러서야 했다. 검을 흘린 대검이 곧바로 올려쳐 왔기 때문이었다.

하지만 그는 생각보다 두 발을 더 물러서야 했다. 순간적으로 뿜어져 나오는 오러와 1골드의 신장이 반배는 더 늘어난 듯해서였다.

빠르게 거리를 가늠해 보았다. 1골드는 겨우 한 발만 내딛었을 뿐인데 혼자서 개구리처럼 앞뒤로 폴짝거린 것이다. 수치심에 얼굴이 달아올랐다.

"차앗!"

잡생각을 털어내려는 듯 힘찬 기합을 지르며 자신이 낼 수 있는 최대의 속도로 쇄도했다. 첫 공격으로 힘을 제압할 수 없다는 걸 알았다. 검의 기교 또한 가벼이 볼 수준이 아니다. 남은 건 상대적으로 작은 체구를 이용한 폭발적인 속도와 전장에서 단련된 경험이었다.

검과 검을 부딪치려는 듯하며 교묘하게 검신을 타고 손목을 노렸다. 목을 찔러 들어가는 척하면서 앞발을 걸기도 하고 1골드가 방패를 들지 않은 점을 이용해 대검을 방패에 걸기도 했다. 허초에 허초, 거기에 빠른 몸놀림 속에서 최대한의 쾌검을 구사했다. 덩치만큼이나 거대한 검이라 수발이 늦을 거라는 점을 이용한 것이다.

하지만 잔상처만 만들어놓았을 뿐 이렇다 할 타격을 가하지 못했다. 마치 몸을 중심으로 우산을 펼친 듯 대검이 몸을 타고 돌며 막아내는 것이다.

'아아! 이자는 용병이었지.'

뱀파이어 소굴을 소탕한 용병단의 철가면 거한을 익히 들었다. 소드 마스터란 소문이 돌다 잠잠해졌으나 잊지는 않았다.

상대를 죽이기 위해 온갖 속임수와 치졸한 방법이 동원되는 곳이 용병의 전투다. 이자는 그 안에서 살아남았으며 소드 마스터까지 올랐다.

기사의 잔재주 가지고는 노련하다 못해 노회하기까지 한 이자를 속일 수 없을 거라 생각했다.

그의 생각과는 다르게 1골드는 등골을 타고 식은땀이 흐른 적이 한두 번이 아니었다. 겨우겨우 혼신의 힘을 다해 막고 있었다. 어둠의 장막을 치고 가디언들의 무차별적인 공격을 받으며 수련하지 않았다면 벌써 차가운 시체가 되어 있었을 것이다.

계속 밀리며 방어만 하던 한순간 1골드가 눈을 반짝였다. 검을 내려치면서도 미루브의 어깨가 내려가지 않았다. 허초다. 내려치면서 중간에 찌르기로 변화하는 검으로 한 번 사용한 수법을 또다시 쓰려는 듯했다.

속임수에는 속임수로. 미루브의 검이 목적한 어깨를 막는 척하면 먼저 검을 돌려 얼굴을 향해 무지막지한 속도로 찔러 들어갔다. 당황한 기색이 역력한 미루브가 몸을 활처럼 구부리며 겨우 피하더니 작두처럼 뚝 떨어지는 검에 의해 바닥을 굴렀다.

이어지는 공격을 예상해 앉은 자세로 검을 돌리던 미루브는 벌떡 몸을 일으켰다. 이어지는 연환 공격이 없었다. 서서 다시 싸워보자는 듯 1골드가 간격을 벌리고 있었다.

1골드는 전에 산적을 상대했을 때처럼 목적을 잠시 미루고 검에 빠져 있었다. 경험이 많은 상대로부터 대결을 통해 또 다른 검의 재미를 알아가고 있었다.

"후후, 미치겠군. 나 미루브 육십 평생 이런 모욕은 처음이다! 오늘 널 죽이지 못하면 내가 개자식이다!"

미루브는 오러를 줄기줄기 내뿜는 검을 무지막지하게 1골드를 향해 휘둘렀다.

검이 미치지 못할 거리였지만 1골드는 훌쩍 뛰어올랐다. 그러자 쭉 늘어난 미루브의 검신이 그의 발밑을 쓸고 지나갔다.

미루브는 최대한의 마나를 끌어오려 끝장을 보려는 것이다.

발끝에 딱딱한 느낌이 들자마자 1골드는 다시 도약해 단숨에 거리를 접고 수직으로 내려쳤다. 검이 정상에 있을 때부터 오러가 검신에서 실처럼 뽑아져 나오더니 머리 위로 들어올

린 미루브의 검과 부딪칠 때는 칙칙한 회색 빛 덩어리로 뭉쳐
있었다.

콰앙!

귀청을 찢는 듯한 한 번의 격돌이 있은 후 1골드는 검을 돌
려 어깨를 사선으로 노렸다.

하지만 1골드의 긴 대검보다는 명치 어름으로 찔러 들어오
는 빛살이 더 빨랐다. 그는 목적한 바를 이루지 못하고 검병
을 내려 긴 손잡이를 이용해 공격을 막았다.

미루브는 물러서지 않고 더욱 1골드의 품으로 파고들었다.
근접전. 장병과 단병의 싸움이다. 이 점을 최대한 살리려고
한 것이다.

1골드는 빠르게 검을 내려쳤으나 몸에 바짝 붙인 방패에
막혔다. 여기서 밀리면 미루브의 의도대로 끌려가게 된다. 뒷
다리에 힘을 주며 허리의 탄력을 받은 왼주먹이 커다란 호선
을 그리며 방패를 강타했다.

콰앙!

"크흑!"

주먹 뼈가 가루가 된 듯 고통스러웠지만 이를 악물어 참고
뒤로 쭉 미끄러지며 아직 자세를 잡지 못한 미루브를 따라붙
었다. 미루브가 흐트러진 자세를 추스르기도 전에 일격을 가
할 기회를 잡았다.

하지만 산전수전 다 겪은 미루브는 당황하지 않았다. 기사

는 방패를 검처럼 사용한다. 이런 위급한 순간엔 다른 용도도 있었다. 그가 방패를 검처럼 휘둘렀다.

휘리리릭!

미루브의 팔에서 빠져나온 방패가 맹렬히 회전하며 표창처럼 쏘아져 왔다. 예상치 못한 공격에 검을 내려쳐 막았으나 미루브는 이미 자세를 바로 한 후였다.

그들은 상대를 노려보며 숨을 골랐다. 한시도 눈을 뗄 수 없는 격전이라 긴장에 온몸이 땀에 젖는 줄도 몰랐다. 반 호흡 차로 1골드가 먼저 움직였다.

공간을 접은 1골드는 대검을 수평으로 휘두르다 이를 막는 검을 휘감아 위로 튕기려고 했다. 하지만 감는 음의 마나보다 그 사이를 빠져나가는 미루브의 힘이 더 강했다. 근력으론 있을 수 없는 일, 마나 량의 차이였다.

가슴이 훤히 벌어진 그사이 미루브는 최단거리로 1골드의 가슴을 내질렀다. 1골드의 대응도 빨랐다. 감아 올리던 힘을 이용해 몸을 빙글 돌리면서 자세를 낮추어 미루브의 하체를 쓸어갔다.

미루브는 물러서지 않았다. 훌쩍 뛰어 뒤로 피하는 게 아니라 오히려 앞으로 뛰어들었다. 무릎에 묵직한 감촉이 왔다. 머리를 내리찍으려 했으나 머리와 무릎 사이에 손이 끼어 있었다. 이어 주먹과 팔꿈치가, 어깨가 무차별적으로 1골드의 몸을 강타했다.

1골드는 정신없이 막는 와중에도 검을 배우기 전에 권각술을 익히게 한 유진에게 감사를 보냈다, 더불어 용병 글렌에게도. 막기는 했으나 내부로 전해지는 타격은 가볍게 넘길 정도가 아니었다. 주먹 한 방에 내장이 뒤흔들리는 것 같았다. 이 공세에서 벗어나려면 어디 한 군데는 포기해야 할 듯싶었다. 왼다리에 잔뜩 힘을 주었다.

퍼억!

허벅지 근육이 파열되는 듯했다. 하지만 순간의 틈, 1골드가 고통을 참고 양 주먹을 속사포처럼 쏘았다.

파파파팡!

한 대도 정타를 날리지 못했지만 거리를 벌리려는 목적은 달성했다.

"헉헉헉……!"

처음으로 거친 숨이 터져 나왔다. 근접전을 펼치면서 숨 한 번 쉴 틈이 없었다. 이는 미루브도 마찬가지인 듯 곧바로 공세를 펼치지는 못했다. 서로를 노려보는 사이 그들은 직감을 했다, 이제 마지막에 다다랐다고.

"타앗!"

우렁찬 기합과 함께 미루브의 신형이 사라졌다. 예닐곱 보의 거리를 한순간에 격하고 1골드의 왼쪽으로 비스듬하게 파고들었다. 처음 1골드가 취한 자세와 비슷했다. 검을 몸의 뒤에 놓고 그의 몸이 바닥에 낮게 깔려왔다. 오러가 바닥에 일직선으로 홈을 만들다 한순간 크게 호를 그렸다.

쩌엉!

오러와 오러가 부딪쳤다. 이제까지와는 그 소리가 전혀 달랐다. 귀청을 얼얼하게 만드는 소리가 사라지기도 전에 파공성이 들려오고 이번엔 반대편으로 큰 원을 그렸다.

쩌엉!

일순 1골드는 주춤했다. 처음 격돌보다 그 힘이 배가된 것이다. 단전 바닥까지 긁어 한 톨의 마나까지 북돋았다. 원심력을 가미해 또다시 위력을 배가시키면 막아내기 힘들 거란 생각에서였다. 역시나 원심력에 앞으로 돌진하던 힘까지 더해져 시계추처럼 공격해 왔다.

대검의 넓은 검면을 몸 가로 밀착시켰다. 1골드는 바짝 긴장했다. 한순간을 잡아야 한다. 만약 한 치라도 오차가 생기면 검과 몸이 두 토막 날 것이다.

미루브가 회전하는 것처럼 1골드도 수레바퀴가 맞물려 돌아가듯이 한 바퀴 휘돌았다. 시발점은 미루브의 검이 대검의 면에 닿을 듯 말 듯할 때였다.

일단 검을 흘리는 데는 성공했으나 공세를 가하지는 못했다. 미루브 또한 연속적으로 회전을 가하면서 점점 검에 힘을 불어 넣었다.

1골드는 팽이였고, 미루브는 팽이에 회전력을 더하는 채찍처럼 되어버렸다.

"헉!"

다급한 소리는 1골의 입에서 터졌다. 대검이 미루브의 힘을 견디지 못하고 가는 금이 가기 시작했다.

콱!

급히 발끝으로 땅을 찍었다. 뒤로 팅겨지듯 물러나는 순간 맹렬히 회전하던 미루브가 날듯이 달라붙었다. 1골드는 검을 들어올릴 겨를도 없었다. 있는 힘껏 허리를 꺾어 바닥에 대검을 박았다.

콰쾅!

커다란 소리가 들리며 한 개의 인영이 쭉 밀려났다.

땡그랑!

맑은 쇳소리가 들릴 때 두 사람의 모습이 드러났다. 날아간 1골드는 죽은 피를 한 사발이나 토하고 부러진 대검에 의지한 채 한쪽 무릎을 꿇고 있었고 미루브는 창백한 안색이긴 했지만 두 다리로 버티고 서 있었다. 하지만 미루브에게서 나온 말은 드러난 모습과는 달랐다.

"졌네."

"…죄송합니다."

1골드의 입에서 존댓말이 나왔다.

"죄송?"

"치졸한 수를 썼습니다."

"큭큭, 목숨이 달린 싸움이네. 자넨 최선을 다하지 않고 날이기려고 했나? 마검사란 걸 알아채지 못한 내 잘못…….”

푸화확!

말을 끝내지도 못한 채 미루브의 머리가 뒤로 넘어가며 피가 분수처럼 터졌다.

1골드는 뒤로 넘어가는 미루브를 보지 못하고 고개를 떨구었다. 땅에 박은 정지된 검으론 공격을 막을 수 없었다. 마나를 최대한 검에 불어 넣어 버티고 그 와중에 진공의 칼날을 만들어 미루브의 목을 날렸다.

미루브가 베었다라고 방심을 한 그 틈으로 요행이 겹친 결과였다.

“제길!”

이기긴 했다. 하지만 검에선 졌다. 미루브가 자신이 마법을 사용하는 줄 알았으면 결과가 달랐을 것이다. 살았다는 기쁨보다는 스스로에 대해 화가 났다. 이런 것이 무인의 마음인가?

1골드가 미루브와 대결을 벌이고 있는 사이 전장은 많은 변화가 있었다. 봄멜이 공중에서 불벼락을 내려 샤먼들을 지원하면서 잠시 우위를 점하는 듯했으나 벨제르가 나서면서 상황이 급변했다.

봄멜이 벨제르에게 발목을 잡히고 샤먼은 셋이 차가운 시체로 변했다. 시간이 조금만 더 지났으면 다크 엘프들은 전멸을 면하기 어려운 상황이었다. 그때 레티아가 위슬리와 함께 도착했다.

장내에 대마법사와 소드 마스터가 가세하면서 또다시 상황은 변했다. 위슬리를 막을 미루브가 1골드와 접전을 벌이고 있었고, 공중전을 벌이며 봄멜을 밀어붙이던 벨제르마저 레티아의 가세로 수세로 돌아섰다.

상황이 필패로 치닫자 뱀파이어들은 본신을 드러냈다. 그들이 본신을 드러내면서 힘은 강해졌으나 반면에 적아의 구별이 뚜렷해졌다. 전세가 불리하다 느낀 뱀파이어 추종자들마저 안면을 싹 바꾸고 뱀파이어를 공격하기 시작했다. 인간과 뱀파이어로 나누어진 것이다.

벨제르는 손가락을 깨물어 피를 빼내서는 피를 암기처럼 사용하면서 궁성 너머에 계속 눈길을 주었다.

슈슈슈슈슈―

핏방울이 쇠공처럼 변해 새까맣게 쏟아져 왔다. 뱀파이어 로드 급이 자신의 피로 무기를 만든다는 말은 들어봤어도 직접 대하자 여간 위협적인 게 아니었다.

"쉴드!"

희뿌연 막에 핏방울이 닿기도 전에 푸확 비산하면서 커다란 원을 그리더니 봄멜의 뒤를 노리고 들어왔다.

"망할 년! 브랭크!"

봄멜의 신형이 순식간에 사라지고 목표를 놓친 핏방울이

멈칫한 사이 10여 미터 간격을 벌린 봄멜이 불의 폭풍을 일으
켜 피를 증발시켜 버렸다.

"쌍년! 녹여주마! 인시너레이트(Incinerate)!"

봄멜이 두 손을 쭉 내밀자 시퍼런 줄이 섬전처럼 쏘아져 갔
다. 초고열의 불덩이가 코앞까지 닥쳐오는데도 벨제르는 태
연했고 닿을 듯 말 듯할 때 혹 하고 사라졌다.

그녀가 사라진 자리에 그녀를 대신해 송곳같이 날카로운
얼음 창이 수십 개가 나타났다. 레티아가 쏘아 보낸 것이다.

콰콰쾅!

반대 성질을 가진 불과 얼음이 부딪치자 굉음과 함께 순식
간에 달빛을 가리는 짙은 안개가 생겨났다.

두 마법사는 급하게 안력을 높였다. 둘 다 눈에 체온을 감
지할 수 있는 마법을 걸어놓았다. 거울에 형체가 비춰지지 않
는 뱀파이어였다. 대마법사의 초감각으로도 벨제르의 존재
감은 느껴지지 않았다.

게다가 자연의 법칙을 따르지 않아 육신을 구성하는 마나
도 없다. 한마디로 뱀파이어는 조물주의 법칙을 벗어난 예외
적인 역반물질(逆反物質), 즉 실재는 하나 이론상 존재할 수
없는 허깨비와 같았다.

그들이 벨제르를 찾을 수 있는 방법은 두 가지였다. 네오코
어를 조절하는 정신력을 거미줄처럼 풀어 악령과 같은 영적
인 존재를 찾는 것. 이건 대마법사도 고도의 정신력이 필요한

일이라 어려웠다.

두 번째는 허깨비 육신이다. 보통의 생기가 가득한 육신이 아니라 역동하는 마나가 단 한 점도 없는 죽은 시체, 단 하나의 세포도 활동하지 않아 냉온동물보다 더 차가운 육신을 찾는 것이다.

"위험!"

레티아의 경호성이다. 봄멜은 본능적으로 배리어를 겹겹으로 쳤다. 벨제르의 위치를 찾지 못해 방패 역할을 하는 쉴드보다 사방을 방어하는 배리어가 낫다.

콰콰콰쾅!

충격은 발아래에서 왔다. 봄멜을 어렵게 하는 점 중의 하나로, 벨제르가 순간이동보다 더욱 빠르게 움직인다는 것이다. 동에 번쩍 서에 번쩍, 존재감도 없이 그렇게 움직여 대니 상대를 놓치는 경우가 허다했다. 눈앞에서 사라지면 일단 방어 마법부터 펼쳐야 해서 마나의 소모도 상당했다.

"이 토막 내 죽일 년이! 레티아, 안개!"

봄멜의 말뜻을 알아들었다는 듯이 레티아가 손이 보이지 않을 정도로 빠르게 수인을 맺고 시동어를 외쳤다.

"인센디어리 클라우드(Incendiary Cloud)!"

붉은빛의 인화성을 띠는 자욱한 안개가 근 500m에 걸쳐 생성됐다. 그러자 기다렸다는 듯이 봄멜의 일갈이 터졌다.

"파이어 스톰(Fire Storm)!"

봄멜을 중심으로 뿜어져 나간 불의 폭풍이 인화성이 가득한 안개와 만나자 순식간에 하늘이 시뻘겋게 타올랐다. 지옥의 구름이런가. 하늘에 불 구름이 생겨나고 구름이 더욱 커져 불바다가 되었다.

쇠마저 녹여 버릴 듯한 고온 속에 두 인영이 차가운 눈으로 등을 맞대고 주변을 살피고 있었다.

"보여?"

"없어."

"재가 되었을까?"

"설마, 이 정도로 죽을 년이라면 자네가 그렇게 고생하지 않았겠지."

그들은 전우애가 생겨나 서로 평대를 하고 어느새 친구같이 되어 있었다.

"이게 어디로 사라졌지? 결계는?"

"완벽해. 궁성을 벗어날 수 없어."

둘이 동시에 시선을 아래로 내렸다. 똑같은 복장의 사람들이 얽히고설킨 아수라장이다. 투구를 벗겨보면 백안의 뱀파이어와 인간이 뒤섞여 있을 테지만.

"빌어먹을!"

"영악한 년! 방패막이 뒤로 숨었군."

헤르반은 벌어진 입을 닫지 못했다.

“이게 도대체…….”

하얀 대리석 바닥이 붉게 물들고 눈이 닿는 곳마다 시체가 널려 있고 잘려진 팔다리가 퍼덕거리며 나뒹굴고 있었다. 시네르아의 중심에서 가장 완벽한 치안이 유지되어야 할 궁성에서 벌어진 참혹의 현장이다.

그 주인공들, 경악하게도 그를 지켜야 할 근위 기사와 병사들이었다.

“나, 나는 무얼 하고 있었던 것이냐.”

궁성이 뱀파이어 소굴이 되어 있었는데도, 그것도 근위 기사단장 위슬리가 가세해서야 팽팽한 접전을 벌일 정도로 뱀파이어의 힘과 수는 대단했다. 그의 눈에는 앞의 격전장의 3분지 1은 뱀파이어 같았다.

그가 고개를 돌렸다. 천상의 장군 같은 사내가 네 명의 호위를 세우고 그 중간에 다리를 꼬고 앉아 있었다. 저 철가면의 사내가 아니었다면…

“제후 전하, 몸은 어떠십니까?”

하늘에서 뚝 떨어진 레티아였다.

“나, 난 괜찮소. 그보다 대왕… 그 악독한 뱀파이어는 처리하셨소?”

“죄송합니다, 아직.”

“흐으음! 전전전대 제후님 때부터 세력을 키워온 마졸들이라 쉽진 않겠죠. 하지만 레티아님이 나의 기대에 부흥해 주실 거라 믿습니다.”

레티아가 고개를 숙여 보이자 1골드의 상태를 보고 온 봄멜이 끼어들었다.

“전하, 별궁을 날려 버려도 되겠습니까?”

“날려? 무슨 뜻이오?”

“말 그대로 입니다. 저년의… 험험, 죄송합니다. 저 뱀파이어 소굴을 가루로 만들 생각입니다. 부숴도 되겠습니까?”

봄멜은 마법사의 이점을 최대한 살릴 생각이었다. 개인 대 개인이 아닌, 광범위 공격이 전장에서 마법사에게 바라는 것이다.

“허락하오. 나도 저 별궁이 꼴도 보기 싫소. 아예 지상에서 사라지게 만드시오.”

거침없이 제후의 앞에 선 봄멜이 레티아에게 말했다.

“처음이야. 지금 내 경지로는 힘든다는 걸 알고. 자네가 날 보살펴 주게.”

무언가 대단한 걸 행하려는 듯한 모습이었다.

레티아는 봄멜 일행이 흑심을 품고 있지 않을까 하는 생각을 싹 버렸다. 이들도 그네만의 목적이 있겠지만 지금 보이는 모습으론 최소한 궁성의 전복은 아니었다. 직후를 노렸다면 최소한의 힘은 남겨놓을 텐데, 제자도 그렇고 최선을 다하는 모습이었다.

또 다른 다크 엘프 소드 마스터는 지금 도심을 휘저으며 궁성으로 지원 올 뱀파이어들을 차단하고 있었다. 그도 최선을 다하는지 아직 궁성 밖에서의 공격은 그의 제자들만으로도 막을 정도로 미미한 수준이었다.

"내 목숨을 버려서라도……."

"고마우이. 그럼 난 준비를 하겠네. 병사들을 물려주게."

봄멜이 품에서 작은 주머니를 꺼내 하늘에 흩뿌렸다. 반짝이는 금빛 가루가 바닥을 흠뻑 적신 피를 정화하려는 듯 살포시 내려 앉았다.

연금술의 정화, 마법 가루 스플렌더가 직경 5m의 거대한 마법진을 형성했다.

그 모습을 본 레티아가 전장을 향해 외쳤다.

"전하의 병사들은 물러나라! 지금 당장!"

세 명의 뱀파이어를 맞아 공방을 펼치던 위슬리가 뒤를 슬쩍 돌아보더니 목소리를 높였다.

"후퇴하라, 후퇴! 기사들은 병사를 보호하라! 맨 뒤는 내가 맡는다! 죽어랏! 크로키! 차압!"

조금은 차가운 듯한 인상이 더욱 매력적으로 다가오는 미남 크로키 백작, 사교계에서 꽤나 잘나가는 인물이었다.

오크처럼 구겨진 흉측한 얼굴로 변한 그가 긴장의 빛을 띠었다. 위슬리의 검에서 검붉은 아지랑이가 피어오르고 있었다. 이윽고 오러가 충만한 검이 붉은 줄로 변해 그어졌다.

쩌저저정!

"크악!"

크로키의 잇새로 신음이 흘러나왔다. 소드 마스터를 상대로 제법 버티는 것 같았으나 위슬리가 최선을 다한 것이 아니었다. 두 팔의 뼈마디기 가루가 되었는지 연체동물마냥 흐물거렸다.

최후를 생각하고 있었는데 아무런 일도 생기지 않자 눈을 떴다. 폭탄이라도 맞은 듯 다섯 보 앞에 거대한 구덩이가 패어 있었고 같이 상대하던 부하들은 어디로 날아갔는지 보이지 않았다.

그 너머로 위슬리가 오리를 뿜어내는 검을 앞세우고 후퇴를 거듭했다. 여유가 생긴 크로키는 일어나려 했으나 뜻대로 움직이지 못했다.

"으흭!"

허리 아래로 하체가 잘려 나간 것이다. 팔은 가루가 된 듯 힘이 없어 팔을 다리 삼지도 못했다. 머리가 깨지든 심장이 터지기 전엔 죽지 않는다. 그래도 신체를 되살리려면 며칠이 필요했다.

변신 능력을 사용하려 했으나 이도 탈진 상태라 여의치 않았다. 힘을 보충하려면 피가 필요했다. 그는 얼굴을 바닥에 대고 혀를 내밀어 땅에 떨어진 핏자국을 핥았다. 처참한 꼬락서니였다. 그때 귀가 번쩍 뜨이는 웃음소리가 울렸다.

"오호호호호!"

인간의 이성을 마비시키는 마력이 담긴 목소리다. 로드 퀸 벨제르의 능력이다.

"나의 아이들아, 이 어미 품으로 돌아오라!"

일족을 부르는 퀸의 명령이다. 크로키는 굼벵이처럼 몸을 꿈틀거렸다.

숨을 두어 번 쉬자 장내는 일단 정리가 되었다. 소로를 사이에 두고 대왕대비 궁엔 뱀파이어 일족과 몇 남지 않은 추종자들이, 건너편에는 제후를 중심으로 인간들이 모여 핏대를 세우고 있었다.

"오호호호! 오늘은 내가 졌다. 그대들의 승리를 축하한다. 하지만 너무 기뻐하지는 마라, 너희들 속에는 아직도 내 자식들이 있으니."

여태 당한 게 있는지라 흠칫 놀라 서로를 돌아볼 때 레티아의 일성이 터졌다.

"너! 로드 퀸만 죽이면 잡졸들은 상관없다! 새끼손가락 끝으로도 눌러 죽일 수 있는 모기만도 못한 존재이니라."

"날 죽여? 오호호호호호! 누가 누굴 죽여? 난 불사의 존재, 인간들이 살기도 전부터 이 땅에서 살아온 영원불멸이다. 오늘은 득보다 실이 많아 물러간다만, 조만간 다시 보게 될 것이다."

"흥! 갈 때 가더라도 목은 놓고 가야지."

"뒤에서 수작을 부리는 마법사 놈을 믿는 것이겠지? 이 여왕님도 믿는 구석이 있지. 소렌! 그것들을 끌고 와라."

왕비 궁으로 보낸 소렌을 찾았으나 아무런 대답이 없었다. 벨제르의 인상이 굳어지며 다시 불렀다.

"소렌!"

역시 묵묵부답. 하지만 곧 들려오는 발걸음 소리에 안도의 빛이 스치고 지나갔다. 제후가의 핏줄을 인질로 잡고 궁성을 빠져나가려는 계획이었다. 단명을 하는 제후여서 열두세 살이면 성혼을 한다. 현 제후도 왕자 둘과 공주 하나를 두고 있었다.

휙! 통통통!

들려올 대답은 없고 둥근 물체가 날아 벨제르 앞에 떨어져 내렸다.

"어, 어머니, 살려주세요."

머리카락에 뒤덮힌 머리통이 말을 했다. 어머니란다. 소렌의 머리였다. 벨제르의 눈에 붉은빛이 감돌며 새로 장내에 나타난 인물들을 쏘아보았다. 여인치고는 장신인 세 여인이었다. 망사로 얼굴을 가렸다고는 하나, 드러난 윤곽만으로도 한 번 더 눈길이 가게 만드는 미녀들이었다.

그중 가운데 선 여인이 한쪽 손을 쭉 내밀었는데 움켜진 손 위에 펄떡이는 심장이 있었다. 소렌의 심장이다.

"네년이 우리 서방을 저 꼴로 만들었어?"

"서, 서방?"

"이 가랑이에 말뚝을 박을 년이 누구를 과부로 만들려고!

넌 죽었다고 복창해, 이 쌍년아!"

수진의 확 깨는 말에 헤르반까지 눈이 휘둥그레져서 그녀들을 쳐다보았다.

"뭘 봐? 네 새끼들은 우리 애들이 보호하고 있으니 안심해. 그보다 너 이년!"

"물러서라!"

봄멜의 음성이 그녀의 말을 가로막았다.

"어머! 여기 계셨어요? 안 보이시길래."

피식 웃던 갈리나가 순간 인상을 굳혔다. 막대한 마나의 유동을 느낀 것이다.

"언니!"

수진을 확 잡아챈 갈리나와 알로나가 동시에 팅기듯이 신형을 뒤로 쭉 뺐다.

봄멜은 별이 보석처럼 박힌 하늘을 올려다보았다. 대마법사에 오른 지 5년이 조금 넘었다. 이제 겨우 유저, 마스터가 되는 길은 아직도 멀다. 하지만 그는 마스터 급에 도전하려 하고 있었다.

마나 홀을 최대한 개방한 봄멜은 불타는 시선으로 벨제르를 쏘아보았다. 로드 퀸, 일 대 일의 대결이었으면 그는 벌써 피가 빨려 쭈글쭈글한 시체로 변해 있을 것이다. 몸에 상당한 무리가 가고 혹여 실수라도 하면 죽을지도 모르는 일에 도전하게 만들 만큼 그녀는 강했다.

마법진 중앙에 선 봄멜은 양팔을 서서히 올렸다. 복화술이라도 하는 듯 입술은 움직임이 없지만 낮은 음성이 흘러나왔다.

주문의 영창이 점점 빨라지고 하늘 높이 올라갔던 손이 전면을 향하자 봄멜이 마법진의 중심에서 떠올랐다.

벨제르의 움직임에서 한시라도 놓칠세라 주시하던 레티아조차 이 순간만큼은 힐끗 봄멜을 쳐다봤다.

마른침을 삼키는 소리가 여기저기서 들린다. 마나를 다루는 그들, 지금 마법진 주위로 모여드는 어마어마한 마나는 처음 보는 것으로 이런 광경은 일생에 한 번 볼까 말까 한 특별한 경험이었다.

마법진의 제일 바깥에 있는 원에서 빛이 솟구쳐 올랐다. 연쇄 반응을 일으킨 마법진에서 궁성을 덮고도 남을 광휘가 쏟아지고 봄멜은 정점에 올랐다.

10m 높이까지 치솟은 봄멜은 육신이 가루가 되는 듯한 엄청난 압력을 받았다. 그는 더욱 정신을 집중할 뿐 느끼지 못하는 듯했다.

한순간 합장한 듯 모은 양손이 벌어지면서 손가락을 살짝 오므린 사이에 시퍼런 빛의 구가 생성되었다. 점차 양팔을 벌리자 구 또한 그에 맞추어 몸집을 키웠다.

가슴을 내밀고 양팔을 쫙 벌린 순간 그의 오공에선 피가 흐르고 있었다. 이 상태로 조금만 더 지속된다면 온몸의 모공에서 피가 솟구칠 것만 같았다.

봄멜이 눈에서 황금빛 광휘보다 더욱 짙은 안광을 뿜어내더니 벼락처럼 외쳤다.

"헬파이어(Hellfire)!"

뭔가 대단한 걸 준비하는 모양이지만 그래 봤자라는 듯 마법 발현을 방해하지도 않고 몸을 뺄 궁리만 하던 벨제르마저 헬파이어란 말에 눈을 부릅떴다.

최상급의 대마법사도 시현하기 불가능하다는 궁극의 마법이다. 7써클까지가 인간의 한계이고, 9써클을 드래곤의 영역이라 본다. 헬파이어는 그 중간인 8써클에 놓고 있었다.

레티아도 입을 쩍 벌렸고 끝을 헤아리기 힘들 정도로 오래 살아온 벨제르조차 헬파이어를 본 것은 손에 꼽을 정도였다.

드래곤의 전유물로 알려진 그것이 지금 그녀를 향해 쏘아져 오고 있었다.

"제, 젠장! 어쩐지 일진이 사납더니, 저 초짜 마법사가 이런 한 수가 있을 줄이야! 이것들아! 뭣들 해? 뛰어들어서 막아!"

봄멜이 드래곤의 레어에서 대마법사의 길에 들어섰다는 걸 그녀는 알 리가 없었다. 그곳에서 구한 7써클 마법서에 약식 헬파이어를 시전하는 방법이 있었다. 하지만 이도 마스터에 올라야 가능한 일, 봄멜은 마법진의 도움을 받아 겨우 시현할 수 있었다.

드래곤이 시전하는 헬파이어에 비해 반의반도 못 미치는 위력이지만 헬파이어는 헬파이어다.

만물을 녹여 버린다는 지옥의 불을 연상시키는 뜨거운 화염으로 이루어진 구체는 말 그대로 닿는 모든 것을 녹이는 것도 모자라 아예 증발시켜 버렸다.

여왕의 명령에 뱀파이어들이 몸을 날렸으나 모닥불에 장작을 넣는 것만도 못했다.

[카아아아아아!]

위기를 느낀 벨제르가 괴성을 지르면서 본모습으로 화했다. 거대한 박쥐 날개에 피부가 벗겨져 근육 섬유질의 형태까지 드러낸 모습이었다. 그녀 얼굴 절반이 쩌억 벌어지는 것 같았다. 입이 귓불 밑까지 쭉 늘어나 벌리자 그리 보인 것이다. 그 커다란 입구멍에서 굵은 핏줄기가 분수처럼 뿜어져 나와 헬파이어를 막아갔다.

콰콰콰콰콰!

찌지지지지!

핏줄기에 막혀 잠시 주춤하는 듯하던 헬파이어가 밀어붙이며 벨제르를 덮쳐 갔다.

암울한 빛이 감돌며 체념한 듯 멍하니 헬파이어를 바라보다 순간 이채를 발하고 빠르게 주문을 외우는 사이 여지없이 헬파이어가 작렬했다.

콰콰콰쾅!

드드드드! 와르르르!

벨제르를 덮치고도 힘이 남아 별궁의 초석을 뚫고 들어간 헬파이어는 그래도 힘이 다하지 않았는지 궁의 뒤편으로 뚫고 나와 내성벽 한편을 날려 버리고서야 사라졌다.

"저, 저, 저… 딸꾹!"

놀라운 헬파이어에 위력에 레티아는 말을 잇지 못하더니 결국 딸꾹질을 해댔다.

아름다운 궁성 내부에 해자(垓字)가 일직선으로 순식간에 생겨났으며 주춧돌이 녹아버린 대왕대비 궁은 와르르 무너져 내려 자욱한 먼지를 일으켰다.

"구, 궁전이 높은 곳에 있어 다행입니다. 백성들에게 피해는 가지 않았으니 말입니다."

위슬리는 지금 자신이 무슨 말을 하는지조차 몰랐다.

"하. 하. 그러게 말이오, 위슬리 경. 그런데 신전 지붕이 날아간 듯하오. 그건 저들이 알아서 할 테고… 그보다 이런 엄청난 공격에서 살아남지는 못했겠지요?"

"아마도……."

벨제르가 죽기만을 기다리고 있던 레티아는 그만큼 뒷수습을 신속하게 처리했다.

먼저 시 외곽에 당도해 주둔 중인 2군단을 불러들여 도시를 통제했다. 내부가 수습될 때까지 도시의 출입을 일체 금지

했다. 그와 병행해 남은 잔당 색출에 총력을 기울였다.

도시를 이 잡듯이 뒤지는 일엔 호시오를 선두로 한 담피르들이 앞장을 서서 그들 특유의 헌터 능력을 선보였다. 그들 손에 잡혀 재로 변한 뱀파이어 수만 무려 이백이 넘어 헤르반을 다시 한 번 경악하게 했다. 레티아가 궁성 대마법진을 변형시켜 발동시키지 않았으면 전세가 뒤바뀌었을 수도 있었다.

이어 백성들을 안정시켜야 했다. 마법진이 소리까지 막지는 못한다. 한밤중에 궁성이 부서지는 듯한 굉음이 울리고 궁전 하늘에 불바다가 연출되었으니 모르는 도시민이 단 한 명도 없었다.

이에 제후는 긴 장문의 방을 붙였다. 대왕대비가 역모를 꾸몄다는 내용이 핵심이었다. 제후에 대한 백성의 신뢰를 잃을 수도 있는 일이어서 궁에서 일어난 일에 뱀파이어란 단어는 전혀 들어가지 않았다.

반역사건을 토벌하며 더불어 근자에 불거진 마족들의 사건을 처리한다는 구실을 붙여 대대적인 도시 정화 작업을 벌여 괜한 잡범들까지 불벼락을 맞았다.

이사이 위렌은 남은 근위 기사단에 수도방위군까지 대동하고 1군단으로 향했다. 1군단장 플루드가 벨제르와 연관이 있고 군까지 움직이려 했다는 사실이 드러나 근위 기사단이 그를 잡으러 저택에 갔을 때는 이미 칼을 물고 자살한 후였다. 위풍당당 위렌은 1군단을 정비하러 간 것이다.

중심에 있던 1골드와 봄멜은 둘 다 마나 홀이 텅 빌 정도로 무리를 했기에 요양해야 했다. 1골드는 일주일 만에, 봄멜은 한 달 후에야 몸을 가눌 수 있었다.

그들이 쾌차를 하자 궁에서는 논공행상이 벌어졌는데 막상 주인공들은 참석하지 않았다.

위렌이 내준 저택에서 이번 일로 목숨을 잃은 다크 엘프들의 장례식이 벌어졌기 때문이다. 샤오스에 진출해 도합 일곱 명이나 되었다. 오백여 명이 전부인 반일족에게 일곱 명이 한순간 목숨을 잃은 건 큰 사건이었다.

어둠의 일족답게 그들의 근원인 땅으로 보내주는 것으로 3일에 걸친 장엄한 장례식은 끝이 났다.

소드 마스터와의 결전을 돌아보고 헤르반 제후와의 관계를 생각할 틈도 없이 스캇이 찾아왔다.

"지금 뭐라 그랬나?"

"보름 전에 투실바에서 내전이 터졌습니다. 왕가와 교단이 드디어 칼을 뽑았습니다. 선공은 왕가였습니다. 초반엔 대등한 듯했으나 현재는 교단이 열세에 몰려 있다 합니다."

남의 싸움에 신이 난 스캇과는 달리 1골드는 침음성을 흘렸다. 시네르아에서 자리를 잡으면 밀리언 연방으로 떠나려는 계획을 세웠었다.

현지에서 정보를 얻고 혈인을 찾는 일을 본격으로 시작하면서 라미안 교의 도움을 받고자 했으나 일이 터진 것이다.

"크라우치님은?"

"워낙 경비가 엄중해 별다른 정보는 빼내지 못했습니만 들리는 소문엔 선봉에서 엄청난 무위를 선보인다고 합니다. 왕가는 크라우치님만 잡으면 이 전쟁이 끝난다 생각하고 그분에게 무려 만 골드의 현상금을 내걸었다고 합니다."

깊은 생각에 잠겨 있던 1골드가 벌떡 일어섰다.

"은혜를 잊으면 남자가 아니다!"

3권 END

다세포 소녀 원작 만화 출간!!